混亂創世紀 05

凌舞水袖 × lemonlait

水果樂園的動感地帶！

116・凱魯爾

雲千千從修羅族回了主城後，一時找不到事情做，想想大家拿到的戰利品應該都不少，乾脆就折道去了拍賣所。她清理身上垃圾的同時，順便也看看有沒有其他玩家在活動中掉出了什麼自己看得上眼的東西拿出來賣。

正當她站在拍賣所櫃檯前清理空間袋的時候，突然收到一條訊息，抓出來一看，是海哥發來的。對方似乎有些尷尬，吞吞吐吐問道：「蜜桃啊，妳現在在哪裡？」

「幹啥？」雲千千一邊繼續清理空間袋，一邊心不在焉的隨便回了兩個字。

「……是這樣的，小雲說她發了郵件給妳，約妳見面。可是她等了半天卻一直沒看到妳……」海哥有些不好意思的解釋了下自己傳訊息的原因，然後心態美好的做出了一個猜測：「是不是妳那邊被什麼事情絆住了？要不要我幫妳解釋一下？」

「呃……」雲千千噎了一下。「對哈，我都忘記還有這事了。」

「……」海哥語氣艱難：「忘了？」
「嗯。不過其實當時我也沒打算去。」
「為啥啊？」
「大家都不熟悉，既不是朋友關係，又不是朋友的親屬關係……你要說她是你老婆的話，看在朋友妻的分上，我說不定還能給她點面子。可你說說，那小雲算是我什麼人？」
「呃……」
「再說我們性別也一樣，她如果真想吸引我的話，單憑一句『有事相商』似乎有點勉強吧？好歹用個美男計好不好？再再說，連出場費都沒有，我要真去見了她，這先例一開，以後還怎麼在外面做生意？」雲千千唉聲嘆氣，說得字字痛心，好像小雲美眉是多麼不懂事又不通世故一樣。
海哥聽得愣愣的，感覺雲千千說的似乎有些道理，但是又有一些說不出的不對勁。他感覺頗彆扭，但是又抓不出彆扭在哪裡。
「……這個，可能是小雲沒考慮周到吧……她說有重要的事情要找妳，現在已經在團裡急哭了。要不然妳把好友開開，妳們換了名片直接這麼聊聊？」
「我長得就那麼像心理輔導老師？」雲千千詫異的問道。
「……」妳別找麻煩就不錯了。
「要不這樣吧……」雲千千想了想，剛要說些什麼，卻突然被空間袋裡的一樣東西吸引去了注意力，脫口而出：「咦，這是什麼？」

那是一炷香，一炷敬神敬祖時常能看到的香。但是它本身卻已經破破爛爛的，像是被磨得快要點不燃了一樣。

「妳想說什麼？喂喂？蜜桃，妳還在聽嗎？」

海哥還在變換姿勢和音量調整訊號，雲千千已經乾脆的切斷通訊。她抓抓頭，抄起自己面前桌上的那炷香研究半晌，一拍使用之……

於是，左手猶抓著通訊器試音，右手還拿著一雙筷子的海哥，就這麼憑空自一團煙霧中出現，臉上因為突然被強行抓來而呈現出呆滯愣愣的表情。

「哇——」雲千千驚訝，眼冒星星的抓著香就不放手了。「這是好東西啊！」

海哥看了眼雲千千，臉色大變：「靠！老子剛才在吃飯，系統現在說老子吃霸王餐了……」

「……」

海哥先匆匆離去，以雙倍價錢買單的代價平息了餐廳老闆的怒氣之後，追捕吃霸王餐的士兵們這才總算離開。接著兩人重新找了個地方坐下，終於可以重新撿起剛才那個被打斷的話題。

「小雲那邊妳究竟管不管？」海哥單刀直入。他倒不是因為舊情難忘，主要是團裡的頻道老有個女人哭哭啼啼的太煩躁，要說乾脆把人踢出去吧，似乎又有點不大好，畢竟是自己的前妻……

「所以說，小雲美眉到底又怎麼了？我的時間很緊湊，預定行程都很忙。」

「哦？忙什麼？」

「比如說我一會就要去逛街散步，然後找個順眼又便宜的店吃飯，接下來去河邊釣魚，再……」

「蜜桃……」海哥頭疼，一聽就知道這明顯是一份胡扯的行程表，她根本沒有什麼事要忙碌。「妳就不能幫海哥這個忙，去打發下那女孩？」

「這個……主要是我沒什麼動力去做這事。首先大家不熟，其次也沒什麼好處，這上不著、下不落的……」雲千千為難。

海哥咬咬牙：「那麼我出錢……」

「關鍵不是錢不錢的事，我打心眼裡就不想和那女孩牽牽扯扯的。」雲千千嘆息了一聲。「海哥，老實說吧，創世紀這樣的擬真遊戲新開，現在各處都是開荒的時候，以後在遊戲裡是王是寇，關鍵就看初期你發展得怎麼樣了……」

「小雲那是什麼人？那是個靠著貼男人來吃飯過活的女人，她倒是有大把大把的時間風花雪月、愛恨糾葛了，我卻是很忙，沒工夫陪她演愛情劇的好不好？她那些所謂的『有事』，十成十和男人脫不了關係……難道我還得幫她解決終身大事？她以為我是她媽啊？」

「這……妳說的這話是不是有點超過了？」海哥臉色有點尷尬，畢竟他也是被貼過的男人之一。

在創世紀之前的老遊戲裡，小雲從頭到腳那一身行頭，哪一件不是他給的？這還不算她平常買個首飾、養個寵物什麼的花費。如果有人欺負到小雲頭上了，他還得主動自覺的召集團裡兄弟去幫自己老婆報仇……仔細一想，還真就跟這水果說得一樣。人家是女人，天生就有性別優勢做本錢，只要拉得下臉來，到哪裡找不到冤大頭啊？

這就跟現實裡好多女人都是靠嫁男人來吃飯一樣。學歷不高？工作沒經驗？屁事不會，連影印個文件都會出錯？沒問題，工作職位只是人家用來接觸人群、擴大交際圈、好尋覓老公候選人的，那根本不算正職。她們只需要打扮得漂亮點，會發個嗲，沒事跟上司調調情，開開玩笑就好了。等套牢了優質飯票兼提款卡，把婚一結，這輩子自然就是吃喝不愁，還學個屁啊！

任何一個網遊，其吸引力的精髓都是在玩家之間的互動交往上。比如說組隊副本，比如說公會團體，比如說PK……如果沒有了玩家和玩家之間的人際關係，那麼只能叫做單機遊戲，根本不會有任何的吸引力。

但是在網遊中，最讓玩家們痛苦的也通常就是在與人的交往上。比如說買東西遇到耍詐的了，下副本遇到陷害的了，公會團體裡碰上和自己不對盤的了，沒招誰、沒惹誰的走著卻趕上PK的了……這就是典型的「林子大了，什麼鳥都有」。

誰都沒辦法保證自己遇到的一定是對自己有幫助的人，NPC那裡還經常出來個突發事件呢，更何況是心思莫測的人？說不定人家什麼時候心血一來潮，想著想著就來折騰你一頓了。

雲千千現在碰到的，就是這樣子的突發事件。但比較好的一點在於，她還有拒絕的權利，不像其他人只能無奈接受——雖然說我現在確實很閒，在等燃燒尾狐他們打完架回來之前什麼也幹不了，但就算這樣，這也是我的私人休假時間，不是幫人解決情感糾紛的……現在坐檯小姐都有輪休的假期了，我總不至於淪落到連人家都不如吧？

把小雲的事情甩掉之後，雲千千終於有時間好好來研究一下剛才掏出來的那炷香了。

香還是普通的香，非戰鬥用的道具。功能只有一個，那就是召喚。可輸入玩家 ID 並將其召喚到自己身邊，召喚時，只要該玩家沒有在進行活動的狀態，那就允許召喚。

這樣的道具嚴格說起來很沒有人權，根本不顧被召喚方的意願，所以也就顯得很不公平。但是還好，這個香也是有使用次數的，總共可使用五次，雲千千剛才拉海哥已經用掉一次，還剩下四次。

這東西不算好，只是勝在奇特。

雲千千摸摸下巴，想想還是把它收了起來，並不準備拿去拍賣。她唯一不理解的就是，這東西是什麼時候到了自己的空間口袋裡的，怎麼一點印象都沒有？

「……我記得這好像是失落一族的東西。」還好，一直跟在旁邊沒有插話的凱魯爾是個內行人，一語道破玄機。

「你的意思是，這是失落一族地盤上的特產？」雲千千恍然大悟，終於想起點蛛絲馬跡來了。自己在失落一族的禁地裡曾經隨手摸過三樣東西，這炷香怕就是其中一樣了。當時她沒有時間看上一眼，沒想到還有點意思。

凱魯爾淡淡的看了那炷香一眼，「失落一族祭祀的時候，就會點燃這香，請神明下界……只是這香似乎年代有些久遠了，再加上又是在您的手裡，所以它的威力似乎小了不少。」

「無所謂、無所謂，能召喚玩家就不錯了，召喚個神明下來的話，我還真不知道那有什麼用處，又不能幫我打怪、打架、刷任務……」雲千千往空間袋裡掏了幾把，又抓出一堆東西來。從裡面翻翻揀揀後，雲千千再挑出兩樣道具，遞到凱魯爾面前。

「小凱，幫我看看這兩個是做什麼用的？」現成的失落一族道具使用大詞典在這裡，她不好好善用一下才是傻子呢。

「這……您不是會鑒定術嗎？」

「鑒定術哪有你說的詳細啊！」雲千千呵呵笑著，反正無聊，她就直接當人家是在講故事了。「像是歷史淵源啦，有過什麼與之相關的感人故事啦，物品最初是怎麼被製造出來的啦……你知道多少就說多少，我好好聽聽。」

先知都是寂寞的，這創世紀自己是了解到詳細得不能再詳細了，隨便拿個東西出來，自己就能把其用途、相關任務、衍生劇情等等都說得一清二楚。難得有一個自己沒接觸過的隱藏種族，還有這種族裡特產的道具，不聽個新鮮怎麼對得起自己？再說，反正也閒……

雲千千隨手一掏，捧出一杯清茶、一把瓜子，做出聽故事的架式，眼巴巴的就等著人開講了。

凱魯爾嘴角抽搐，久久的無語——老子是武職，不是歷史文官……

雲千千也是挺顯眼的一個人物了，這倒不是因為人家認得她這個第六高手，主要是因為凱魯爾在旁邊這麼一站，氣場實在是太過風騷的緣故。

NPC隨從，在目前的創世紀裡誰見過？沒人見過。這可是頭一個。

尤其是凱魯爾本身是修羅族不說，又是修羅族裡數得上排名的戰將。一身剽悍之氣再兼設計的長相也不錯，那氣勢、那派頭，不管是男人、女人，帶他出去都太有面子。

冷不防的看見這麼拉風的一個NPC，怎麼可能不讓玩家們騷動一下？

剛才的海哥那是心不在焉，人家正在為小雲的事情煩心，根本就沒工夫計較其他的雞毛蒜皮。再加上前面又有被召喚事件墊著，那件事足夠讓他驚駭的了，相對比之下，凱魯爾帶給海哥的震撼效果自然也就少了許多。

可是其他玩家就不一樣了，他們的好奇心熊熊燃燒著，八卦之魂風騷的站起，想要深刻的研究這個NPC來自何方、有著怎樣的實力，最關鍵的是自己有沒有希望也弄到一個……等等之類的問題。

「要過去嗎？」

和雲千千同處一店的其他玩家們開始交頭接耳了。

「你去打聽？我看著那女孩不像好人……」

「你怎麼知道的？」

「……男人的直覺。」

雲千千的手氣是一如既往的壞，彷彿她只要一跟摸彩、抽獎扯上關係，那就絕對撈不到好貨。難道這是天道冥冥之中的另外一種平衡，因為她知道許多別人不知道的事情，所以就要付出黑手的代價？雲千千的思緒一路向著玄幻小說的方向狂奔而去，開始認真思考自己在遊戲中碰到一個修真人士侵入智腦，繼而傳授自己大道，最後自己一番修煉後白日飛昇的可能性。

在失落一族的禁地裡，每個人只能拿出三件東西。要說那炷香還勉強能算是個實用道具的話，另外被雲千千摸上來的兩件東西就顯得有些太不如人意了。

第二件道具是古錢一枚，外圓內方，從孔中可看出偵破觀察對象的偽裝和部分資料。

對於失落一族的人來說，這是個好東西，畢竟知己知彼、百戰百勝；可是對於雲千千來說，這個東西就讓人感到異常痛苦了。因為在這古錢的屬性後面還有一行字，明確註明，因為雲千千不屬於失落一族也不會使用占卜術的關係，所以要跨行使用這東西，每次就得付出50金的代價。而如果是失落一族的子弟的話，自然就沒有這樣的限制，每次使用只需要耗費MP值50點……

這差別可有點大了。根據凱魯爾的說法，最後面這條補充規定應該是為了防止人跨行，搶失落一族的飯碗才訂下來的。畢竟占卜推演什麼的那是人家的特長，你一個非此專業的外部人員想享有別人的特長，那總得付出點代價吧？再具體細指的話，這代價自然就是錢錢……

於是這個在燃燒尾狐手裡可堪比神器的好東西，落到雲千千這個只進不出的鐵公雞手上，瞬間就成了被嫌棄的東西，實用價值在被限制之下也就大打折扣。而且最噁心人的是，這種非消耗品的道具還是綁定的，無法轉手或販賣……

最後一件道具更不用說，小爐子一個，據說是失落一族煉器用的。綠階的品級，在拍賣行裡有不少人賣這東西，目前市場價也就十來個金幣。

「咦？那個女人看起來有點眼熟。」

「眼熟？可是我不記得認識的美眉裡有哪個敢帶著小白臉招搖過市的。這麼閃耀的搭檔組合，如果見過，肯定會印象深刻吧？」

「可是你瞧那猥瑣的笑容，你瞧那一看就知道沒安好心的賊眉鼠眼，你瞧那……這世界上有如此獨特徵的女孩也沒幾個了，我也覺得我們應該是在哪裡見過……」

「唔……」

說話的是剛踏進小店的一群男人，要說認識，雲千千還真和他們認識，不過沒打什麼交道，也就是遠遠的隔著互相看到個身影和大概輪廓罷了。他們都是修羅族守衛戰時接了任務去幫忙的隱藏種族玩家。

一葉知秋和龍騰在密林裡打起來了，這些人也不想蹚這渾水，自然是第一時間閃人，還沒來得及回自己族去兌換獎勵，就先來城裡收拾空間袋順便再吃個飯。

雲千千在那邊收拾自己的戰利品，眼神憂愁失落。這群人就在旁邊研究著，回憶自己到底是在哪裡見到過這個女人。

過了個好半天，終於有一個記憶力比較好的人遲疑了下：「我覺得……她是不是修羅族的那個蜜桃多多啊？」

「蜜桃多多？」這個名字真是如雷貫耳，人家話音剛落，隊伍裡的另外幾人就忍不住一起倒吸口涼氣，有人戰戰兢兢的說道：「應該不是她吧，那女人身邊的男人看起來也不像九夜啊，再說他還是站著的……」

人家吃著我看著，人家坐著我站著……玩遊戲的人想來沒誰會有這樣的態度。大家地位都一樣，身分都平等，誰也別覺得誰要高人一等。雖然說玩遊戲的人也分三流九等、高手低手的，但比起現實社會來，這種事情還是要少得多了。

凱魯爾往端坐著的雲千千身後那麼一站，明擺著就是個下人隨從，再說人家那NPC身分也是很明顯的，玩家和 NPC 之間穿著的衣服很容易看出區別。

以這幾個隱藏種族玩家的觀點來看，如果這女孩真是蜜桃多多，那沒理由高手榜上會對她的這個NPC隨從隻字不提，畢竟人家這也是一大亮點。

記憶力好的那位兄弟此時再次展現出了他的強大。又遲疑了一下之後，他二度謹慎的開口：「我覺得……那兄弟是不是修羅族密林周邊發任務的凱魯爾啊？」

「……」

雲千千根本不知道自己被這群人注意上了。或者說，自從凱魯爾跟著她以來，她一路上就吸引了無數目光，於是此時也就適應了，根本懶得去一個個計較那些盯著自己看的人到底有誰誰誰。

咱是一個美女，還是一個實力與美貌並重的美女，是有深度、有分量、有內涵、有……什麼的。這樣的視線聚焦只是小意思，不是隨便一點兒小騷動就值得咱注意的。

雲千千還在喝著茶，聽凱魯爾講故事，旁邊剛才那隊隱藏種族的玩家們就猶豫著蹭了過來。記憶力好的那位男子代表隊伍發言，上前一步，羞澀開口道：「妳好，請問妳是蜜桃多多嗎？」

雲千千愣了愣，看了一眼這群人，抓抓頭，好奇問道：「你是尋仇、報恩還是談生意的？」

「……就是找妳聊聊。」

「聊聊？」這是個什麼說法？自己剛才都想好了，要是人家說是尋仇的，自己就閃之或是先下手為強；報恩就做做姿態，再大收一筆錢錢；談生意比較麻煩，卻是自己最喜歡的活動之一……可是這個聊聊？這該不會是傳說中的搭訕吧？

雲千千為難了下。「你們想聊什麼？我可是良家少女，超過尺度的範圍是不能陪你們聊的。再說就算我肯聊也不行，會被馬賽克的……」

「……」來人強壓下喉中一股翻湧的腥甜，良久後才扯出一臉僵硬的笑來：「蜜桃美眉真會開玩笑，呵呵。」

「……」這人笑得真難聽。

在前世的時候雲千千就知道，隱藏種族的玩家們雖然和其他玩家差不了多少，但彼此之間卻自有一個小圈子，互相時不時也會有些來往。

比如就像修羅族和失落一族比鄰而居一樣，其他隔得近的種族也有不少。而加入隱藏種族的人因為其學習技能和練習技能的熟練度，需要經常回自己種族的關係，對種族的歸屬感也就比普通種族更強些。

越是成員稀少的圈子裡，其凝聚力也就越強，這是一個很明顯的法則。比如說玩家裡，選人族的起碼上億，其他獸人族、精靈族之類的普通種族也少不到哪裡去，你想讓這麼多人以種族為核心而凝聚起來，這基本上就是不可能的事情。

可是，比如修羅族一類的隱藏種族裡，一個族通常只有寥寥幾人，更甚至乾脆就只有一人……那麼在這個種族裡的玩家們會彼此感覺對方是「自己人」，這樣的想法和意識也就是很正常的了。

出國了，大家都是本國人；出省了，大家都是X省人，省內的大家都是Y市人，再是Z區人、A校人……所謂的關係網就是這麼來的。

隱藏種族之中，種族聚居地隔得近的那幾支，玩家們彼此之間經常有些來往，與起些大家都是一路人的親近感，那是多麼順理成章的事情啊！

雲千千以前就是個普通人，做了個人族，遍地都是同類，根本就不覺得稀奇，自然也就沒覺得自己和誰親近。倒是現在成了修羅族，隔壁住了個失落一族，還真就對九夜和燃燒尾狐這兩人有點另眼相待了……

當然了，該敲詐的時候還是得敲詐，該壓榨的時候還是得壓榨。公是公、私是私，雲千千一直挺為自己公私分明的優點而感到自豪。

聽著來人的隊伍介紹了一下自己隱藏種族的身分，雲千千也恍然大悟了，原來人家是因為看到同類而感到親近，所以過來打個招呼罷了。

當然了，其中可能也有些拉攏的意思。畢竟隱藏種族都有些特長，以大家都是隱藏種族這一共同點先認識，然後成為朋友，等到有什麼事情需要用人的時候，自己也是多了份力量不是。

想通之後，雲千千也挺懂事的就站起了身來，笑得一臉燦爛，熱情寒暄道：「久仰久仰……你們誰啊？」

「……」代表說話的那位男子僵了一下，尷尬笑道：「我們是暗精靈族的。」

暗精靈族，相當於精靈族的變異分支，屬於精靈族的強化版，比起普通種族要好，但是比起真正的隱藏種族來又要弱，屬於一個介於兩者之間的過度區，所以考核難度不是很大，玩家相對也比較多。

「哦！半隱藏種族，不是很稀罕嘛。」

雲千千還有個優點，就是很直率。

暗精靈族的幾個兄弟瞬間很受傷，哀怨的瞅瞅雲千千，不知道接下來該給個怎麼樣的反應。照理來說，在對話中他們應該客套一下，可關鍵是對方似乎沒有和自己客氣的意思？這妞在挑釁吧？

「蜜桃小姐真……耿直，哈哈。」

其實他們是覺得對方就是在找碴的，可問題話不能這麼說，主要是怕得罪人，更主要的是得罪了這女人，他們未必打得過。一干男人們淚流滿面，很委屈很委屈。

「一葉知秋沒拉攏到你們嗎？」雲千千讓了個座。暗精靈族的幾人隨便客套了一下，也就坐下了。

聽到這個問題，一行人都臉露尷尬的面面相覷，好一會後才有個兄弟無奈苦笑，代表發言：「落盡繁華和龍騰九霄就是因為這個才打起來的。」

「哦？」雲千千想了想，大為感興趣：「你的意思是，兩邊巨頭都想挖人，然後就因為互不相讓，所以才打起來的？」

「嗯，就是這麼回事。」暗精靈一行人長吁短嘆，看上去很是消沉。

雲千千迷惑好奇：「那你們怎麼看起來還這麼萎靡？奇貨可居，正好坐地起價啊……反正如果是我的話，就不用他們打架，直接兩邊競標，誰開的薪水高，我就跟誰走。」

「……」堂堂的高手榜第六名也就是這個素質了……暗精靈一行人頭大的想了想，試圖委婉的幫人家解釋一下：「關鍵不是選誰不選誰。而是選了一方之後，我們必然就要得罪另外一方……妳想啊，現在創世紀裡最有實力的組織裡，就這兩個公會最威風了，現在為了我們的事開火，回頭不管誰輸誰贏，我們都是兩面為難。」

「明白了。」雲千千開竅，點點頭表示理解。「這就好比兩個男人一起在夜店看上同一個坐檯小姐，雖然說爭的是那個妞，但更主要也是爭自己的面子。兩邊打架本來就是賴皮的事情，打起來就是個沒完沒了。回頭你們不選誰都是不給人家面子，這就要得罪人。沒了面子，那個以後不照顧妳生意了不說，搞不好當場還得惱羞成怒打妳兩巴掌。」

「……道理是沒錯，但是這例子……」剛才說話的那兄弟擦了把冷汗，感覺自己有點適應不能。

另外幾個人一見，連忙接上話，把話題帶開：「總而言之，現在情況就是這樣。他們那邊好像都有人記住我們的遊戲ID了，回頭等打完了架，應該就要開始拉人入夥……問題是現在我們也不知道該加進哪一邊才好。」

「順著自己的心意隨便加啊！你們是隱藏種族耶，應該是他們怕拉攏不到你們，而不是你們會怕沒地方落腳安身吧？」雲千千皺眉。

「隱藏種族裡也分三六九等……就像妳剛說的那樣，我們這個種族並不稀奇，他們拉我們是本著有最好、無亦可的態度。如果到時候兄弟們不給面子，那就真不好說了。」有人嘆息道：「比如要是妳和九夜兄的修羅族，那些人就是肯定不敢得罪。可我們這種……如果那兩個公會想拿我們立威，沒準直接就下令追殺。再退一步說，就算他們沒下這種令，心裡肯定也不舒服，以後明裡暗裡的算計我想少不了。」

俗話說得好，不怕賊偷就怕賊惦記。要真是被殺了也就是快刀恩仇的事，怕就怕人家心裡記著你，有事沒事碰上了就為難你一下，那才是最磨人的。

而這，當然也就是這行人擔心的地方。誰叫他們不上不下，剛好在中間當夾心呢！

「明白了。」雲千千再次點頭。「這就好比小姐也分三六九等，頭牌的話就有許多人捧著，偶爾來幾個人為了爭她打起來也沒什麼，那叫風流輕狂，爭得到是面子，爭不到下次努力。但如果是站街的那種野雞就……」

「大姐，我們能換個比方嗎？」一群男人哀號，連忙打斷她的話。他們就想不明白了，這麼個高手，還是個女人，怎麼老喜歡拿「小姐」來譬喻呢？

就連凱魯爾都聽不下去的乾咳了兩聲，俊臉飛紅。

人家雖說是NPC，雖說還是個挺宅的NPC，但是有些詞彙單憑猜也是能猜得到的，這跟學識什麼的無關，純粹是男人的直覺。

雲千千瞥了這群人一眼，鄙視道：「大家都是明白人，還裝什麼純潔？」

「……」

在雲千千面前一對比，這群人瞬間覺得自己真是純潔得跟小白紙一張似的，這可絕對不是裝的。

人才不管在什麼時間、什麼地點之下，都絕對是領袖們想極力挖攏收集的資源。有了人才，才能更好的開發生產力和行動力。

想要幹活、跑腿、衝鋒陷陣的那還不簡單？一把錢灑下去，要多少就有多少。可是想找到個人才，那就不是那麼容易的事了。關鍵不是錢不錢的問題，主要是可遇而不可求。

在修羅族密林中為任務而來的那一大群隱藏種族玩家，就都可以算得上是創世紀中的人才資源。這麼多人聚集著一起出現，那對任何一個想當老大的人來說，都是一筆惹人垂涎的財富。

若是能拉攏到這批人，橫行創世紀什麼的不用說，光是公會整體實力提升一個層級是絕對沒問題的了。只要自己的對手沒有壓倒性的實力，憑著這些各有特長的隱藏種族們，任何一個勢力都完全可以穩占風雲。

「妳說得沒錯，一葉知秋和龍騰就是為了這群隱藏種族的玩家才打起來的。」通訊器另外一端的無常倒是沒有隱瞞的意思，語氣平淡無波，像是在敘述一件最平常不過的事情。

「我們公會包括九夜和我們幾個在內，有獨特專長的人才總共也不超過兩位數……這太少，還遠遠不夠我的標準。要知道，除非是公會太爛，或者是玩家本身就不可靠，不然的話，玩家們在加入某個公會之後都很少會跳槽的。為了長遠的發展，我們必須從現在開始就把有潛力的人才拉攏進來。而遊戲中最大的潛力股，自然就是隱藏種族和隱藏職業的各個玩家。」

「我們公會？」雲千千詫異，正事不聽，反而揪著人家話中的小細節不放。「你什麼時候對小葉子的公會那麼有歸屬感了？警察不做了？不怕網路警察局的安全部門來找你，說你有立場傾向？」

「……關妳屁事。」無常磨牙。這女孩到底有沒有認真聽他說話？她提出的那個根本不是重點好不好！

「對了，那現在打得怎麼樣？一葉知秋的情緒如何，是淡定還是激動還是暴躁？有沒有想要找人遷怒的衝動？」

「……」所以說，現在連自己的怒氣也被無視了嗎？無常對雲千千這樣跳躍性的思考和選擇性無視的談話方式感覺很不適應，斷然的切斷通訊。

雲千千低咒一聲，正要重撥回去騷擾對方，一個接入的通訊提示就在她下手之前響了起來。她接起來一聽，九夜出場。

「聽無常說妳有事？」

「……我想知道一葉知秋目前的情緒狀態。」

「等等。」通訊器那邊丟過來兩個字，接著沉默三十秒後，九夜的聲音再次出現，淡定無比：「看不出來。」

「沒關係，沒關係，我對你的察言觀色從來不抱希望。」雲千千安慰九夜的同時也當是安慰自己。「那麼現在戰場情況如何？哪邊占上風？」

「我這片範圍還好，沒遇到棘手的。」

「……九哥，可能你沒理解我的意思。我是想問大範圍的全域，不是想問你。主要是其他人那邊怎麼樣？」

「那我怎麼可能知道？」九夜反問得理直氣壯。

「……」

「要不我幫妳去看看？」

「你認識路？」

「……」

無常兄，你狠。僵持許久後，雲千千淚流滿面的收線，終於知道所謂一物剋一物是個什麼意思了。在遇到九夜這樣子的奇葩之前，她做夢也想不到自己居然也會有今天這麼鬱悶的時候。

浪費了十分鐘也依然沒有獲得半點有用消息的雲千千已經疲憊，雖然還可以選擇繼續騷擾燃燒尾狐等人，但她卻已失去了幹勁。她瞪了眼前滿臉期待的幾人一眼，沒好氣的一拍桌，「老娘什麼都沒打聽出來！」香蕉的，憑毛自己要為了別人的事而去辛苦探聽啊？

「呃……」暗精靈族的幾個人頓時愁容滿面。「那我們現在怎麼辦啊？」

「下線吧，過個幾天再來玩，那時候風聲應該就已經過了？」某腦殘人士提議，被群起而轟之。

「要不，你們哪邊都別加？」雲千千也提議。

眾人正要繼續轟之，一看對象不對，連忙把已經快要出口的噓聲吞了回去，委婉答道：「這耍大牌的招可不適合我們這樣子的人用。」

「那你們就加入協力廠商勢力？」

「……請問這跟上個建議有什麼不同？」

119・建立公會的準備

「大大的不同。」雲千千賊兮兮的壓低聲音：「不加的沒靠山，加了有靠山……這還用我說？」

「……那還不如在一葉知秋和龍騰中間選一個呢，總比一次把兩個都得罪了的好。」幾個暗精靈面面相覷了一下，繼而苦笑：「而且就算我們自己不怕，真去選了協力廠商勢力，料想到時候也沒人敢收我們。畢竟那邊可是創世紀數一數二的兩個公會，收了我們就等於是得罪了這兩邊……靠山？到時候靠山山倒、靠水水乾，那可不是好玩的。」

這簡直就是虎口奪食啊！雖說自己等人的能力未必真有多麼惹人垂涎，但話還得往回了說，這其中最關鍵的還是一個面子問題。

雲千千呵呵一笑：「不見得誰都怕他們兩個吧？要是兄弟幾個不怕的話，要不我建個公會拉你們？」

「妳建……」幾個玩家一起倒吸了口涼氣，難以置信的看著雲千千——這是什麼情況？難道說這女孩也有爭霸的心思？不能吧？

其實說起來，單是一個凱魯爾的話，還不足以讓這幾個玩家興起過來搭訕的心思。他們剛才之所以會主動跑來和雲千千寒暄，最主要的目的還是看上了一葉知秋和龍騰對人家的看重。

創世時報上最愛報導高手之間的八卦周邊，什麼愛恨糾葛、什麼三角四角戀、什麼挖牆爬灰……那都是必不可少的。雲千千身為一個四處敲詐、滿地勒索，立下宏願試圖要搶遍全球的慣犯，無可避免的當然會和各大財主之間有著說不清、道不明的關係。

而這些當事人心知肚明是怎麼回事，外界的人可就沒有那麼明白了。或者說，創世時報裡的那個混沌胖子根本就是揣著明白裝糊塗，真相是怎麼回事他不管，人家追求的是最賣座的假設。

於是，一個黑心爛水果和幾位精英高手不得不說的故事，就這麼應讀者的呼聲而誕生。今天鬧僵了、明天合作了……各種各樣的真假新聞花邊層出不窮，混沌胖子就這麼成功的把大眾讀者們糊弄得欲仙欲死，霧裡看花般茫然迷惑，還不得不繼續買報紙一期期的跟下去，試圖某一天徹底弄明白這幾人之間到底是個什麼關係。

這就跟追看電視連續劇或是小白文一樣，雖然情節狗血俗套，可已經掉坑了，還能怎麼辦？不就只能靠人家時不時的撒把土支撐著，順便指望一下此坑某天能被填上麼幾人過來。

幾個暗精靈本來也就是因為相信創世時報的報導，因而確信以雲千千的人脈一定能幫上他們，所以才想委婉的把事情說一下，看看能不能讓這女孩在旁邊幫忙說兩句好話，也好叫那兩個老大別為難他們這些夾中間不上不下的尷尬分子。

結果現在可倒好，人家根本沒有幫忙說話的意思不說，看樣子好像還有點打算要將事情擴大化的味道？

「大姐，妳真有心辦公會？」最開始代表說話的那暗精靈甲終於第一個回神，糾結半晌後遲疑問道。

「嗯，你們就當第一批入會的吧，兄弟們幾個運氣不錯，一進來就是元老呢，哈哈。」雲千千眉開眼笑，熱情拉人上賊船。

「……」

幾個暗精靈再對視一眼，之後又是那個暗精靈甲站出來擦了把冷汗，代表他身後的隊伍說話：「蜜桃大姐，要不妳就當我們剛才沒來過，大家各走各路好嗎？」香蕉的，這真是沒事倒惹一身騷，早知道自己愁自己的，何苦走過來招惹這水果。

「砰」的一聲，雲千千猛一拍桌，當場翻臉：「想來就來、想走就走，你們耍我呢？」

「……」誰耍誰啊大姐！幾個暗精靈們一起淚流滿面。

眾所周知，在創世紀裡想要建一個公會，那可不是一件容易的事情。首先不說其他，單招募人手就是個大問題。

這裡是一個沒有所謂世界頻道的擬真世界，於是也就沒有了宣傳頻道，不可能像其他遊戲，讓你頂個喇叭滿天刷的去招人。除非是一開始就拉幫結夥的整個公會遷徙進來，不然想要招夠人手把公會撐起來，那絕對是一個十分困難的任務。

而再其次的又一個難題，自然就是建公會需要的令牌……

如果雲千千想建的是個傭兵團，那倒好辦，只要等級夠了、人數夠了，再交點錢，自然就能搞得定。可如果要升級成公會的話，就必須得有令牌才行。

遊戲開放至今，從各大活動中刷出來的令牌絕不超過十位數，這樣僧多粥少，她還想開公會？做夢去吧！想通這個關節之後，暗精靈幾人總算稍微安心了些，以為人家只是說說而已的，於是沒多猶豫就應了下來。

得到承諾之後，雲千千順便還小心眼的特意跟人家簽下了系統約，言明半個月內自己如果辦起公會的話，這幾人必須無條件加入。之後一切搞定，她這才收起合約，心滿意足的閃人之。

雲千千不是個想爭霸風雲的人，但她是個想盡辦法斂財的人。

公會老大除了能在外面囂張跋扈、沒事賣弄賣弄地位之外，最實在的莫過於能掌握一會的資源了。公會裡有公會任務，做完的玩家可以領取獎勵，同時公會倉庫中也會有相應的分成補充。另外，公會還可以申請攻打駐地，在領土上經營收稅……如果這還不足以成為雲千千想建立公會的理由的話，那麼最後一點就很關鍵了。

公會之間可以互相較量掠奪，打劫對方資源……一個人的力量始終是渺小的，如果只有雲千千自己的話，頂多也就是敲敲小竹槓，劫道的時候黑個十來人也就是極限了。可帶著公會出去幹壞事，那每票可幾乎都是以萬為單位。這是多麼富有巨大潛力的一片市場啊！

「所以妳就覺得單人出場還不夠看，現在想改組團禍害了？」君子在接到雲千千的邀請，並聽完對方組建公會的想法由來之後，很精闢的做出這麼一句總結。

「少廢話，你到底幫不幫忙？」

「……如果我說不幫的話，妳會把我怎麼樣？」君子遲疑許久後，小心翼翼問道。

其他人的生死倒是和他沒太大關係，局勢越混亂的時候反而是越好發財。君子倒也沒想做正義凜然的真君子，只是一想起那水果有建公會的念頭，他就實在是按捺不住的為其他玩家悲天憫人了一把，很有點兔死狐悲的味道……自從世界上有了這麼一個女孩以來，連西元三〇一三年的末世預言都顯得不那麼讓人膽顫了。

「大家都是好朋友，你要是真不來幫忙，我當然也不會做什麼不厚道的事情。」雲千千嚴肅道。「而且為了表揚你這種不和我同流合汙的高尚精神，我還準備親自撰寫一篇文稿，讓混沌胖子發到報紙上，好好的為你宣傳一下。」

「……」這是赤裸裸的威脅啊，大姐！

君子沉默了又一個許久，終於咬牙：「老子幹！」

龍騰和撒彌勒斯以前簽訂的駐軍協議已經作廢了，為了保持自己公會的名聲，龍騰情願付出巨額的違約金，也不願意讓公會駐紮到那個老騙子建的主城去。

於是撒彌勒斯最近很憂鬱。說是雲千千的任務沒完成吧，這實在是說不過去，人家確實幫他把契約簽回來了。但簽回來是簽回來了，那個契約公會臨到頭卻丟了一大筆錢過來說要解約……這是什麼意思!?想他堂堂一大騙子，身上難道還會缺錢嗎？自己要的不是錢，是軍力、軍力啊！

正好就在這個時候，救苦救難、為撒彌勒斯排憂解難的君子出現了，他是作為新勢力來談判的。

撒彌勒斯的新主城缺駐紮公會，沒問題，他手上有人手，只要撒彌勒斯願意出建幫令，讓他們申請建設好公會，則該公會自動併入撒彌勒斯的主城駐紮軍中，絕不反悔……

這當然是雲千千的主意。這老騙子身上有些什麼好東西，雲千千知道得可是一清二楚。在系統的活動中，如果撒彌勒斯的主城被討伐，而撒彌勒斯本人也戰敗被抓的話，最後的戰利品中就包括一份建幫令。

雖然現在這個談判顯得有些不符合程序，但是也不能說完全沒有漏洞可鑽。反正規定是死的，下面執行起來的時候還是可以靈活變通一下的嘛。

於是，把和撒彌勒斯談判的任務交給君子這個名義上的騙子徒弟之後，雲千千就又一次離開了主城，調頭再度開赴修羅族，尋找自己公會的首批會員去了。

俗話說得好啊，鷸蚌相爭，漁翁得利。既然一葉知秋和龍騰兩方的人馬現在都打得正高興，騰不出手來，那麼那群隱藏種族的玩家被人拉走了也怨不得人吧？雲千千非常理直氣壯的如是想著，同時撥通了混沌粉絲湯的通訊：「胖子？有生意哦！」

一葉知秋很忙，一葉知秋很焦躁。

作為創世紀中第一個成功創立公會的大型合法組織，一葉知秋的身上無時無刻不背著一坨巨大的壓力。

龍騰和落盡繁華之間的梁子，自打兩人競先建立第一公會的時候就已經結下了。雖然說這其中最主要的原因也是怪某個女孩辦事不夠厚道，但身為同樣想要稱霸創世紀的兩個公會會長，一葉知秋和龍騰之間的關係就算是沒有雲千千在其中攪和，也已經幾乎是沒有調和的可能性了。

誰讓他們想爭的都是同一塊骨頭呢？大家都是心高氣傲的人，誰願意當萬年老二來著？首先，這喊著就不大好聽；再而且，雖然說只差了一位，可落後那個的油水就明顯趕不上排前面的了。

比如說這次的搶人事件，就又是兩個公會角力戰的一次具化體現。隱藏種族資源大家都想要，至於說最後誰能如願，那就是各憑本事的事情了。雖然說拉到這些人才並不就等於是穩占上風，但好說也算是一個不小的優勢。而所謂的差距，就是由這麼一次次的小優勢累加起來，由量變而質變的漫長過程。

這次到修羅族來的都是一葉知秋公會裡的精英，這些玩家們裝備精良，手底下的操作也不錯。說能以一敵百的話太誇張了，但以一擋二、三個普通玩家倒是沒有太多問題。

可惜現在對上的是龍騰，人家可不是好惹的；而且龍騰比一葉知秋的優勢就在於他說話時，聽的人要多些，畢竟幾乎整個龍騰九霄公會的人都是靠這富二代養著的，衣食父母的意思自然得好好順著。於是，龍騰九霄裡不僅是精英，連小魚、小蝦米都跟過來混人頭了，圖的就是公會裡的戰後撫卹金，這福利可是落盡繁華沒有的。

「會長，我們人手死回去太多了，龍騰那邊還有大半人手站著，再打下去我怕我們會團滅啊！」說話的這個是一葉知秋公會裡的一個管理人員。他和他帶著的玩家都是普通人，可沒某個路痴那麼剽悍。被重軍包圍了那麼久，落盡繁華的損耗不可謂不小。

「九夜呢？」一葉知秋咬了咬牙。「讓他去刺殺龍騰，到現在還沒完成？」

「龍騰身邊都是精英，再說人家有錢，捨得砸裝備，他那一身從頭到腳、外加手上拿的，無一不是遊戲裡最尖端的裝備；再加上他本身等級又高……所以除了九夜以外，根本就沒有兄弟有能力靠近到龍騰三十公尺之內啊。」那個報告的管理人員重重嘆口氣，跟一葉知秋解釋。

「泥馬，老子問的就是九夜，誰問你其他兄弟了！」一葉知秋很激動，抄起通訊器吼道：「其他人我不管，你們對付普通人就行了，關鍵是九夜為毛現在還不動手？」

「……老大，在沒有人帶路的情況下，你認為九哥自己有本事順利摸到龍騰身邊？」

一葉知秋：「……」

無常清咳一聲後，在頻道淡定插話：「請不要人身攻擊。」

一葉知秋、管理人員甲：「……」

古往今來，有誰聽說過哪個刺客是因為找不到路而任務失敗的？

「無常，想個辦法吧。」沉默許久後，一葉知秋頭大的揉了揉太陽穴，終於無奈開口求助。

「等等，我在分析情報。」

「情報？」

「嗯，創世時報最新刊，剛剛送到的。」無常在通訊器另外一端，手拿報紙邊看邊答，半點不見緊張情緒。

「我……」臥槽！

一葉知秋強忍著把粗口嚥了回去，青筋跳跳，連連深呼吸幾口之後才終於平復了情緒。但是他涵養好，不代表其他人也有這麼好的涵養。剛才無常幾個說話都是在公會頻道裡，自然所有人都聽到了。

一聽說那個平常人緣就不怎麼好、嘴還特別毒的死眼鏡男在這麼緊張的時候居然還在看報，頓時部分人平常被壓抑下的怒火就有點復燃的趨勢。

再於是，公會裡當場就有人陰陽怪氣的開腔了：「喲，那麼拉風的八卦時刊都被您弄到了啊？分析出啥沒有啊？最近名花榜又有啥更新了？還是說誰和誰又有緋聞了？……能從花邊新聞裡分析出情報，您老真是強人。」

「呵……」無常淡然冷笑，不急不怒的平靜接話：「多的不敢說，倒是真有點心得。」

「什麼？」挑釁者連忙接話。

「……以你的智商，我很難和你解釋這麼高深的問題。」

「……」

一葉知秋本來也有些不滿，覺得無常這個眼鏡男似乎有些分不清輕重緩急。可是現在這麼一聽，他頓時也緊張了起來。無常的能力他一直是看重的，再加上對方也從沒有過誇大其辭的前科，所以儘管感覺無常剛才那句話有些不大可能，一葉知秋也依然是選擇了慎重對待。

「無常，你那說法是怎麼來的？」

「買份報紙吧，會長。不管你看得起、看不起，小道八卦也有小道八卦的情報性在裡面。」專業情報分析員無常同學傾情推薦：「你想要的答案，在時報最新刊的第二頁上就有……」

創世時報雖然開刊不久，但因為人家報導過幾次吸引人注意的大新聞，所以在玩家群中還是有一定的讀者基礎。

首先，創世時報的選材範圍就很符合大眾喜好，以娛樂性和即時性打開局面。其次，再加雲千千這個緋聞女王和行走禍害傾情加盟，值得報導的新聞自然也就是時時更新，絕無短缺。最後，創世時報中時不時的還會有些前沿資訊發布，比如說新地圖、新副本的通關要點，比如說某 NPC 身上的隱藏小任務，再比如說……

沒人知道創世時報的記者們為什麼會知道這麼多事情，最關鍵的是在經過驗證之後，報紙上非八卦類的消息都已經被證實，於是這就很能討好讀者了。

一葉知秋也知道這一點，只因為報紙上的內容向來都是些小道消息，所以他關注了幾期以後就沒再繼續追讀。而他萬萬沒有想到的是，自己再次翻開創世時報的時候，竟然會看到這麼個聳動的新聞。

「新型領地天空之城全面揭秘：古老的神族遺址，神秘的新功能主城，在天邊雲端、無人可企及染指的空中領地……據知情人透露，該主城應該為頂級新型領地之一，因其地理條件的特殊性，一旦擁有後絕無被破壞占領的可能，再加上……除此之外，部分更詳細的相關資料處於保密中，該知情人士有意組團，邀人共同探索該主城，請有意向的人士和本報小編零零狗聯繫，並請附上職業、種族、等級、裝備等等個人資訊。要求入團，可簽訂合作契約……」

「怎麼樣？」一葉知秋剛看完沒多久，無常已經再開口：「看出什麼來了？」

一葉知秋倒吸口冷氣，終於知道哪裡出了問題。「麻煩大了。這消息要是傳了出去，我們可能還真吃不下這裡的人。」

隱藏種族的玩家雖說不是個個心高氣傲，但自認高人一等也是肯定的。天空之城，這是多麼大的噱頭啊！就算那完全沒有什麼加成，光憑人家這麼風騷的地理位置和名頭，想去探索探索的人肯定也不少。

到時候，這些隱藏種族的人還會進自己的公會？怕是他們不用人洗腦，就認定自己該是那批凌駕雲端的厲害人士了吧？

「我剛才看到的時候就和你一樣的想法。」無常冷笑。「這一招玩得真夠陰毒，掌握著天空之城資料的那個人，要求人家必須入團才能和她一起去探索……而等到這些人真的探索成功後，八成也能第一時間占領這座主城。到時候她團裡的那些探索成員會有願意退團的嗎？天空之城的居民，這噱頭多風騷啊！」

「……聽起來你好像已經摸清了那個『知情人士』的思考模式？」一葉知秋默了默，也因為無常的推理而出了一頭的冷汗。

「一葉會長，一葉老大，到了這一步，難道你還猜不出來那個『知情人士』是誰？」無常在通訊器另外一端輕嗤一聲。「目前我認識的人裡，能夠擁有比我還要多情報的人，就只有那麼一個而已了。」

「誰啊？……對了，其實從剛才開始，我就覺得天空之城這個名字很熟悉，依稀、彷彿是在哪裡聽到過的樣子。」一葉知秋皺眉苦想中。「到底是在哪裡聽到過呢？這麼拉風的名頭，我應該能想得起來才對。」

現在整個公會頻道裡寂靜無聲，一干落盡繁華的成員們沒有一個人說話，大氣都不敢出，全部在靜靜的聽著一葉知秋和無常的對話。大家都知道目前有了很麻煩的問題，別說是密林裡這批隱藏種族的玩家了，哪怕是他們自己聽到這消息之後，都忍不住的小騷動了一把，差點禁受不住誘惑的也想去申請……

「天空之城、天空之城……」一片空蕩蕩的公會頻道中，現在只剩下了一葉知秋若有所思的聲音，「天空……臥槽，這不是那爛水果以前說要給我們公會做的任務嗎？」

一葉知秋勃然色變，終於想起這個聽起來很耳熟的名字究竟是在哪裡出現過了。

曾經，在他還和某顆桃子保持著不得不說的親密關係時，那女孩就對他提到過關於公會任務的事。而天空之城的事情，也是那時候從對方那裡聽說的。

「這爛水果明明說過這任務是給我們的。」回憶起往事之後，一葉知秋第一反應就是委屈，繼而理直氣壯的咬牙，強烈譴責雲千千的不守信用。「還說什麼替我們公會造勢……她明明就是想自己獨吞！」

「……」

頻道中沉寂三秒鐘，一直沒說話的九夜突然開口：「那也得怪你先把她踢出公會的吧。」別說雲千千，他自己當初也是被踢出落盡繁華的受害人，還是後來才重新被人請回來的。

「誰叫她當初和龍騰合作，那是我們的對頭……」一葉知秋臉紅了一下。

「那叫合作？」那明明叫算計，把一個正將如日中天的公會算計去一個聲名狼籍的騙子主城駐軍……還能有比她更歹毒的女孩嗎？

「……當然了，這主要也是因為一開始我並不知道是怎麼回事。」一葉知秋扭扭捏捏，還在強硬著死撐。「但是誰叫她沒事先告訴我真相啊！」

「為什麼要告訴你？」

「為……」一葉知秋一口氣沒吸上來，差點背過氣去。

對啊，為毛要告訴他？他和人家女孩非親非……嗯，算是有點故交吧，但交情也沒深厚到要人家知無不言的地步。如果真是那麼好的朋友關係的話，他當初也就不會那麼輕易把人踹出公會了。那麼說，難道這事真是自己做得不厚道了？都是自己活該？

一葉知秋委屈得不行，被噎得說不出話來。

無常乾咳一聲，平靜的插嘴：「一葉會長，現在情況就是這麼個情況。如果要以我的觀點來說的話，除非你也像龍騰一樣有著豐厚的身家，可以用大把的好處來打動那些隱藏種族的玩家，不然的話，光是創世紀第一公會的名頭，已經是不可能比得過登陸天空之城的吸引力了。」

「難道就這麼放棄？」一葉知秋怨忿嫉妒恨，如果沒有雲千千橫插這麼一腳，如果沒有龍騰跟自己作對……如果順利的把密林裡這批隱藏種族玩家都吸納進來的話，自己的公會將有多麼拉風啊！

每當到了這種時刻，一葉知秋總會無比懷念單機遊戲時代中，那段沒有人給自己添麻煩添亂的黃金歲月。

根本沒有多少時間回味緬懷，一葉知秋很快的回神，略一思索之後就很快的判斷出了自己當下最應該做的事情。他咬咬牙道：「無論如何，現在最要緊的是控制消息的流通。創世紀裡沒有世界頻道，可以說是天時；我們現在都在半隔絕的修羅密林，可以說是地利；周圍不是我們就是龍騰的人，我想他們也不願意天空之城的消息傳出去誘亂人心，可以說是人和……天時、地利、人和，只要我們不讓那些隱藏種族的玩家知道這事，抓緊時間把他們騙進公會，就可以……」

「賣報賣報，最新創世時報，榮耀神秘的天空之城，雲端的浪漫情懷，創世紀獨一無二的主城領土……如想知道天空之城更多詳細消息，請聯繫創世時報記者零零狗。另外，憑報紙可獲得加入探索天空之城團隊資格……你還在等什麼？登陸天空之城的榮耀，成為天空之城主人的尊貴身分……這一切只要你聯繫我們，申請加入我們探索天空之城的傭兵團……每份報紙2金幣一份，售完即止，暫無加印加刊！」

一葉知秋的動員布置還沒有做完，戰場中就傳出了一個聽起來挺熟悉的女聲，熟練的叫賣著他正想封鎖消息的那份報紙。

一葉知秋：「……」

落盡繁華全體成員：「……」

「我剛才就想提醒你了……」只有無常的聲音不緊不慢的突然傳出。「既然我和你都能在這附近買到報紙，那其他人肯定也就能買到，附近不可能沒安排報童的……」

一葉知秋沉默了，繼而淚了——這是個什麼世道啊！就如無常所說的那樣，報紙的消息是防不住的，畢竟這本來就是個資訊時代，尤其是八卦的流傳速度，那更是比光速還要威風的存在。創世時報身為創世紀中的八卦風向球，每報導出什麼新聞之後，肯定是第一時間就被瘋傳開來的，其蔓延速度比 SARS、H1N1 之流還要迅速。

就在無常和一葉知秋買到報紙，正在看天空之城消息的同時，龍騰那邊也早就得到了消息。龍騰九霄裡的小弟們馬屁工作到位啊，一看到天空之城這樣的字眼，下意識的就認為這肯定是自己會長的囊中之物了。於是他們第一時間上報消息，很快就讓龍騰也知道了這件事。

本來還在交戰的兩方公會，就因為這麼一件事而被轉移了注意力。現在誰輸誰贏已經不重要，最關鍵的是要先把天空之城的事情搞清楚。如果沒有解決這件事情的話，就算他們當下就把勝負分出來，那些隱藏種族的玩家們也未必還會想加入他們。

聽到發售報紙的叫賣聲後，一葉知秋還在一籌莫展中，龍騰已經第一時間做出了反應，打出響指，叫了個小弟過來，遞出一袋金幣皺眉吩咐道：「把那個賣報人的報紙買過來，全部。」

這叫資訊壟斷。

俗話說得好，有錢能使磨推鬼。龍騰有錢，所以龍騰就能做到很多別人做不到的事。

小弟驚了驚，好在也識大局，接過錢袋二話不說的轉頭就走，第一時間衝出戰地，找到正拿著擴音器喊得正歡的賣報女孩，遞錢、買報、說了幾句話後，臉色不好的捧著一大疊報紙又衝回了龍騰身邊。

「老大……」小弟嚥了嚥口水，有點不知道話該從何說起了。

龍騰看了一眼小弟懷裡一大疊的報紙，滿意點頭，「都買來了？」

「……沒。那女孩身上還有……您給的錢不夠了。」

「還有？錢不夠？」龍騰身子踉蹌一下，頭一次聽說那麼驚悚的事情。他難以置信的轉回頭去，臉色古怪的看著派出去買報紙的小弟。「這麼一個密林能有多少購買力，她能帶上多少報紙來？我給你的可是有1000金幣吧，這都還不夠？」

這裡可是隱藏種族附近的半隔絕地圖，不是外面人來人往的系統主城……就算那女孩喊的價太黑，1000金也能買下五百份報紙了，五百份啊……就算人流量再多點、規模也再大點的小鎮，都賣不出這麼多報紙吧？

小弟哭喪著臉，委屈說道：「是真的。那女孩說了，為了避免有人壟斷資訊的行為出現，所以她特意多帶了些報紙放空間袋裡，反正在這裡賣不完還可以出去賣給別人。這期新刊可是供不應求，她不怕賣不完……」

「我怎麼覺得這一手彷彿就是專門針對你的？」龍騰身邊一個明顯像是管理階層的玩家，忍不住說了一句。

龍騰的表情頓時更古怪了，「除了一葉知秋手底下的無常，也有其他人能想出這麼缺德的點子？尤其那還是個女……呃！」

「……不會是蜜桃多多吧？」龍騰身邊的管理階層的玩家說道。

「……」龍騰突然覺得很頭疼。某個不厚道的女孩害他和大騙子撒彌勒斯簽下契約，後來他為了不被人誤會，為了自己公會不成為玩家眼中的眾矢之的，不得不出鉅額違約金解約……這個慘痛的往事就在不久前才剛剛發生，而今天，難道又是那個黑心爛水果幹的好事？

賣報小童……她什麼時候連這點小錢也跑出來搶了？

龍騰九霄公會裡很快有人聯繫了密林外的人，打聽報紙銷售的情況，接著轉告龍騰：「老大，有兩個壞消息……第一，報紙現在已經賣瘋了，料想遊戲中只要不是與世隔絕的玩家都該曉得了。第二……呃，人家外面的報紙才賣50銀幣，是我們這裡的四分之一……」

「……」好吧，他現在終於知道那個爛水果為什麼會專門跑出來COS賣報小童了，而且人家還專賣自己這片林子，明擺著……

「明擺著是宰肥羊啊！那個賣報的當這邊人是凱子了？」公會裡的其他人很快也想明白了雲千千此舉的用意，不禁忿然。

龍騰更忿然，狠狠瞪過去一眼——誰是肥羊呢？誰是凱子呢？

「快想個辦法吧，老大！」

龍騰身邊的人急了，尤其是在看到戰場中那個賣報女孩停下來熱了熱身，接著突然發動高速，身形化成一片殘影掠過戰場，向隱藏種族的玩家衝去之後……

「攔下她！」這是龍騰微微一怔之後，當場不經考慮喊出的第一句話，大驚失色的。

「臥糟，老子出錢還不行嗎？」這是第二句，惱羞成怒的。

凱子就凱子吧，消息他是一定要截下來的。不過，要說把報紙全部買下來是不可能了，鬼知道那女孩會不會在身上存了個萬、八千份的發行期刊？出點錢沒關係，聰明人就是要善於利用自己手中的資源和優勢……但是如果他不管不顧光知道傻出錢的話，那不僅是做無用功，還會讓別人看笑話。

「付出，是為了有回報。只有傻子才會用燒錢的方式試圖讓自己顯得威風一點。」

龍騰曾經用一副不屑的表情對身邊的人如此說過，彷彿他是多麼風霜傲骨的一個高潔人士。而實際上，當時這位大哥身後跟了至少不下十人的狗腿子打手，這些人沒別的任務，單純就是被僱著去當龍套小廝……

言歸正傳。龍騰連續兩句話甩出之後，身邊的人很快做出反應，忙不迭的在頻道裡鬼吼死叫的喊自己人讓路，一群人衝出去，飛快的就把那個剛刷到隱藏種族玩家身邊的姑奶奶抓住了。

「咦，真是人生何處不相逢，這幾位朋友身上的徽章好熟啊……那個，你們是來買報紙的嗎？」雲千千裝傻的看著抓住自己的人，故意做出一副沒認出對方公會的樣子來。而實際上，如果不是她特意做姿態放水，想讓龍騰主動拉她過去談生意的話，以這些人的速度又怎麼可能趕得上修羅族的魅影？

抓住雲千千的那玩家臉色古怪變幻了一下，「我們不是來買報的，我們……」

「既然這樣，就別妨礙我做生意！」雲千千一聽，立即翻臉不認人，轉回頭去，掛上一副淫蕩的笑，對身前一個隱藏種族的玩家熱情招呼：「這位大哥，我這裡有最新創世時……」

「來一份！」抓人的玩家連忙大喊，打斷她的話，等人再轉回來，肉痛的顫抖著遞上兩枚金幣。

「承惠報紙一份，您請走好。」喜孜孜送上報紙，雲千千變臉跟翻書一樣痛快。

抓人的玩家哽咽著接過報紙，一看雲千千賣完就想跑，連忙眼明手快把人抓住，「大姐，沒有人像妳做事這麼不厚道的，我都買報紙了，跟我說幾句話會死啊？」踏馬的，這人也太不要臉了，自己都讓她敲竹槓了，人家還是半點面子都不給。

「我賣報，不賣身。」雲千千義正詞嚴道，想想在對方崩潰吐血的表情下又補一句：「但是可以賣藝，關鍵看你出的什麼價了。」

就在這個抓人的玩家徹底崩潰前，後面氣喘吁吁又跑來一個玩家，皺眉看了眼自家被噎得啞口無言的兄弟，這才轉過頭來，沒好氣的對雲千千說話：「蜜桃大姐，我們龍騰老大請妳過去有話說，能不能給個面子？」

雲千千一副誇張的震驚表情：「什麼？難道你說的是那個在拍賣會花了11000金拍下第一塊建幫令，

後來又在……咳的手裡，花鉅資買下罪惡之城駐軍令的，赫赫有名的凱子……龍騰嗎？」

「……」這人真討厭。

一瞬間，在場龍騰九霄的人都有了揍女人的衝動。

前面的建幫令和後面的駐軍令，都是龍騰在雲千千手裡吃的大虧。可以說，這個女孩前前後後從龍騰身上敲詐去的錢也不少了。而最可氣的是，人家其他敲詐犯最少還有點職業道德，不會吃了東家拿西家……這爛水果倒好，不僅要敲，還要讓被自己敲的人倒楣，吃了暗虧連說都說不出來的那種。

也是龍騰現在拿她沒辦法，最關鍵是，他還得藉著她的情報力來掌握點什麼先機。不然的話，憑著這女孩幹過的那些壞事，掄白她都算是客氣的了。

「咳，我們老大確實就是龍騰。」來傳話的玩家深呼吸一下，努力平復情緒。「老大說想和妳做個交易，交易內容妳估計也猜得到了。老大說，大家都是聰明人，就別浪費彼此的時間了，還請過去一趟？」

「早說嘛。要早知道你們是龍騰九霄的話，我怎麼也得給點面子啊……說吧，你們老大躲在哪個狗洞裡呢？前頭帶路，我們這就走。」

「……」香蕉妳個芭樂！

再次見到雲千千，龍騰的心情也是挺複雜的。對他來說，只要是有所長的高手，那肯定是要收在旗下以壯大自己勢力，為此出多少錢龍騰都不會皺一下眉頭。

人囂張啊，人窮得只剩錢了，不拿錢砸你還拿什麼砸你？

但是龍騰一路順當，收納的精英也不少了，在哪個遊戲裡都是平步青雲的，卻唯獨在九夜和雲千千的身上碰了個大釘子。

前者也就算了，人家不願意到他手底下幹活，最多也只能說是他開的價碼沒讓人家動心，或者是公關工作沒有做到位，所以人家不肯過來。可是雲千千這女人就缺德得多了，你說她不來就不來吧，還屢屢壞他好事，破壞他的計畫，把他看中的人拉去對頭的一葉知秋那裡也就不說了；最討厭的是，她還老設他圈套，沒事就來敲一竹槓，再敲一竹槓……自己看起來就這麼像凱子？還是說他前世欠她人命了？

雲千千當然不會告訴龍騰，他前世真就欠她命了，還不止一條，是直接掄白了的。

被帶到龍騰面前之後，雲千千很狗腿的笑得一臉諂媚，「龍騰老大，聽說您有生意想照顧我？不知道您是不是看我奔波辛苦，所以想把我這裡帶的報紙都買了啊？」

「……妳帶了多少？」

「不多不多，也就萬八千份的……第一刊出得少，這也就是一個主城的發行量……」

「……」龍騰的嘴角抽了抽，再抽了抽。「我叫妳來，不是要買報紙的。」

「那您這是？」雲千千疑惑的看了眼龍騰，一副不解的表情。

揚了揚手上的報紙，龍騰皮笑肉不笑：「請問下蜜桃小姐，這個天空之城是個什麼狀況？」

「什麼什麼狀況？」裝傻是王道，老娘就不認帳，你敢跟老娘翻臉嗎？

雲千千左右看了看環境……很好，這周圍都是龍騰的人，自己一個群法放下來根本不用顧慮，基本上連瞄準都不用就能隨隨便便秒殺一片……至於說逃不逃跑的問題就更簡單了，她還有無敵召喚大法，實在不行就挾持龍騰當人質？不過人家似乎防高血厚的，這難度可能有點高了。

龍騰一勾嘴角，沒理會雲千千明擺著不合作的態度，摸出一個錢袋，用報紙托著往前遞了遞，「蜜桃，明人不說暗話，這樣子的消息除了妳以外，其他人是沒可能知道的了。雖然我也奇怪妳是從哪知道那麼多的事情，但是這些都不要緊，妳只要告訴我，妳要多少錢才肯把天空之城的情報賣給我？」

雲千千臉紅心跳的死死瞪著眼前的錢袋，眼中春情氾濫，差點把持不住，連說話都有點小結巴了。

「我、我也是有節操的人……你以為區區一袋糞土就能收買我了嗎？」

「……那兩袋糞土如何？」龍騰不動聲色，又提出一個錢袋拎在手裡晃了晃。

「金錢於我如浮雲……」

「三袋。」

這下不止是雲千千，就連周圍的其他人也是看得眼珠子都快瞪出來了。

一袋子錢就相當於1000金幣，這是為了方便交易才做出的系統設定；當然，小一點的袋子也有，分別是500金幣、200金幣、100金幣……就跟現實貨幣的發行面額差不多。

龍騰一下子刷出3000金來，當真算得上財大氣粗。儘管雲千千早知道對方的富二代屬性，但猛一見到這麼多錢實實在在的擺在面前，還是讓人感覺很震撼。這就跟人在看銀行存摺上的數字和在看實在的一疊鈔票時，會有完全不一樣的震撼一樣。

「這……不是錢的問題……」

「四袋。」

「色即是空，財也是空……空空空……都踏馬的是浮雲，浮雲……」自己和眼前這人可是有血海深仇來著，千萬不能被誘惑了。

「我……」

「別再說了！」雲千千突然一聲斷喝，受辱般的含淚怒瞪龍騰：「龍騰，關於天空之城的情報，這不是你用錢就可以買來的。這是全遊戲玩家的夢想和渴望，大家都想努力的嘗試，去攀登那空中的夢想，不要用你的錢來玷汙了它，我……」

氣憤填膺、熱情澎湃的演講經過三分鐘後，雲千千深呼吸一口氣，負手一派高潔狀最後總結：「所以，我認為我們已經沒有必要再談下去了，告辭。」

龍騰：「……」

龍騰九霄眾人：「……」

香蕉的，為毛沒人拉住老娘？

雲千千一個瀟灑的轉身之後，心疼得心肝直打顫。她是真怕自己忍不住放棄原則啊，要是龍騰再往上加加價，沒準自己就要失守了。可是現在這麼一走，她還真是感覺挺懊悔——面子值幾錢？自己還是太純潔了，早開始應該賣個假情報給他……

「老大？」龍騰身邊的人臉色變了又變，看著雲千千離開的背影猶豫良久，終於咬咬牙，壓低聲音，陰森森道：「死人是不會張口的，我們要不要……」

「……」龍騰看白痴般看這人。「她會復活，而且這裡就是人家的地盤。」

在一眾兄弟的集體鄙視中，此風騷殺手面紅耳赤的尷尬退場。

龍騰漫不經心的瞥了一眼雲千千離開的方向，再將視線望到一葉知秋等人應該在的方向，冷笑，「沒關係，不就是多花點錢再尋找其他高手嗎？反正老子跟得起，就是不知道老葉還有沒有那籌碼繼續玩下去了。」

周圍眾人連忙紛紛點頭應和，又堅定的表示自己對公會的未來發展充滿了信心，一時的挫折很快就會過去，在英明神武的會長的帶領下，他們很快就能衝過這段黑暗的時期，迎來一個嶄新的世紀，和龍騰九霄一起創出輝煌新紀元云云……

資訊洩漏是肯定的了，既然已經到了這一步，大家當然沒必要把臉再扯破。反正再怎麼努力也挽回不了什麼，還不如當是賣個順水人情。

家大業大的龍騰很想得開，等手下們歌功頌德的馬屁拍完，二話不說帶人就走，也懶得繼續在這裡耗時間下去了。而既然要走，打架的那批人自然也不會落下。

於是一葉知秋手下的人就發現，自己眼前或身邊的對手們突然都停下了攻擊，頂著治療、叼著血瓶，不約而同的一起轉身就跑。

落盡繁華的人當然是隨即跟上，但卻遠遠不及人家跑得快。你遠遠的一個技能飛出去，人家頓都不頓，邊跑邊喝藥，根本不理你，沒幾步就把血補滿了；而這邊在放技能的時候，經常還時不時得停下來按系統規矩擺個POSE。

而非遠端的職業要追的時候就更完蛋了，他們若是衝得太快，脫離大部隊自己衝進對方的逃跑軍中，人家一人砍一刀就能把自己分屍……所謂追擊這個詞，在遊戲世界中是不怎麼通用的。除非是有著速度上和實力上的絕對優勢，不然任憑誰都是很難在一連串的追打過程中將人PK掉的。而且更不利的是，從剛才開始，落盡繁華本來就一直沒占到上風……

於是追了一段之後，落盡繁華的人很快發現自己做的都是無用功，慢慢的就停了下來。所有人面面相覷，突然失去對手讓他們感覺很寂寞、很空虛。

抓抓頭，有兄弟試探性提出疑問：「這是在引誘我們追擊？」

「……大概吧。」

「那他們的目的呢？難道說那邊有埋伏？」

「這個……」

「調虎離山？」

有人提出補充假設，頓時被群眾集體鄙視之。剛才被壓著打的明明是自己這邊好不好！

一葉知秋從頻道中得知此事，也是迷茫了一會，不過他倒是很快就放下了這件想不通的事情，轉而把注意力放到了當前更緊急的情況上來。

「先別管這些了，大家都回來，點點看有誰掛回去了，回頭公會補撫卹。」

於是整裝、互相點名、嬉笑整理間，突然有人驚呼：「九哥不見了……」

一片兵荒馬亂，在混亂無比的問詢聲中，最後大家終於從九夜回報的訊息和其他目擊者提供的線索中，推斷出九夜失蹤的原因。

主要的問題還是出在剛才的追擊上，這位大哥見對手撤逃，本著拿人錢財與人消災的敬業精神，非常英勇、毫無畏懼的就追了上去，人家實力果然強悍，也真是PK掉了不少人。但也就是因為要停下來殺人，所以九夜和龍騰九霄的人之間的距離無可避免的越拉越大。等到不知道是哪一個回首的剎那，他突然發現自己身邊已經是一個人都沒有了，而此時，身邊那陌生的密林更是讓九夜感到無助……

「難道這才是龍騰那群卑鄙小人的真實目的？」落盡繁華的人倒吸一口冷氣，思想忍不住陰暗了一把。

一葉知秋狂揉太陽穴，感覺自己已經接近崩潰邊緣了，「九夜，我記得你有引路蜂？用那個大概多久才回得來？」

「嗯……大概半小時？」九夜略一估算，很快就在頻道中給出答案。

「太慢。」一葉知秋略微思索了下，「跟我組隊，我派人去接你。」

「修羅族密林外之所以要用引路蜂引路的原因，據說是因為在線路之外會碰上迷陣和遊走BOSS的關係。」無常翻著報紙，一邊翻看、一邊在旁邊滿臉淡漠的平靜開口：「除非有大一點的團隊，以碾壓的方式推進到九夜身邊。不然光憑單人的力量，很可能在半路就成為失蹤人口。」

「……那你的意思是？」一葉知秋問道。

「小夜，要不你直接死一次回修羅族復活吧？」

「……你死我就死。」九夜淡定答道。

無常推推眼鏡，無奈的看著一葉知秋，「沒辦法了，會長，那小子不肯配合。」

「……」廢話！這種條件是個人都不會配合！

前面曾經說過，在活動結束之後，修羅族密林已經恢復了以前的設定，不再對外開放。隱藏種族的玩家群體們都是接了任務才來的，他們刷出的活動積分可以在修羅族直接兌換成相應的武器、裝備、藥品道具……甚至是技能書。

當然了，要兌換技能書需要的積分就太高了，畢竟那是人家修羅族的東西，給個其他族的人也不太好。再說，就算真兌換上了，修羅族和非修羅族的玩家使用起來，那差別還是挺大的。

這就像雲千千用失落一族的銅板偵察、鑒定東西，和失落一族本族的人偵察、鑒定，兩者需要付出的代價就完全是天差地別一樣……這可是屬於撈過界的行為。

難得有到其他隱藏種族的機會，這群同屬稀有種族的玩家們自然要趁這機會好好的參觀一下，順便看看有沒有什麼藏得比較深的任務可以接。

可是還沒等他們來得及開始行動，落盡繁華和龍騰九霄的矛盾衝突就爆發了。雖然嚴格說起來他們並不用做什麼，再雖然嚴格說起來，他們還是挺風騷的種族高手……但無論如何，身為被爭奪的一方，要是在兩大公會激戰正酣的時候偷偷跑路，就明顯是藐視兼找死的行為了。

「各位好啊，上天的緣分真是註定的，沒想到我們這麼快就又見面了。」雲千千呵呵笑著，再次湊近剛才那幾個隱藏種族玩家的身邊；而其他玩家三三兩兩的都在村子裡散著步，或是在村外刷著怪，並不是很集中。

幾個玩家對視了下，有點摸不清狀況，「這位小姐，妳到底有什麼事？」

「沒什麼、沒什麼，就想問問你們買不買報紙？」

「……」幾個玩家愣了愣，一個看似隊長的人抹把臉走出來，無奈開口：「我們不看八卦，妳走吧。」

「咦？現在是資訊時代，如果不知道把握時代脈搏，隨時掌握最新資訊的話，很容易會被淘汰的哦。而且這報紙很便宜，每份只要2金，只要2金，你就能擁有最新的消息……」

「2金？妳怎麼不去搶？走吧走吧，我們真的……等等！」隊長突然打斷說話，接了個通訊，幾句話後他抬起頭來，眨著眼愣了三秒，突然呆呆問道：「妳賣的這報紙是不是有天空之城報導的那個？」

「真不愧是走在新時代的尖端……你看看，與時俱進是多麼重要的事情啊，你差點就失去了一次擁抱天空之城的機會。要知道，報名申請加入天空探險團的人必須得是憑報聯繫的……看在大家都說了幾句話，也算有點交情的分上，就當是交個朋友吧……3金不二價，便宜你們了。」

隊長吐血。「剛剛不是才2金？」

「剛剛是剛剛，要知道把握機會是很重要的事情。」雲千千好心的跟人委婉解釋了下：「你看，你剛才不了解這報紙的價值，所以才會覺得2金很貴。如果我剛才就那麼離開了，你是不是就永遠失去這個機會了？……我留在這裡，等待你明白這報紙代表的意義，這等於是給了你一個補救的機會，難道這還不值區區1金幣嗎？」

「……」隊長回頭看了眼自己身後的幾個兄弟，默默無言的掏出錢袋，數了15枚金幣朝雲千千遞去，說道：「五份……」

「承惠報紙五份，歡迎下次再照顧小妹的生意啊。」雲千千歡樂的收錢、遞報，也不多眷戀，轉身就向下一組肥羊的方向走去。「賣報賣報，最新天空之城消息，雲端的浪漫，天邊的……憑報方可申請入探索團。本報數量有限，每份5金……」

隊長終於舒坦了，他買的時候才3金，現在已經5金，嚴格說起來自己也不是太虧……

人有的時候就是這麼奇怪，不管自己有多麼的倒楣，只要看到有人比自己還杯具，頓時就能讓心裡達到平衡。

「按照妳的要求，憑報來信的人確實不少，但不全都是報名的。這其中要求參加天空之城探索隊的玩家大概只占不到4%，其餘大部分都是聲討和質疑新聞真實性的。還有一部分是勢力組織代表，本著探索土地屬於公有財產，任何人不得以任何形式私人占有的聯合國精神，要求妳無條件把天空之城的資訊公開出來，否則他們就要代表月亮消滅妳……」

混沌粉絲湯把自己胖胖的身材費力的擱在嬌小的板凳上，一邊擦汗一邊講述著目前情況。他說完之後喝口茶，嫌棄的撇撇嘴，接著抱怨道：「蜜桃大姐，妳這爆料費加賣報抽成也拿了不少了吧？怎麼就選這個寒酸的地方見面？」

「我有這裡的打折卡，VIP9.8折優惠呢。」雲千千呵呵一笑。「你喜歡吃乾麵還是湯麵？我請客，你千萬別客氣。」

「小氣鬼。」混沌粉絲湯抬頭鄙視她一眼，沒理對方給出的選項，直接轉頭大聲招呼：「老闆，來兩碗肉末鮮蝦餛飩麵，豪華版的……」

雲千千臉色為難，躊躇起身道：「呃，我突然有點內急，可不可以……」

「我請妳。」

「哦，那就沒事了。」雲千千若無其事的重新坐下，也轉頭，拍桌吆喝：「老闆，上快點！另外給我那碗多下兩隻大蝦！」

「……」

蚊子再小也是肉，報名的再少也是人。雲千千本就沒想著能靠這麼一條消息網盡天下英雄，她關鍵只要能借勢把公會規模拉扯起來就行了。如果硬要說有什麼目的，那頂多是再想趁機收進一批隱藏種族玩家，為自己以後能夠更加順利的組團偷雞摸……咳，組團共同發展，奠定良好基礎。

「老實說，妳這回的買賣實在太黑了。聽群眾舉報說，妳好像在賣報的時候隨意提價，最高時還賣到了10金一份？」混沌粉絲湯苦笑，驚嘆有之，懊悔也有之。自己是沒發現到這條財路，早知道他自己就提價了，或者安排兩個內部工作人員去黑市炒賣報紙……如果真這樣子的話，本期發行銷售的利潤至少能提高個四、五倍。

「市場有需求，就是我賺錢的時候。你也可以理解成是我為他們第一時間送上了他們想要的資訊。雖然要價高了點，但勝在消息夠有價值啊……咦，這麼一想的話，其實我真是一個挺不錯的女人，比得上《水滸》裡的及時雨了。」雲千千突然之間感覺自己其實還是挺有些偉大的，忍不住沾沾自喜了一小把。

「……」混沌粉絲湯左右偵察了下，看看有沒有人發現自己對面坐了一個這麼不要臉的女人，等確認安全後才回過頭來，咬牙切齒：「大姐，我好說不大不小，也算個知名成功實業家，妳不要臉我還要的……」

雲千千在混沌粉絲湯那裡找不到共鳴，也很失望，糾結了一會終於轉回了她此行約見這胖子的真正目的，關於天空之城的探索成員問題。「按照你給的信件看來，其中最多只有一成是真正來報名的，這一成裡面，至少有一半人的等級或裝備達不到我的要求；而且我還沒算那些搗亂的、報著玩的、別有用心的……雜七雜八的扣下來，真正能加進新公會的人，能有上百個就很了不起了。」

「百位數以公會規模來看是有些寒酸，但是妳這是頭次宣傳就拉起的人馬，已經算是很不錯了。」混沌粉絲湯實事求是，「落盡繁華和皇朝的人都是其他遊戲裡直接拉過來的原班人馬，再適當擴充……妳以為建個公會招人就跟拔大白菜似的，隨便吆喝吆喝就是一車？」

要不是因為遊戲裡組織勢力是件困難的事情，一葉知秋和龍騰兩人也就不用抓緊每一個機會，在修羅族活動之後還留在原地招攬高手了。

沒有世界頻道的遊戲雖然擬真度更高，但在某種程度上也就造成了遊戲中的一些不便。如果這要換成是其他遊戲，建公會的時候直接上世界頻道喊就是了，千百個擴音器刷下來，雖然體現了自己的腦殘，但想要招滿一公會高手還是很簡單的。

「我這裡有一批暗精靈族的，聽說那族裡有四、五十人的樣子；再加上九哥他們，再再加上那些隱藏種族的高手，再再再……」雲千千扳著指頭，算計自己能有多少手下。

混沌粉絲湯聽著聽著忍不住插句嘴：「暗精靈的我知道，妳跟他們簽了協議。但是九夜他們能聽妳的？

還有那些其他種族的。」

「這就好說了，現在的宣傳力度還不夠，只要我把任務刷完，再拍兩張天空之城的照片下來，他們自然會趕著來求我收他們。」雲千千很是得意。

混沌粉絲湯點頭：「但是妳似乎還有其他任務要刷，不知道天空之城的行程安排是什麼時候？」

「這個……」

俗話說打鐵趁熱。雲千千也知道，自己如果想要招人，肯定是趁著報紙剛發行出去，大家都正對天空之城感興趣的時候去辦這事比較好，這樣才會有最好的效果。

可問題就是她現在身上還掛著一個找魔界商人賣道具的任務，要想去找魔界商人，前提就得先去把魔界探索任務做了……新地圖探索是好完成的嗎？首先自己實力就不夠，其次也找不到夠強悍的隊員。所以這麼算下來，她現在其實應該抓緊時間練級才對。

要探索天空之城，那在凱魯爾的眼裡就是不務正業，就是對拯救他心愛的瑟琳娜的事情不夠上心，就是……她今天是把人寄放到隨從訓練所了，直接訂了一整天的訓練任務，這才能背地裡和混沌胖子勾搭一下。可這每天寄放都要10金幣，自己如果要去天空之城，少說也得放個十天半月……雲千千突然想暈，她彷彿看到了自己的錢袋空虛無助的癟放在眼前的情景。

早知道就不要什麼隨從了啊，這對自己的約束太大了。尤其是這隨從還老愛督促自己去探索魔界，如果要他眼睜睜看著自己上天空之城，那簡直是逼人造反啊！

混沌粉絲湯看著雲千千一臉糾結的樣子，嘴角忍不住抽了抽……他就知道這女人是衝動派的，根本什麼都沒安排好就出來了。

「而且就算不說其他的，妳想去天空之城，首先也得把公會建起來吧？妳也說了，那是個公會任務……那麼不說滿員，最低公會組建標準得達到吧？妳打算怎麼湊齊那二十人？」

有天空之城的任務，其他玩家才會加入。而天空之城又屬於公會任務……換而言之，沒有公會就沒有任務，沒有任務誰都不會加入自己。

「九夜那邊有四個人，再加小妖和狐狸和君子……」雲千千看著自己屈起的指頭欲哭無淚。「加上老娘也才踏馬的八個人註冊，公會怎麼那麼難？」

「萬事開頭難，這是肯定的。」混沌粉絲湯像是早就料到了會有這樣的結果，不緊不慢的喝口茶道。

小二終於把兩碗餛飩麵都端上來了，雲千千卻已經沒有了胃口，直著眼努力思考著關於下一步的問題。

她正在為難間，君子的訊息飛到，其已順利完成任務，敲詐……或者再準確說，是說服了撒彌勒斯，弄到了建幫令。只是據說撒彌勒斯也是有條件的，人家也不是隨便一支雜牌軍都願意僱傭，想要他身上的令牌，雲千千必須得帶著公會裡抽出的兩支隊伍，通過他設定的關卡。

「兩支隊伍，也就是說得要十人。就算把狐狸和君子那樣的廢柴都算進去，我這裡至少也還差兩個……」雲千千繼續傷心。

「喂，怎麼說話的呢？我為妳奔波一場，就換來『廢柴』兩個字？」剛剛才傳送回來並坐下的君子生氣了。

「不好意思，君哥，我說話有時候直了點。」雲千千沒什麼誠意的道了個歉，表情愁苦得不行。「前期的人手要去哪找？散人不行，現在還流浪在外的散人要嘛是太爛，要嘛是太厲害了，想待價而沽；前者我不想要，後者我的錢包招惹不起……有組織的更不行，就怕人家到時候跨刀來幫完忙，順便把我手裡的任務進度再賣回他們原來的東家了，那樣可就太賠本。」

「僱傭兵怎麼樣？」混沌粉絲湯給了個新方向。「工作室裡的人就是單純的錢貨交易，客戶的資訊情報他們是不會透露的。」

「工作室？」雲千千眼前一亮。

「工作室？」君子表情一垮，滿臉嫌惡。

「呃……看君子兄弟的樣子，似乎你對工作室的人有什麼不滿？」混沌粉絲湯狐疑問道。

「……要是工作室的話，我倒是能提供一家實力不錯的。」君子沉吟半晌，攤手無奈道：「但是先說好，交涉工作妳得自己去做。」

有遊戲的地方就會有工作室。這已經是一個成熟的產業形態了，根本沒什麼好值得驚訝。要在幾個世紀前，有人說他是職業玩家，那麼多半要被鄙視一句不務正業；而換到現在這樣的擬真世紀裡，工作室裡的職業玩家在一定程度上也代表著科技精英……

有需求就有市場，這是多麼自然而然的事情啊！

君子介紹的這個工作室屬於更特別一點的類型，準確些來說，特別的應該是那個工作室的老大。據君子本人交代，這位老大是個女人，而且該女人和他之間還有著某種不可說的關係，具體更詳細的就屬於個人隱私範圍，不能告訴大家了。不過唯一可以肯定的是，君子很不喜歡此人。

「那女人叫毒小蠍，喜歡玩神秘，如果你們要找她的話，可以去東升城想辦法打聽一下。」君子如是說。

「自己打聽？」混沌粉絲湯在旁邊表示驚訝。「有費那功夫的時間，不如直接委託給其他工作室。」

「……關鍵是我這裡有個毒小皺給的信物。她學人家唱高調，裝世外高人，有次我幫了她一個忙，就得了這個東西。給信物的時候，那人就說了，憑這東西可以在以後讓她任意做一件事情……我是不打算和那女人打交道了，蜜桃想省錢可以拿去用。」君子果然已經對雲千千有了一定程度的了解，抽出塊令牌往桌上一丟，道出自己推薦該工作室的主要原因。

「君哥哥……」雲千千手捧胸口，含淚感動看君子。後者打了個冷顫，連忙抬手擋住雲千千的星星眼。

「別這樣，我也是為自己著想。妳要是花錢出去的話，肯定心情不好，心情不好就想補回損失再找人出氣，現在就只有我離妳最近又最好欺負……再說，反正那東西我沒打算用，給妳也算廢物回收。」

「還真以為這是拍武俠劇了，信物？多少年沒聽到這個詞了。」混沌粉絲湯繼續驚訝。

「管她怎麼樣，反正這就等於是免費券沒錯吧？我要求也不高，就來幾個不會洩密、順便還能幫忙充數，好讓我建立起公會的人就可以了。」雲千千非常務實，抄上信物，抓起君子，向混沌粉絲湯擺了擺手就當告別，不出三秒已消失在小店門外。

「喂喂？……靠，真現實，利用完就甩，還真是半點不客氣的。」混沌粉絲湯埋頭嘟囔著，把餛飩吃完後一甩手招來小二，「買單！」

「是。您這桌兩碗餛飩加花生米加茶水加……最後算上外帶，總共是32金55銀97銅，謝謝惠顧。」小二眉開眼笑。

「好，32金5……」混沌粉絲湯突然全身一僵，瞪大眼睛倒吸一口冷氣，失聲尖叫：「你說毛？」

小二愣了愣，把剛才的話又重複一遍，狐疑問：「客人，您不會是沒帶錢吧？」

「靠！外帶是什麼時候的事？」混沌粉絲湯憤怒拍桌。

「那個女孩臨走前從酒櫃上摸走了兩瓶最貴的好酒……」

「……」

以前曾經說過，創世紀裡目前已知的系統主城一共有四座，分別按所在方位劃分，在各自的名字中加上了東西南北四個字。東升城就是四大主城之一。

雲千千重生以後還是第一次來到東升城，看著這座似陌生又似熟悉的主城，儘管心中早有準備，但雲千千還是情不自禁的為這恢弘壯觀而感慨萬分。

「泥馬，這麼大的地方，老娘去哪裡找那個沙蠍工作室啊？」

「我聽小蠍說過，她喜歡去這主城裡面的一個叫 007 的小酒店喝酒聊天。那個酒店是玩家開的，如果我們想找小蠍的話，可以去那裡打聽打聽情報。」君子在雲千千身後給出了一個尋找方向。

「007？」這酒店沒有聽說過，是不是倒閉太快了？雲千千沉吟了一會，點點頭，應聲：「好吧，那我們分頭找人打聽下，看看誰知道那酒店的位置。」

和君子分手，雲千千在街上左右看了看，隨手抓了一個看起來挺漂亮的女孩，問道：「小姐，跟妳打聽下，007 酒店在哪裡妳知道嗎？」

「007酒店？當然知道啊。」被雲千千抓住的女孩很熱心，指了個方向，熱情指點：「妳從這個方向直走，路過兩個路口後轉左，走一百公尺……然後右拐……左轉……穿過小巷……接著……再……最後就能看到007酒店的位置了。」

「……」雲千千嘴角抽搐，很感慨的看著這女孩。「您記憶力真好。」這樣子的指路本事可不是一般人能有的。

「呵呵，一般一般。」那女孩豪爽的一揮手，像個盡職的地陪似的介紹：「其實妳要是想喝酒的話，我建議妳去綠森林也不錯，那個酒館離這裡比較近，比007好找。或者阿姆雷斯、天際、雲野……」

雲千千嘆口氣，「我不是要去喝酒的，只是聽說007那裡打聽消息比較靈通。」

「哦？如果說打聽消息的話，那007倒確實是數一數二的。」女孩點頭表示贊同。

「是啊，聽說這裡有個傻子工作室，出來做生意居然還沒有固定據點，而且那工作室的老大還blablabla……」

「哇！我們城居然有這麼風騷的女人？那改天有機會真要見識見識了。不過妳說的到底是誰啊？怎麼感覺有些熟悉？」

「這……牽涉到隱私權，說白了就有點不大好了。其實是誰不重要，重要的是blablabla……」

緣，妙不可言。說不清是性格因素還是巧合，總之，雲千千和路過的漂亮女孩聊得有些投機，一個口無遮攔、一個熱情大方，很快就王八對上綠豆，聊得熱火朝天起來。直到君子終於打聽完消息回來，遠遠的向雲千千招手，招呼她過去。

「我朋友在叫我了，改天再聊吧。」雲千千意猶未盡的跟漂亮女孩告別。

「好的，我叫毒小蠍，交個朋友吧。以後有空再遇到的時候，我帶妳去玩東升城裡好玩的。」漂亮女孩也依依不捨，看也沒看君子的方向，抓著雲千千的小手手道。

「嗯，那再見。」

兩人分道揚鑣，漂亮女孩繼續趕路，雲千千朝其反方向，也就是君子所在的方位跑去，站定後問：「打聽出來了嗎？」

「打聽出來了，就是有點遠。」君子嘆了聲，接著突然抬頭，「對了，剛才遠遠的看著和妳說話那女孩的背影似乎有點眼熟，妳朋友？」

「也算朋友吧，但是沒加好友，是剛認識的，叫毒小蠍。」雲千千呵呵一笑。

「……」

「怎麼了？你怎麼突然不說話了，還臉色那麼難……咦，等一下！我不就是為了找毒小蠍才要去007酒店的嗎？」

「……」香蕉的，妳終於想起來了？

重新跑回去之後，毒小蠍已經不見蹤影。雲千千在佩服這位美人行動之敏捷迅速的同時，也深深的扼腕遺憾自己剛才居然失去了那麼好的一個機會。當然了，她也不是完全沒有收穫的，起碼從剛才的交談中，雲千千已經可以確定毒小蠍暫時是不會去007酒店的方向了。

也就是說，她現在即使找到了酒店也沒用……無奈之下，雲千千只好再次一個訊息飛去燃燒尾狐那裡，跟這個神棍商量，讓人家幫她算算毒小蠍目前的座標。十分鐘後座標到手，而且幸運的是，剛好是一個固定座標，不是流動型的那種。

雲千千滿意的帶領君子一路奔襲殺了過去，終於在另外一家酒館把剛才的漂亮女孩堵了個正著。

「啊，又是妳！」毒小蠍看到雲千千很高興。

至於君子？人家已經用易容面具自動換了張臉了，現在正在冒充無辜路人甲。

「呵呵……」雲千千乾笑著抓抓頭，尷尬的走到毒小蠍對面坐下，不知道該怎麼開口做開場白。

「怎麼樣，妳不是要找人嗎？這就是我跟妳介紹的綠森林，這家最擅長的是調製雞尾酒，雖然店長是NPC，但是店長以外的店員都是玩家，很不錯哦。」毒小蠍對雲千千還真是感覺挺親切的，不等對方說什麼，自己這邊就已經主動的介紹起來。

「呵呵……」雲千千繼續乾笑中。剛才才跟人家說自己要找個傻子工作室，現在卻又突然出現，再跟人家說其實她就是她想找的人？……不知道這女孩會不會當場翻臉啊？雲千千懊悔得不行，生平第一次覺得臉上有點發燙的感覺。

「咳，其實是這樣的。」君子終於看不下去了，乾咳一聲接過發言權：「毒小蠍，我們兩個是來找妳，有任務想要委託。」

「委託任務？」毒小蠍狐疑的看了眼君子，「這個我剛才也聽這女孩說了，她不是說身上有個什麼傻子工作室的信物，還是免費的冤大頭，所以想要委託那個工作……呃，難道是我？」

從毒小蠍的事件上可以看得出來，其實雲千千還是具備了基本的羞恥心。說她卑鄙無恥下流齷齪什麼的，那純粹是嫉妒者的惡意詆毀。就因為主角的光芒太過耀眼，而進行這種慘無人道的汙衊，這是多麼卑劣的行為。

雲千千認為，自己完全有必要找個機會去召開記者發布會，順便讓混沌胖子幫自己留下一整版的頁面，專門用於闢謠，重塑自己偉大光輝的正義使者、婦女之友、弱小者保護神……等等的形象。

當然，毒小蠍肯定不會同樣這麼想。在確定了雲千千口中那個很腦殘的高調工作室確實就是指自己之後，這女孩義無反顧的拉下臉來，差點沒當場翻臉毀約。要不是看在雲千千身上真掏出了她送給君子的信物，搞不好這女人叫上百八十人來包抄小酒館，來個甕中捉桃也不是不可能的事情。

「這東西是誰給妳的？」毒小蠍陰著一張臉拿起信物。

雲千千看了眼君子，被瞪回，只好摸摸鼻子，認命的幫人掩飾：「妳當初送給誰，我就是從誰那拿的……話說這可是遊戲耶，妳該不會以為我還能殺人奪寶什麼的吧？」

「哼，那個孬種，連老娘的面都不敢見了。」毒小蠍根本就不知道正主實際上就在自己身邊，一聽雲千千這話，注意力頓時瞬間被轉移，從對雲千千的不滿轉而換成了對君子的不屑。

君子臉色古怪變幻了一下，強撐著沒開口。

雲千千眼神不自覺的又溜過去一眼，再轉回來，甜蜜一笑，連連點頭附和：「是啊是啊，他就是個孬種。小姐妳別生氣，等這件事完了，我親自把他押來見妳。」

「……」這個吃裡扒外、過河拆橋的混帳……君子咬牙切齒的傷心憤怒恨，面上卻半點都不敢顯露出來。他想私底下發個訊息去譴責一下吧，結果人家早就料敵先機，居然提前關閉了訊息接收……生平第一次，君子深刻的體會到了成語中說的抑鬱而終是個什麼境界，就兩個字可以形容——委屈。

毒小蠍似乎也覺得雲千千的言論讓她有些彆扭，於是悻悻然住嘴，不想就這個問題和對方繼續討論下去。

信物被回收，雲千千手上只換得了一本小冊子，這是毒小蠍手上可以出借的所有工作室成員。每頁上都有一個成員的詳細資訊，除了遊戲 ID 是隱蔽的，只用編號代替以外，其他資訊如技能、裝備、特長等等，無一不標註得細緻入微。

雲千千只需要在小冊子上選定她需要的人，之後將編號報出，毒小蠍自然就會通知那些人來報到，加入雲千千的勢力組織幹活一個月。一個月後不管對方發展得如何，這些人就都要撤退了。當然，如果他們自己看好雲千千的發展，自願想留下來也不是不行。反正工作室都是中立立場的，這些人在遊戲裡想加個組織玩玩也是很常見的事情。

不再多耽誤時間，雲千千當場翻了翻小冊子，很快選好了十二個年富力強的壯勞力，和毒小蠍定下契約，一件頭疼的事情就算是解決了。

鑒於雙方在未來的一個月內可能還會有打交道的機會，所以兩個女孩也沒有就此分手，而是加上好友，目的性明確的裝模作樣交談了一番，算是溝通感情，加深了解。

君子不習慣這樣的氛圍，眼見事情辦完了，也就不想再待下去了，隨便編了個理由閃人。

雲千千和毒小蠍又聊了一會，終於再找不到新的話題，雲千千也連忙見好就收，向毒小蠍告辭。

「我送妳。」毒小蠍笑得很熱情，也很客氣。

「不用不用，請留步。」雲千千受寵若驚，同時感覺對方是不是電視看太多中毒了——馬的，一個破小酒館還送個毛啊？這又不是妳家。

出了酒館之後，毒小蠍又送雲千千走了十多公尺，眼看著身邊附近沒其他人了，這才在雲千千一臉狐疑的注視下，扭扭捏捏開口：「那個……不知道小君他現在……」

「哦——」雲千千終於恍然大悟。難怪這妞這麼客氣，也難怪人家沒跟她繼續計較自己剛才出言不遜、貶低她工作室的事情，原來人家是想從自己這裡打聽君子的事情呢。

「妳沒加他好友？」雲千千狐疑問。

毒小蠍噎了噎，繼而咬牙，樣子很是不忿。「那孫子死活不敢加我！要是被老娘找到他，一定扒了他的皮！」

「……」換我我也不敢加妳。

雲千千很無語的看著毒小蠍，念在日後還有要靠人家幫忙的時候，於是好心的對人諄諄教誨了一番。

「妳這樣是不行的。雖然不知道你們之間是什麼關係，但如果妳想要和君子離得近些的話，就一定要改改自己的毛病。比如說妳看我，賢良淑德、溫柔體貼，廣受萬千男性愛慕……當然了，如果妳是想找君子尋仇的話，那肯定是不用給他好臉色看的。不過我聽妳對他的稱呼，似乎又不是這麼回事？」

毒小蠍看了眼雲千千滿臉八卦的好奇之色，猶豫開口：「其他的妳就別問了，我就想知道下小君現在過得怎麼樣。」

「還行吧，每天他都積極向上的主動出去四處坑蒙拐騙，被不少大、中、小組織和個人永久或暫時性通緝中，直到目前為止還沒有落網。他小日子過得挺愉悅的，生活中充滿著刺激和冒險色彩的男人式浪漫……」

「呃……」毒小蠍傻眼，顯然沒想到這個答案。「妳說他什麼？」

這是一個不知情的無知群眾啊？雲千千同情的看了眼毒小蠍，再想想君子身上那一見女人就能聽到「花開的聲音」的情聖屬性，頓時心裡就對毒小蠍之所以如此執著於君子的原因有了某種猜想——很明顯，這又是一個被那禽獸始亂終棄的女人。

「小蠍啊，其實君子那人有什麼好的啊？他就是一職業騙子，沒事出去的時候還愛順手泡泡妞。這畜生一路走過的地方，那是滿地的殘花敗柳啊……」雲千千語重心長的開導眼前的女孩。

毒小蠍古怪的看了眼雲千千。「妳是不是有什麼誤會？……不管怎麼樣，妳以後要是有小君的消息，記得第一時間通知我就好了。」

「……好吧。」人若執意送死，要為君子的戰績上再添輝煌一筆，自己這裡人微言輕，又是個外人，還能起到什麼作用？

雲千千一聲長嘆，為毒小蠍未來可見的悲慘命運默哀了一下，和對方分手離開。

建立傭兵團是個極其簡單的事情，只要有錢錢交註冊費，不管玩家多麼的菜鳥，哪怕是剛過10級，系統都絕對不會不讓人註冊。

雲千千從毒小蠍那抽調過來的十二人到位的同時，混沌粉絲湯那裡終於也開始收到了隱藏種族玩家的試探來信。這也就是說，公會的建立已經刻不容緩了，不早點完成撒彌勒斯的任務並拿到建幫令的話，一旦天空之城的熱潮消退下去，更甚至讓人懷疑這根本就是一個騙局謊言的話，屆時雲千千再想要拉攏一批高品質公會成員，就絕對是不可能完成的任務了。

現在雲千千有資源、有情報，唯一沒有的，卻是可以容納這些的公會。哪怕只是個空殼也可以，建立起了公會，後面的發展自然就能第一時間接上，並且迅速進入良性循環。

所以到了這樣的時候，雲千千已經沒有時間再多耽誤了，人一到齊，立刻申請好傭兵團把人全加進去。她再火速急Call一葉知秋公會裡的九夜等人，讓人跳槽來自己這邊。

燃燒尾狐和零零妖是不用說的，這兩個在哪裡都無所謂，雲千千一叫，立即快快樂樂的拋棄一葉知秋，把後者刺激了個內出血。

九夜也沒問題，基本上這人只要能讓他盡情打架，除此以外已經是別無所求了，一副雲淡風輕的世外高人樣子。雲千千把要求一說，還沒來得及解釋下為什麼會有這個請求，人家已經「哦」了一聲，退會、申請入團……一連串流程花費時間不超過半分鐘。

唯一的問題，就只有無常那邊。這傢伙不知道怎麼的心血來潮，最近一段時間為一葉知秋作倀，出謀劃策的提供了不少壞點子，儼然已經是一副生為葉家人、死為葉家鬼的忠心姿態，讓雲千千很是頭大。

無常不肯跳槽，七曜和不滅也就不會跟著跳……這三個人不來，自己要去哪找湊齊公會的二十人最低標準？難道要再去找毒小蠍要三個人？

再說了，就算不說其他的，單是無常那卑鄙無恥的手段，就讓雲千千每每想起來的時候都感覺毛骨悚然……公會一建立起來之後，勢必要和一葉知秋等已經建立公會的勢力發生利益衝突，就算自己心地善良、與人為善、不和人斤斤計較，但架不住人家黑心卑鄙、無恥下流、沒事找事啊……雲千千憂心忡忡，深深為純潔的自己而擔心著。

「不管怎麼樣，先把撒彌勒斯的任務做了再說。」在招安工作陷入僵局之後，剛趕到不久的燃燒尾狐了解了一下情況，接著給出建議。

「好吧。」雲千千點點頭，繼而像突然想起什麼似的抬頭，「狐狸，我把你們叫過來，對你們應該不會有什麼影響吧？」

「還好吧。我的業務本來就集中在工作室的兼職上，加入落盡繁華也只是在妳牽線那次和他們簽了一個月的約，早到期了。」燃燒尾狐毫不介意的揮揮手，一點也沒把這件小事放在心上。

仗著自己有真本事，燃燒尾狐倒是一點兒也不怕得罪人，就連跳槽都是跳得風騷無比。人家不僅走得光明正大，居然還驚動了一葉知秋親自來送別；後者在挽留不下之後，甚至大方表示對燃燒尾狐的跳槽行為毫無芥蒂，只要對方願意，落盡繁華大門隨時為其敞開……至於背地裡一葉知秋有沒有鬱結吐血，那就是另外的一回事了。

已經跳槽過來的三人，加上雲千千和君子，就湊齊了一支小隊；再從毒小蠍給的那十二人裡抽調出一組隊伍，去撒彌勒斯那裡挑戰的人員很快就齊了。直接開往剛建立好的罪惡之城，去找那個 NPC 中的大騙子老頭。

話說到這裡，就又要重新說說罪惡之城的事情。

在前世的雲千千的記憶中，已經發展好的罪惡之城可以說是網羅了遊戲中所有幹過壞事的NPC和玩家。在這裡沒有紅名追捕，沒有道德規範，所有犯罪者都能自由的行走，不用害怕自己下一步會不會遇到通緝自己的士兵。

在這座主城裡，偷雞摸狗那是基本功夫，大騙大搶也只能算是小意思。你要是沒犯過什麼殺人放火的大惡的話，走街上都不好意思抬頭跟人打招呼……太丟臉了。

但是，即便是一座系統名下的主城，它也依舊是要經過一段時間的發展。既然創世紀號稱擬真世界，想當然也就會盡量在細節處還原擬真的進度。

比如從罪惡之城的建立就可以看得出來，即便是系統本身編排了讓撒彌勒斯來建城的程式和劇情，但也絕不可能憑空刷出來這麼一大片地盤，而是讓撒彌勒斯用他撒彌勒斯式的建城方法，把偌大的主城打造了出來。雖然沒有具體到城中的一草一木，但好歹大概的樣子也做了出來。

而與此相對的，主城中的居民遷徙和城市發展，自然也就是一連串的劇情和任務，完成之後才能慢慢的讓這座主城豐滿充盈起來，不可能說一夜之間突然就刷出滿街滿巷的NPC攜家帶眷的，說是剛好路過吧。這不符合創世紀那群程式設計師們吹毛求疵的設計理念。

而撒彌勒斯給出的任務，也正是這座主城繁榮發展過程中的劇情任務……

一仞山崖峭壁，一幢鬼屋城堡，曲折潮濕的小道從峭壁上的城堡前一直蜿蜒到雲千千等人所站的山邊上。雲千千帶著身後的兩隊人，眼神古怪的瞪著那鬼屋看了半分鐘，然後才面無表情的轉頭，深吸口氣，淡定的看撒彌勒斯。

「撒彌勒斯，我一直覺得你是個很有品味的騙子，和那些俗人不同……麻煩你告訴我，你接下來發給我們的任務肯定不會是俗到家的鬼屋鎮靈吧？」

「咳。」撒彌勒斯尷尬的乾咳一聲，視線心虛的飄移到了一邊。「呃……主要是系統主神給我的是這個任務，這不是我自己的主意……」

「……小撒呀，身為一個NPC，尤其還是一城之主，你得有自己的主見才對。」

「就因為是城主，所以我更沒辦法擅自更改上面的想法。妳也知道，體制內的人遠遠沒有下面那些平頭老百姓自由。雖然說待遇更優渥些，好處更多些，但相對應的，我們很多時候都只能是身不由己啊……」

撒彌勒斯唏噓感嘆，希望雲千千能理解自己的難處。

「怎麼，這種鬼屋類的關卡很難過嗎？」燃燒尾狐在旁邊聽了半天，終於忍不住走上前來問了一句。

「算難過，也算不難過吧……」

「……求分享？」

雲千千想了想，耐心幫人歸納了一下：「這種鬼屋，顧名思義就和現實的鬼屋一樣是專門嚇人的。當然了，有可能在裡面也會出現攻擊。如果只是單純的除靈的話，那麼我們只要把鬼屋裡的怪都刷掉就好了，可現在是鎮靈……也就是說，我們得陪裡面的鬼鬼們待上指定的一段時間，只要不逃不掛，才算是完成任務……再簡單點說，你也可以把自己看成是小姐，鬼屋裡的那些都是客人、大爺。你進去伺候得好了，陪著人家玩到時間，自然就會有獎賞；但你要是敢中途退場，或是承受不了被掛掉，那自然就是失敗。」

「……為毛很多事情一到妳嘴裡就會變成另外一副德性？」

「靠，我這是在替你生動舉例……算了，走吧。」雲千千看著鬼屋，再次長嘆一聲，轉回頭問了撒彌勒斯最後一個問題：「我們得陪幾小時啊？」

「六個小時。」撒彌勒斯毫不猶豫的迅速作答。

「……代我問候你的母親。」雲千千甜蜜一笑，轉身沒再看無語的撒彌勒斯，一招手，就帶著自己的人馬，義無反顧向山頂峭壁走去。

這是一座龐大的古堡，很像電影中那些靈異事件發生的場景。雲千千等人一踏上通往古堡的小道，天空霎時就暗了下來，陰沉沉的烏雲密布了整個天空，隱隱還傳來沉悶的雷聲，偶爾一道閃電劃過天際，頓時映襯得古堡更加陰森恐怖，如同一隻張牙舞爪的怪獸，倒也真是不負鬼屋之名。

「我只希望裡面能有張床……六個小時啊，香蕉的，這麼長的時間，又不能和外界通信，除了睡覺真不知道該怎麼熬過去了。」雲千千被打雷閃電弄得更加抑鬱，眼看和古堡越走越近，終於情不自禁傷心的嘆了一口氣。

「……我覺得正常情況下，妳身為一個女孩，在這種環境下想到這種問題是不是有點不大正常？」君子悶了悶，最後還是忍不住開口教育了雲千千一番。

他自認也是在花叢中閱女無數了，就從沒見過雲千千這種食人草似的女孩……正常女孩子在這時候就算是不害怕，最起碼也不會沒心沒肺到這種地步吧？

其他人沒說話，但是從他們投向自己的目光中透露的感情看來，雲千千相信這些人都是贊同君子的觀點。

「那麼我應該怎麼反應？」感覺找不到默契共鳴的雲千千無奈了，很委屈的撇了撇嘴。

「你們的意思是，我現在應該尖叫發抖，然後縮到你們中間的誰背後去，把你們的後背衣服揪成梅菜乾，打死不邁出來一步，閉著眼睛讓你們拖著我走；再接著，被一聲異響或是突然跳出的披著床單的傻子嚇到鑽進你們中間的誰懷裡，最後在某人的溫柔撫慰下才敢抬頭。在那一刻，眼中剎那間再沒有了其他，只和那個人深情對望、對望……三分鐘後，我們再於滿屋鬼哭狼嚎、陰風慘慘的環境下來個深情擁抱或是法式深吻，接著我們突然從心中升起了無限勇氣，小宇宙爆發，最終一起攜手戰勝恐懼和這該死的鬼屋？」

「……其實我覺得妳現在這樣挺好的，還是不用改了吧。」

君子投降了，他突然覺得雲千千描述的場景如果真的出現的話，肯定將會是比鬼屋還恐怖的存在……

這個爛水果要是頭殼壞掉，真的給他來演示一遍她說過的那種場景的話，估計第一個瘋掉的就是他！

而毒小蠍手底下成員組合成的隊伍還是第一次見識到雲千千這樣的女孩，震驚之下，理所當然就顯得傻了那麼一點。還好，畢竟人家也算是專業人士，沒一會工夫就回過神來，只是彼此對望之後，不約而同的一起後退了小半步，和雲千千拉開了一段距離。

就剛才那麼幾句話的工夫，大雨已經傾盆而下。雲千千一行人終於沒有時間繼續囉嗦了，三步併成兩步，飛快的衝到了古堡的破舊大門前。

到了緊閉的門前，雲千千停也不停，埋頭直接衝了過去。後面的人擔心她撞上，正要開口叫停，卻見大門發出驚人而悠長的「吱嘎」一聲，自己就緩緩的打了開來，正好讓雲千千從它打開的門縫中穿了過去。

後面的人一怔，忍不住腳下頓了一頓，面面相覷。

雲千千躲進古堡後則是長舒了一口氣，像是完全沒注意到大門的古怪一樣，轉身向後招手，「快進來啊，都在外面幹嘛呢？又沒有美女與你們共傘，淋雨比較好玩是不是？」

「……」這個不是關鍵好不好……

沙蠍工作室出身的這隊人也算是見多識廣了，長年承接各類業務，出道至今歷經雨打風吹，他們和什麼樣子的人沒打過交道啊？可是要說像雲千千這種類型的，那還真是難得一遇，到今日這麼一見，仍然是無可避免的感覺有點當機。

古堡大門拖著刺耳的噪音完全打開之後，所有人都可以很清楚的看到門兩邊各有一堆枯骨堆。骨堆上的骨頭顫抖著，一根根、一塊塊的爬動著，組合成了人類的骨架形狀，等組合完成後，就這麼原地爬了起來。

骨架上還有著斑駁的暗色痕跡，像是血液長年侵蝕沉積而成的，瞟上一眼就讓人感覺鬼氣森森、毛骨悚然。

而這兩副骨架站起來後，就站在門邊上，像是古堡大門的守衛一樣，骨頭活動著做了一個欠身的姿勢，骷髏頭上的上下頷甚至張開對磕了幾下，從空蕩蕩的骨架組合成的身體中發出嘶啞怪異的聲音：「歡迎來到冤魂的古堡樂園……」

「蜜、蜜桃……」燃燒尾狐嚥了口口水，指著門邊的骨頭架子小心詢問：「這兩個怪是不是需要我們動手刷掉的那種啊？」他嚴重懷疑衝進鬼屋的那個女孩根本就沒注意到周圍的環境，不然怎麼會看都不看旁邊一眼？

雲千千果然愣了愣，視線一轉，後知後覺的注意到門邊的異狀，一聲低呼：「啊……」

燃燒尾狐甚感欣慰，果然，對方只是沒有注意到而已。說到底也不過是普通的女孩子，雖然嘴上說得很無所謂，但真碰上了這些東西之後，果然還是會有些害……

「對不起，我都忘記了。」還沒等燃燒尾狐想完，雲千千已經懊悔的開口，打斷了他的思緒。接著就見這個女孩抱歉的衝兩副骨頭微微一笑，如同身處在五星級飯店般，非常有教養的拍出兩個銅板，分別遞給兩邊的骨頭，「這是小費，辛苦你們了……對了，順便問句，你們經……呃，BOSS在哪？我想去找它談談，看這關卡時間能不能縮短些。大家都是很忙的，不要浪費彼此時間是最好了，你們說對吧？」

「……」

沙蠍的五人先是看了眼表情略有些扭曲的其餘幾人，接著再震驚的看了眼泰然自若的雲千千，最後同情的目光終於全部集中在有些當機的兩副骨頭架子上……真可憐，頭次做生意接待玩家，就能碰上這麼怪異的品種。

兩副骨頭架子傻傻的互相凝視了彼此一眼，眼眶中那深深的窟窿裡，兩對青幽幽的鬼火激烈的明滅閃爍了兩下，不一會後終於完全暗了下去；接著，兩副骨頭當場散開，重新變回了剛才進門時的那兩堆枯骨狀。

「好強悍的殺傷力！」君子倒吸口冷氣，瞪大眼睛，驚嘆佩服道。

「喂，什麼意思？你們還收了我小費好不好？」雲千千滿頭黑線，捏著根白板棍子蹲下身去，在骨堆裡扒了扒，把剛給的兩枚銅板回收了回來，然後才放心的忿忿然繼續譴責：「太不像話了，一點都沒有職業道德，小心我去客服那裡告你們啊！信不信？」

「……」兩堆骨堆淚流滿面。

門口的障礙消失了，探險隊有秩序的一個個進入了古堡，沒有再發現其他異狀。門口的兩堆枯骨似乎是打定主意要無視他們了，任憑十人怎麼進進出出都死活不肯再爬起來。

而進入古堡之後，隨著大門自己「吱嘎」一聲又重新關上，每個人的任務面板上，六小時的計時也總算是正式的開始倒數。

「好吧，按照原計畫，我們現在去找個可以休息的地方，一樓一般是不會有客房，所以我個人建議是去二……靠，誰在吹氣？再來我翻臉了啊！」雲千千一回臉，就見身後一個一身白衣的長髮女幽靈正在其身後飄蕩。

「呵呵……」女幽靈看到自己終於引起了人的注意，很高興的咧開陰慘慘的蒼白嘴唇一笑，嗚咽著哼出陰冷飄忽的歌聲。

「……妳披著床單不冷嗎？這裡沒空調的。」

歌聲滯了滯，但是女幽靈的資質果然夠好，很快就又接了上來。

雲千千好脾氣的耐心又聽了一會，再次忍不住舉手，無奈的要求發言：「好吧，如果妳真想唱歌的話是沒問題，但這首真不好聽，我能點歌嗎？還有順便問下，你們客房在哪？」

「……」

「所以說我討厭鬼屋鎮靈就是這個原因。如果是除惡就爽快多了，直接一把刷到底，殺完就能通關。」眼見女幽靈沒有說話，雲千千終於不耐煩的開口：「鎮靈就非要浪費很多時間……耗時長我也就不說了，還老是有一些莫名其妙的鬼怪惡魔在你身邊晃來晃去，唱歌、跳舞，動不動還傻笑……香蕉的，設計師設計鬼屋都是參考瘋人院的嗎？」

古堡深處傳來一片哽咽，似乎有不少群眾演員被雲千千這番話傷害到自尊了。就連沙蠍工作室的五人組都忍不住覺得對方這話說得太過嚴厲。

「九哥，把小娜娜放出來，讓這群跑龍套的見識見識，什麼才叫真正的亡靈。別以為想出頭只要長得醜點就行了，亡靈可不是那麼好混的！」

「……小娜娜是？」九夜皺了下眉。

「瑟琳娜。」雲千千補充全名。

「哦……」九夜點頭，抓出魂匣一開，一團青煙飄出，在九夜身邊晃蕩著，漸漸凝固成形，最後現出了亡靈公主瑟琳娜那張禍國殃民的妖姬臉蛋和魔鬼身材。

瑟琳娜美女一出場，先是恍惚了一下，臉上有片刻的茫然，接著就見她皺眉低頭打量了一下自己，再咬牙怒瞪九夜，「卑鄙的修羅族，你居然偷襲我，還竊取了我的魂匣！」

這位的意識和記憶仍舊停留在自己於修羅族密林中被秒殺的那一刻。

九夜淡定無視之，根本沒有照顧美女的意識，甚至可以說根本沒有把對方當人看。

於是，得不到回應的瑟琳娜只好無奈轉頭，再看了看周圍，又怒道：「這是什麼骯髒的地方？我身為亡靈族的公主，你們居然在這樣的地方把我召喚出來？」

話音剛落，古堡深處頓時又傳出一片片此起彼落的低呼聲和抽氣聲，似乎是那些躲起來的「人」在極力壓抑卻又難以控制一般。看起來它們還真是有些顧忌瑟琳娜的身分……或者說，根本沒人能料到，在現階段就有人有能力可以收服亡靈公主。

「看到亡靈一族的公主在這都不趕緊出來迎接，你們是不是不想在亡靈界混了？」雲千千人仗鬼勢，威風八面的衝著空蕩蕩的古堡內喊話。

同行八人深覺丟臉，不忍再看的別過頭去。只有九夜依舊淡定，神經粗大無視之，像是根本沒看到也沒聽到雲千千正在做的事情一樣。

不一會後，古堡深處飄飄蕩蕩的飛過來幾團青森森的鬼火，幾個怯怯的幽靈自鬼火中現身，小心的看了眼雲千千，再看了眼瑟琳娜，猶豫著喊了一聲「公主殿下」之後就噎住了，明顯是為難著不知道接下來該怎麼辦。

NPC間的等級很森嚴，身為鬼怪界的原住民，這些NPC會畏懼瑟琳娜也是理所當然的，就算對方現在只是玩家隨從也一樣。所以，它們無法對瑟琳娜做出什麼諸如恐嚇之類的舉動……可是在任務的規定中，現在又是它們嚇唬雲千千等人的時間，而且還要足足嚇上六個小時。不認真工作的話，一旦被發現就是要懲罰的。

於是，在一個前提條件互相矛盾的命題之下，自己究竟該何去何從呢？……鬼屋裡的 NPC 工作人員們都深深的迷茫了。

「別愣著了，去收拾個休息的房間出來，我們……呃，和你們的公主，現在都很需要休息。」雲千千嘆息了一聲，雖然覺得這些鬼很沒眼色，但終於還是大度的諒解了對方直面鬼界第二領導人時的激動心情。

這很正常，別看自己現在這麼瀟灑，那主要也是因為遊戲中自己不需要對誰有什麼顧忌。要是自己哪天一睜眼的時候，突然發現自己家裡多了一隊黑衣保鏢外加新聞上常出現的高級長官，料想就算不失態也好不到哪去……別自以為瀟灑，大家都不過是俗人而已，自然很難免俗。

眾幽靈沒理雲千千，依舊惶恐的看著瑟琳娜，小受般的低聲怯怯問道：「公主？」

「……去吧，照她說的做。」瑟琳娜出來這麼一會，總算是也弄明白自己目前受制於人的身分和立場了。她長嘆一聲後，最後終於是妥協，認命的聽從了雲千千的安排。

於是一群幽靈們跌跌撞撞的離開，尖叫著喧譁成一團，連聲叫嚷著讓鬼點燈點燭、整理沙發、打掃房間……就連大門邊本來散開堆成骨堆的兩副骨頭架子都又慌慌忙忙的爬了起來。古堡裡剎那間燈火通明，瞬間多出了許多身影，有飄著的幽靈，滿地爬的半身人，還有飛來飛去的頭顱……大家忙忙碌碌如春節大掃除，拖把、掃把滿天飛，積極的清理著古堡環境，一副熱火朝天的勞動景象。

十人探險隊惶恐的連忙退到門邊，不好意思打擾人家收拾。好一陣眼花撩亂後，大家不禁一起深深的嘆服著，感慨萬分，為古堡中的熱鬧和成員眾多而震驚了一把。

「公主，各位，沙發上整理好了，你們先請進去坐一下，我們很快就把其他地方整理出來。」剛才的幾個幽靈退了下去，換成一顆和藹可親的頭顱飄到了雲千千等人的面前。這顆頭似乎原本就是管家型的人才，口才很不錯。它看出來了一行人中做主的是雲千千，所以口中是恭敬的對著公主說話，視線卻是一直注意著雲千千臉上表情。

「不錯，你們的效率倒是很快嘛，繼續保……咦，這是什麼？」雲千千被沙發中不知道什麼東西磕了下，站起來彎腰往坐墊下一掏，摸出一截胳膊來。

身後的其他玩家臉色頓時古怪了起來。

「是誰這麼失禮？居然把自己的胳膊忘在沙發上了？」和藹的頭顱生氣大吼，喊了幾聲之後，旁邊終於有一個半身人委委屈屈的爬過來道歉。

「對不起，剛才我左手忘記安回去了。」

「你單手都能爬得那麼流暢啊？」雲千千感慨萬分，順手把胳膊遞回去。

「還好啦，我以前經常把兩隻手拆下來去幹別的事情，偶爾是單手支撐著爬，或者乾脆跳也可以……這沒什麼，熟能生巧嘛。」半身人紅著臉，謙虛的低下頭去。

君子終於忍無可忍一展扇子，擋住臉，把頭往後一湊，對站離自己最近的燃燒尾狐低聲耳語：「我怎麼覺得那麼彆扭呢。」

「其實我也很彆扭。」燃燒尾狐不自在的動動身子，臉上表情要多古怪有多古怪。「現在這感覺好像我們不是來通關，而是到人家家做客來了……其實這也不算什麼，但關鍵是主人家的家庭成員太詭異啊。」

沙蠍工作室的五人早就湊到一起嘀嘀咕咕了，這幾人唧歪幾句就看了眼古堡裡的景象，接著眼神發直幾秒，再連忙收回視線轉回頭去，更加熱烈的繼續唧歪；幾句之後他們再接著轉頭，又一次眼神發直，幾秒後再再收回視線……如此往復循環，很有種探索研究的精神。

不一會後，沙發上終於真正收拾好了，負責接待玩家們的那顆頭顱認真檢查了一遍，確認再沒有其他雜物，如身體部位之類的殘留下來之後，這才熱情的請大家坐下。

「我們站著就好……」君子含笑道謝，風度翩翩的搖著扇子，一副瀟灑風流狀。

雲千千、九夜和零零妖倒是毫不客氣的坐了下來，瑟琳娜單獨坐在了另外一邊的沙發。而剩餘的其他人對視一眼之後，就都不約而同的一起站到了君子身後，顯然是和對方同一個態度。

熱情的頭顱也不勉強，等眾人安定下來後，先是去瑟琳娜面前客套恭敬的說了幾句，接著又飛回到雲千千面前，謙虛有禮如貴族管家般致歉：「真是對不起幾位貴客。我們的城堡已經有很久沒有打掃了，近百年來也一直沒有客人到訪，所以需要打掃的地方難免就多了些……如果幾位不介意的話，我們就在客廳先坐一下吧，臥室我會儘快讓它們收拾出來的。」

「也不用麻煩，有坐的地方就行。」雲千千嘆氣：「早知道這裡有這麼好的光線，我一開始就應該多帶幾份報紙來看的。」

「真是抱歉。」頭顱微笑著將臉向下傾斜四十五度角，做出一個彷彿是在欠身表示歉意的角度，停頓片刻後才再次抬起，「您現在無法和外界聯繫，按規定也不能踏出本城堡……如果您不介意的話，也許我可以幫您購買？」

「……雖然我很心動，但還是算了吧。」

首先，NPC出去幫玩家購物沒有誰聽說過；再其次，這報紙也不屬於系統物品，得要找到玩家兼職的報童才行……就算前面都不成問題，單憑您這造型，我也不能放您出去啊！這往好了說叫個性化，要說得直白點的話，乾脆就是拍驚悚片。回頭別讓玩家誤會是亡靈一族又來攻城活動了。

雲千千摸摸自己的空間袋，想找找看有沒有撲克牌、麻將之類的東西好打發時間，半天後無果，於是鬱悶道：「九哥，你有什麼打發時間的招沒？」

「……」

「九哥？」

「……」

「妳不用問他，他就算在外面沒被限制的時候，做的事情也一直是挺枯燥無聊的，不是練功就是打架……要問還是問我吧。」零零妖笑呵呵伸出手來在雲千千面前晃了晃。

「問你？對了，你為什麼不怕啊？」雲千千轉頭看零零妖，像是剛剛才想起他似的，忍不住驚訝了小下，大拇指一比身後的君子幾人，接著說道：「像他們都怕得不敢坐下來，我看你彷彿適應得很不錯嘛。」

「喂，我這可不是怕！」君子強自鎮定，扇子搧得更快，小風颼颼的。「我之所以不坐，是因為這個沙發太久沒收拾過了，我怕會有什麼細菌之類的……呃，妳這種眼神是什麼意思？我說的可是真的，我真的只是因為覺得沙發髒而已，不是怕……靠，還看？」

「髒？」香蕉的，誰聽說過擬真遊戲裡有把細菌都擬真出來的？雲千千不屑的鄙視君子一眼，懶得搭理他的轉回頭去，繼續跟零零妖說話：「小妖，你呢？」

「我？」零零妖再次呵呵一笑，雲淡風輕如閒話家常般淡定開口：「我習慣了……妳可別忘了我是做哪一行。平常什麼樣的屍體我都見過，自己親自製造的屍體也不少，什麼爆頭、碎屍、腰斬之類的小CASE，根本沒什麼……」

「……」這傢伙到底是做哪一行？國際罪犯？君子及其身後諸人深深的惶恐了。

撒彌勒斯來探監的時候，雲千千等人已經找到了娛樂活動，正在歡樂的打發著任務時間。

這個創世紀中聞名遐邇的大騙子一推開鬼屋大門，首先映入眼中的就是滿室光亮，完全沒有鬼屋陰森恐怖的氣氛。不僅如此，旁邊還站了一支女幽靈唱詩班，三十多個沒有腳的女幽靈披著斗篷似的衣服，整齊的排成四排，人手一根蠟燭端在胸前，正在神情肅穆的一起高聲合唱，合唱也就算了，曲目居然還是踏馬的《歡樂頌》，標準德文版的……

唱詩班旁邊還有個正在拉小提琴的半身人，骨頭架子在彈鋼琴。滿房間的頭顱飛來飛去，口裡叼著抹布擦桌、擦椅、擦窗子，似乎在做週末大掃除，一絲不苟得令人敬佩。

雲千千等人就這麼聽著歌，被一眾亡靈們服侍著，人手一杯飲料正坐在沙發上聊天，一副很閒適的下午茶氣氛。

「……」撒彌勒斯在門口傻眼了一把，抱著一個包裹，張大嘴說不出話來。

「喲，這不是小撒城主嗎？」雲千千發現門口的撒彌勒斯，很有派頭的打了一個響指，立刻有一個頭顱向著大門方向飛去，很客氣的向撒彌勒斯微微頷首下。

「您好，歡迎來到水果樂園的動感地帶。」

「動感地……」撒彌勒斯被噎得翻了個白眼，緩了好一會才猶豫著開口：「這不是冤魂的古堡樂園嗎？」水果樂園他知道，就是那個爛水果剛建起的傭兵團名字，但這動感地帶的名字就太那個了吧。

「……公主殿下的主人的朋友親口為我們這裡改了名字。」頭顱含淚微笑答道。

撒彌勒斯：「……」

「小撒，你是來做什麼的？」雲千千笑嘻嘻問道。

「任務進行一、二、四小時後，我分別會來巡視一次，提供你們一些退靈的道具和過關的幫助……」撒彌勒斯舉著手裡的包裹解釋，說到這裡時還停頓了下，環視一圈左右後才無奈搖頭。「不過現在看起來，你們似乎是用不上了。」

「你能給我們的最大幫助就是縮短我們的陪客時間。」

「這個……我覺得應該是這些亡靈在陪你們吧。」撒彌勒斯不解問道：「照理來說，這些冤魂的友好態度是不符合任務程式的……妳到底怎麼辦到的？」

「如果我說是魅力和人品，你能相信嗎？」

「……請不要低估我這種職業的 NPC 的智商。」撒彌勒斯生氣了。

「那就沒什麼好說的了，這屬於商業機密。」雲千千聳肩。「好了，如果你真有心想幫忙的話，那就麻煩幫我去弄點報紙、雜誌和撲克牌、牌九、麻將什麼的……好歹骰子、骰盅來一套也行啊。」

撒彌勒斯聽完，知道沒什麼需要自己擔心的了，於是二話不說轉頭就走——靠，真以為這裡是療養度假中心了！

數小時後，雲千千帶領的探險小隊終於在滿城堡冤魂送瘟神般的感動目光中離開。

至撒彌勒斯處交完任務之後，因為對方剛才不肯為自己跑腿運送娛樂工具的關係，所以雲千千這會也很生氣的拒絕了對方要求自己馬上去做下個任務的要求；再說了，沙蠍工作室的那幾個人每天工作時間都是有限制的，今天已經超出人家的工作時數了，再多就要算加班，加班需要另付加班費……到時候這筆錢算誰的？

很義正詞嚴的拒絕了撒彌勒斯，約定第二天再繼續任務之後，雲千千小隊和沙蠍工作室小隊就這麼原地分手告別，各自忙各自的事情去了。

「你這面具還不摘？」雲千千看了眼身邊的君子，怎麼看怎麼覺得彆扭，忍不住問了句。

「打死不摘。」君子撫摸自己臉頰一把，惆悵長嘆：「戴著面具還可以換個名字，也免得沙蠍的人在傭兵團列表裡找到我……我很憂鬱，妳別逼我。如我這般風騷耀眼人物的痛苦，不是妳這種凡人可以理解的。」

「不就是一個不知道被多少個女人經手過的殘花敗柳嗎？」雲千千鄙視道。「你那點破事我懶得管，只要以後別把麻煩惹到我公會就行。」

「……妳說這話虧不虧心？」自己就是個行走的禍亂根源，就這樣子一個資質的人，她還好意思叫別人別給她惹麻煩？

「虧個毛線……算了，愛摘不摘隨便你。我要去找個人，你們自由行動吧。」

雲千千打發走其他人，自己動身去了混沌粉絲湯的地盤，準備去取報名參加天空之城活動的隱藏種族玩家名單，記錄好聯繫方式，順便再研究一下做活動的時候應該怎麼分配。

這樣正經的工作十分不適合雲千千的個性。本來她的計算中，這些事是打算要交給無常的，那樣才真正叫做術業有專攻。可是沒想到人家居然不肯過來，非要在一葉知秋那裡當個小卒子……當然了，無常到了自己這裡也是當小卒，可是這親疏有別，大家好說是從新手村的純真時代就一起發展起來的戰友情誼，這怎麼算都應該比一葉知秋要親近些吧？

於是本來訂好的苦力就這麼浮雲了，雲千千只能自力自濟，為了以後能夠帶團出門收保護費這個宏偉目標，無奈下，自己親自擔負起了組建和發展公會的責任，開始四處奔波。

「我和你們主編約好了，他讓我來這裡找他。」

雲千千在創世時報購買下的辦公室外，耐心替一個小妹妹解釋：「我是蜜桃多多，妳應該也聽說過我的名字吧？……不是，妳別誤會，我不是在炫耀……我的意思是，你們時報的人應該對我的名字都很熟……好吧，其實我自己也覺得這種說法有點像炫耀。」

小妹妹意志堅定的瞪著垂頭喪氣的雲千千，堅決不肯退讓半步：「主編說了，他有重要客人，誰都不准進去。」

「臥槽，我就是那重要客人！」雲千千頭一次在與人言語的交鋒上領會到了抓狂的感覺。

「妳有什麼證明？」小妹妹的大眼睛裡寫滿了懷疑。

「證明？」雲千千愕然。「妳去問問你們主編不就知道了，這要什麼證明？」

萬分混亂中，終於有個認識雲千千的小編自辦公室裡面走出，發現這邊的情況後走了過來，三兩句話把問題解釋清楚，順帶證明了雲千千的身分，這才把人領了進去。

「胖子，你門口那女孩真是純潔，從哪挖到的奇葩？」雲千千在混沌粉絲湯的辦公室裡擦把汗，鬱悶問道。

「我頂頭上司的妹妹，聽說剛從國外回來的。她知道有這個遊戲後就非要跟著進來玩，從０級開始就一直是我派人帶著刷經驗的……消息閉塞之下，這女孩有時候確實是顯得傻了那麼一點兒。」混沌粉絲湯苦笑。

「她傻不傻的倒是跟我沒關係。不過你既然派人守門，好歹囑咐一聲，把我名字告訴她啊。再或者你別關訊息開關，這樣我剛才不就可以直接 CALL 你出來救場了？」

「本來守門的人不是她，是她自己非要……算了，下次我會注意。」混沌粉絲湯長嘆了聲，臉上滿是無奈。

從隱藏種族那裡來信的玩家還是不多，比起普通玩家來，這一批人明顯要更矜持一些，很有點恃才傲物的味道。他們在信中極力想表現得雲淡風輕，一副老子其實根本沒興趣，只是順口問個一聲而已，你想說不想說，老子根本就不在乎……的姿態。

可是雲千千相信，如果自己真要以為對方是沒興趣，無視這種信的話，對方絕對會就此記恨下來，背地裡吐口水、扎草人什麼的咒自己不得好死。

於是這批信不僅一定要回，還一定要認真仔細的回。麻煩點沒關係，反正以後等他們落到了自己手裡，有自己報仇的機會……雲千千非常想得開，把這一堆郵件收攏了一下，打包塞進空間袋裡，接著就開始趴桌上、攤開張紙，琢磨起回信的詳細內容來。

「你好，我是本次天空之城活動的組織者和主使人。首先，我非常欣喜能夠收到您的……」雲千千邊寫邊唸，痛苦的糾結著字句，很傷心很傷心。

寫八卦，她在行；把事情往誇張了糊弄，她也在行。但這封回信不一樣，自己透露出的部分天空之城訊息，必須能足以讓人產生嚮往，同時卻還要足夠內斂，不能太詳細，這才能顯得更加真實一些，讓人信服。而且在這中間，更主要的是自己還要注意，在介紹中不能透露出什麼有用的情報線索，免得人家推測出什麼任務相關線索，直接把自己撇下，提前去撿了便宜……這份難度，那可不是一般人練得出來的。

混沌粉絲湯剛聽了前幾句就聽不下去了，往常寫八卦、灑狗血寫到驚天動地、萬眾揪心的這麼一個人，怎麼一到正式行文的時候就漏氣了？

「我叫人幫妳寫吧。」混沌粉絲湯忍無可忍，把剛才門外的小妹妹喊了進來：「小尋，妳來幫蜜桃寫封回函。」

「好。怎麼寫？」被叫作小尋的女孩子很高興的接過任務，端端正正的坐到桌邊，眼巴巴的抬頭問。

「呃……是這樣的，我現在要糊弄一群人來和我一起做公會任務。關於那個任務的資料就在妳手邊。現在妳需要做的就是寫一封信，詳細的描述一下這座天空之城的美好，最好讓人一看之下就立刻想去探索……但是同時妳又不能把具體的資料和其他線索路徑寫出來，讓人即使想查也無從查起。再同時還要足夠令人信服，要……」

雲千千洋洋灑灑的發表了數分鐘談話，提出了一、二、三、四……等等數條要求，最後覺得沒什麼需要補充的了，這才小心翼翼的問小尋：「就按我說的寫，有問題嗎？」

「沒問題！」小尋也很乾脆，聽完二話不說，埋下頭一邊翻資料一邊就開始動手寫，筆桿子舞得刷刷的，看起來一氣呵成，半點都沒有卡文的感覺。

「還是個高產型寫手嘿。」雲千千嘆服，順手一捅身邊同樣在等待交稿的混沌粉絲湯，「這女孩行不行啊？」

「沒問題，人家是專業的律師，最擅長的就是睜著眼睛說瞎話，還說得比真話都真，煽動情緒、引導思考什麼的對她來說完全是小CASE。只要不遇上妳這樣子耍無賴招式的，基本上小尋那高度就屬於是東方不敗的境界。」

過了不一會，人家就把回函寫完，跟雲千千揪一把頭髮憋出一個字的速度完全不同，前者是行雲流水的話，後者就是便秘。都不用看內容，單是先看兩人寫信時的表情和表現，很明顯的優劣就分出來了。

雲千千檢查一遍，並無問題。她也不吝惜讚美之詞，把小尋美眉狠狠的誇獎了一番，大度的表示原諒了對方剛才在外面把自己攔下來的事情。

小尋美眉笑而不語，沒有回答雲千千的話，而是湊到混沌粉絲湯腦袋邊去咬耳朵。

不一會，那胖子就為難的抬頭了，「蜜桃啊，我們兩個交情怎麼樣？」

「幹什麼？要錢沒有，我是不會給稿費的。」雲千千瞬間警覺。

在報社裡面都是靠寫字混飯吃的人，大家經營的就是文字利潤，所以混沌粉絲湯一開口，雲千千立刻把話先說死，免得人家找自己要潤筆費什麼的……當然了，如果這小尋是按字數要自己付錢的話，那倒也不是不能考慮，反正一千字才踏馬的兩塊錢，這封信頂死了也就一千字左右……這麼點錢不傷筋不動骨，連皮毛都不算，根本沒有感覺。現在走大街上，連打賞乞丐都沒看見一塊錢的了，我就給妳一個千字價，怕個毛線啊！

混沌粉絲湯一齜牙，翻了個白眼，「誰要跟妳收錢了？以為所有人都跟妳似的……是這樣，小尋剛好也沒加公會和傭兵團，她剛才看天空之城的資料覺得很感興趣，所以也想去看看，妳看這……」

「拿我當保姆？」

「別說那麼難聽，什麼保姆不保姆的，小尋會照顧自己的。」混沌粉絲湯板著臉。

雲千千也板著臉，「少來，估計她現在連自己是什麼職業都沒弄明白吧。」

「喂！」小尋聽不下去了，黑著臉插話：「別看不起人啊，我再怎麼笨也不可能不知道自己是牧師吧。」

「嗯，果然是標準的渾水摸魚職業。」雲千千嚴肅的點頭。

「咦？可是……」對網遊名詞表示迷茫的小尋同學認真求知。

「大人說話，小孩子別插嘴。」混沌粉絲湯把雲千千拉到一邊，壓低聲音：「大家都是熟人，我也給妳發過不少次薪水了，給點面子怎麼樣？」

雲千千咬牙堅定拒絕：「不怕神一樣的敵人，就怕豬一樣的隊友，天空之城任務艱難險阻重重……」

「一塊建幫令。」

「……」再艱難的關卡也是可以克服的，雖然代價有些大，但這收穫同樣很大。就算一個公會用不了兩塊建幫令，不是還可以轉手賣掉嗎？雲千千頓時神色一正，比剛才更堅定的點了頭，「收了！」

發入團邀請，確定，小尋美眉加入成功。

混沌粉絲湯笑呵呵的坦然面對雲千千伸出來的爪子：「幹嘛？」

「建幫令啊！」

「我說我要給妳建幫令了？」

「你……」

「我剛才說什麼了？」

「……你說『一塊建幫令』……」雲千千眼前一陣發黑，突然有了想吐血的衝動。

馬的，被這死胖子調戲了，一塊建幫令只是個單純的名詞罷了，頂多就是多加了個定冠詞。人家既沒說「他有一塊建幫令」，更沒說「他要給一塊建幫令」，句子被省略的部分完全是自己想當然添加上去的……

把回信複製，一個個標上收信人，再收回空間袋，雲千千黑著臉，話都不多說一句，更不理人，轉身就走。

這世道真是太黑暗了，雖然早知道混沌胖子不是什麼好鳥，但雲千千實在是想不到對方還能壞到這分上來。白歡喜了一場之後，自然就是深深的失落，不早點離開這個傷心的地方還等什麼？等那死胖子再多玩弄自己幾把？

至於小尋……雲千千倒也沒想特意再把人家踢出去。好說也是個女孩，說死了也不過是自己嫌棄她而已。實際上人家又沒犯什麼錯，不僅沒錯，剛剛還幫了大忙……過河拆橋的事要做也不能這麼做，這顯得自己也太禽獸不如了……

出了創世時報辦公室，街上路過郵筒，雲千千順手把回信寄了出去，發了好一會的呆後，終於還是忍不住一聲長嘆——真踏馬的委屈！

正好就在這個時候，通訊器響了起來，雲千千一接，零零妖略帶點興味的聲音就傳了出來。

「告訴妳一個好消息，我們剛才『巧遇』一葉知秋了，他正在為一個任務苦惱，想請九夜回去幫忙。」

「……臥糟！」苦惱是假，挖牆角是真吧！

「妳在這裡做什麼？」

雲千千還在去與不去間猶豫的時候，身後突然傳來一個聲音，轉頭一看，卻是小尋不知道什麼時候跟了出來。

「大姐，我剛才在你們辦公室弄了厚厚一疊信，現在身邊又有個郵筒……用頭髮猜都能猜出來我是在寄信了。」雲千千無奈轉過身來。

小尋笑了笑，也沒有生氣，睜著大眼睛，很純潔的看雲千千。「我知道，但是妳寄完還不走，站在這裡想什麼呢？」

「妳是我老婆？」

「啥？」小尋同學愕然，不知此問從何而來。

「不是我老婆問那麼多做啥？」

「……」屁話，妳這個不帶把的這輩子都別想能有老婆……
第一次的正式認識，雲千千就給小尋留下了非常惡劣的印象。後者雖然不是貌美如花，但好說也是純情小蘿莉一隻；再加上家中長輩溺愛，從小到大基本上沒受過什麼挫折，於是哪又能知道世界上還有如雲千千這般變異的人種存在？
不歡而散之後，雲千千認真想了想，終於還是決定去零零妖那裡看看情況。要真算起來的話，其實她和九夜之間真沒什麼深厚的情誼，撐死了不過算是同一個隱藏種族罷了。非親非故的，對方如果真要想把自己甩了去跟一葉知秋混，似乎也是非常理所當然的事情。
落盡繁華名下的天字號偌大酒樓裡，一葉知秋正在滿臉笑意的和九夜套著交情。說是套交情，實際上從剛才到現在都幾乎只有他一個人在說話而已，另外那位大爺太不配合，只知道毫無愧疚的低下頭去吃吃吃……馬的，請客是幌子，交流才是目的，你光吃不給反應算是怎麼回事？
零零妖在旁邊倒是看得很歡樂，他太熟悉九夜了，知道一葉知秋搞這一招鐵定是要吃虧，人家根本不和他客氣的。不過也好，自己好歹也蹭上頓飯，平常去餐廳可沒那麼多閒錢。
一葉知秋口水都要講乾，汗水也快灑盡，只差沒聲淚俱下的跪著求人回來了。而那邊的兩位還是該怎麼樣就怎麼樣，鐵石心腸、毫不動容。
而就在一葉知秋無比懊惱的時候，無常在頻道裡懶懶的輕嗤出聲了：「會長，怎麼樣？」
「……」這明顯幸災樂禍的口氣是啥意思？一葉知秋很不平衡，勉強笑著又客套了幾句，退到一邊接通信，打腫臉充胖子的報喜：「一切順利，只要再給我半小時，相信拿下九夜不成問題。」

「呵呵……」

無常笑而不語，淡定得讓一葉知秋幾近抓狂——最討厭這個裝高人的混蛋了，馬的，沒事就「呵呵」……呵你妹啊呵！有事說事，沒事滾蛋。在這高深莫測、但笑不語，一副料盡先機、早有定論、成竹在胸的死樣子給誰看呢？

也許是聽到了一葉知秋的心聲，無常果然開口說話了，語氣依然是萬年不變的平靜：「雖然不了解那邊現在的情景，但我卻自認很了解九夜……你別白費功夫了，快點回來，這裡有正事。」

「我這不算正事？」一葉知秋咬牙。

「這種事情不能勉強，你和九夜是不會有任何結果的，還是儘早放棄的好。」

「……」臥糟！誰來把這死瘋子拉走？

一葉知秋不放棄，明明有和創世紀第一高手合作的機會，為什麼要放棄？那個爛水果究竟有哪裡好了？連最基礎的初期發展都沒有，居然還想網羅那麼多高手過去，她也不怕自己消化不了？這麼多的強戰力就這麼被糟蹋了，簡直是明珠暗投啊！簡直是暴殄天物啊！簡直是令人髮指啊！簡直……

一葉知秋越想越覺得氣憤填膺，他甚至覺得自己有義務要挽救這些失足的高手們，好讓他們未來的輝煌人生不會因為這一次的選擇失誤而就此暗淡下去。這已經不僅僅是壯大自己公會的事情了，更是為了這些人的長遠發展和光明前途啊……

對，就是這樣沒錯，自己絕對不是嫉妒，更不是搗亂挖牆角。這是助人為樂，是做好事！

「你們兩個，就在酒樓下面巡邏守著，如果看到蜜桃多多的話，就想辦法把她絆住，在我事情辦好之前，千萬不能讓她上來搗亂。」

為了保證周圍環境，為長期的說服工作做準備，一葉知秋果斷走下樓去，從公會裡叫來了現在離自己最近又剛好沒事的兩個小弟，慎重叮囑了一番之後，這才重新回到樓上去。

落盡繁華裡的這兩個小弟也是頭一次被自己會長耳提面命的交代任務，受寵若驚之下幹勁十足，拍胸脯保證完成任務。目送一葉知秋上樓之後，兩人雄糾糾、氣昂昂的轉身，握緊手中武器，如同即將奔赴戰場的戰士般，英勇的大踏步就向酒樓外走去。

剛剛跨出門口，迎面就撞上了一個女孩。

「嘿，正好，看你們這徽章，應該是落盡繁華的吧？」女孩開心的抓了兩人問。

兩位英雄：「……」

「你們會長哪裡去了？我找他有事。」女孩沒注意兩人臉色，依舊開心詢問。

兩位英雄不自覺的眼神往酒樓裡的二樓樓梯那裡飄移了一下，反應過來之後又立即轉回，不約而同的、欲蓋彌彰的……閉緊牙關的使勁搖頭。

「樓上？」女孩也往樓梯那看了眼，隨即點頭。「謝謝。」她說完放了二人，越過他們就要往酒樓裡走去。

「等等！」兩位英雄終於明白過來現在的情況了，知道已經到了自己出場的時候，兩人連忙轉身把人攔住，說出了自女孩出現後的第一句話：「蜜桃大姐，妳不能進去。我們會長現在有重要客人正在接待，如果妳硬要過去的話，那就從我們的屍……」

「天雷地網。」

一串雷電交織聲中，一張巨大的紫電雷網從天而降，直接將兩個話還沒說完的玩家都罩在了其中。三秒後，兩道純潔的白光從雷網中飛出，直奔復活點而去……

「從你們的屍體上踏過去是吧？OK。」女孩，也就是雲千千點點頭，低頭為兩個盡忠職守的英雄們默哀兩秒，接著抓緊時間大踏步就衝上了樓去。

酒樓中還坐著其他幾個來消費的玩家，見此情景，頭上冷汗都是刷刷的流，完全不敢相信自己的眼睛——就在剛才，眾目睽睽之下，電光石火之間，一場血案就這麼發生了？這也太意外了吧！出師未捷身先死，長使英雄淚滿襟……烈士，就是這樣練成的……

兩個烈士犧牲之後，一葉知秋第一時間就收到了對方從復活點發來的電報。他還沒來得及感覺到頭皮發麻，耳中就聽到了包廂大門被人一腳踹開的聲音，伴隨而來的，還有雲千千那令他頭大的聲音。

「九哥、葉哥，吃飯怎麼不叫上我啊？」

「叫……」妳妹的叫啊！一葉知秋努力嚥下還沒來得及吐出的後半句髒話，費勁的扯出一個僵硬的笑臉：「真巧啊，蜜桃也來了？」

「嗯，來了。」雲千千也不跟一葉知秋客氣，自己找了個位置坐下，抽出雙筷子就開始扒拉起桌上的菜來，邊扒還邊嫌棄：「嘖，這魚爛得真不像話，你們吃就吃，在魚身上亂戳什麼啊……熊掌似乎也燒得不是很好看，這酒樓是落盡繁華的產業吧，一葉會長是不是沒錢請好廚子？……還有這鳳爪……這涼皮……

這蜜釀雞腿……這……」

這死女人是來找碴的吧？……一葉知秋滿頭黑線，看雲千千如看不共戴天的仇人般。

把桌上的菜一個個嫌棄了一遍，雲千千嫌惡的撇撇嘴，一臉不屑狀把手中的筷子一丟，轉過頭去對九夜道：「九哥，你吃飽了沒？吃飽我們就走吧。看這菜也不怎麼樣，下次我請你去吃乾麵。」

「嗯，飽了。」九夜也把筷子擱下，擦擦嘴，當真就要起身了。

一葉知秋冷汗直冒，連忙站起攔人：「等等啊，幾位！」這位大爺還真是夠不給面子，說走就走，連話都不願意和自己多說，真當自己錢多了有得燒，特意把人拉過來就為請他吃頓飯？

「還等什麼？飯後甜點？」雲千千撇嘴，看一葉知秋也不怎麼客氣。香蕉的，挖人敢挖到她頭上了，當真是看自己好欺負是吧？

一葉知秋也知道事情是自己不厚道在先，畢竟誰叫他先有著不可告人的陰暗目的呢？於是被雲千千這麼一嗆，這位大會長還真是不好說什麼，只能乾笑兩聲道：「蜜桃啊，其實大家都已經很熟了，有什麼話不能坐下來好好說呢？」

「那你說啊。」

「是這樣的。」一葉知秋捏拳，乾咳聲道：「其實呢，我們公會對九夜兄弟的離開是沒有任何意見，畢竟這是他的自由嘛。可是呢，我們公會現在有個任務缺人手，尤其缺高級玩家，所以我是這麼想的，能不能請九夜兄弟回來幫幫忙？」

130・緣分

「行啊！」

「嗯，我也知道這要求確實有點過分，但是希望妳不要誤……呃，妳說啥？」

一葉知秋根本沒指望著自己一說人家就能答應，所以前一段話說出口之後，他也完全沒去仔細聽回答，直接就照著自己的思路繼續苦口婆心的勸了下去。沒想到這世界上還真是有奇蹟這種東西存在，從那水果口中回饋出來的答案讓他驚喜到有些驚悚。

「蜜、蜜桃？妳這是腫麼了……」太過驚駭的情緒已經讓這位大公會的會長有點大舌頭了。

鹹蛋超人來攻占地球了？酷斯拉英勇戰鬥保護人類了？臥糟，這到底是如何混亂的一個世界啊……

從未見過雲千千如此和善好說話的一葉知秋被刺激得接近崩潰，突然有些不知道該怎麼接下去了。在這一個瞬間，他腦海中甚至出現了一個比較犯賤的念頭——大姐，求您罵我吧，求您嘲諷我吧，您這樣和平友愛的實在是讓我很不適應啊……

「但是。」雲千千不負所望，果然緊跟著又接了這麼一句。

一葉知秋一聽這轉折詞，反倒鬆了口氣，有了一種事情重新回歸正常軌道的感覺，歡樂無比問道：「但是什麼？有事您說話。」

「……」雲千千莫名其妙的看了眼一葉知秋，呵呵笑道：「但是我們這裡也正是需要九哥的時候，天空之城的探索活動需要的都是高級人才，所以借人不是不行，但我們是不是商量……」

「沒關係啊，沒關係啊，大家好商量嘛。」終於看到了熟悉的水果那熟悉的無恥，覺得這一幕十分熟悉的一葉知秋感覺非常親切。

「……」這人腦子有病了吧？

現在換雲千千接不下話了，她只覺得眼前的一葉知秋分外陌生，以前那個被自己一算計就顯得異常激動的熱血小青年不見了，換成這個腦殘屬性……一葉知秋今天出門的時候，腦袋被驢踢了？

酒樓上的雙方正就著九夜同學的歸屬問題展開會談，暗潮洶湧得估計一時半會也不能完事。

而在這段時間裡，君子正在大街上遊蕩。

有時候，人一無聊起來就愛幹無聊事，招貓惹狗的到處興風作浪。且從君子的主業可以看得出來，這人本來就是個喜歡追求刺激和腦力激盪的傢伙。現在到了這種沒事可幹的時候，更是無聊得變本加厲，很是想找番事情來鬧騰鬧騰，就差恨不得開架飛機來撞主城王宮了。

說來也是真巧，君子在大街上正想沒事找事做的時候，迎面就遇上了久不見面的天堂行走。兩個騙子師兄弟湊在一處，自然心情也很是激動。兩人有著同樣的愛好、有著同樣的追求……雖然說都易了容，但憑藉著某些特殊的聯繫手段，還是很輕易就認出了彼此。

「師兄。」天堂行走感動得眼淚汪汪，抓著君子的手，簡直激動得不行。「好久沒見著你了，你最近又做了什麼壞事？」

「師呃……妹？」君子噎了下，認真打量了下天堂行走現在的打扮，最後出於慎重考慮，還是決定不揭穿對方。「師兄我也很想你啊……呃，你這是在做什麼呢？」他最後這句是小小聲湊到人家耳朵邊說的，而在旁邊的人看來，這明顯就是一副師兄師妹姦熱情深的畫面。

沒錯，天堂行走現在的易容裝扮正是清純小美女一名。易容無男女，再說這又是遊戲，玩家們彼此之間是無法出現某些親密接觸的，自然不怕曝光。

天堂行走左右鬼祟看了下，接著才同樣小聲鬼祟的湊過頭去：「君師兄，我最近看上個肥羊，想把那些人的家當全騙過來……不過說是這麼說，難度實在還是有些大，要想成功恐怕不會是一天、兩天的工夫……」

「我們師兄弟裡也就你最有出息了。」君子眼露欣慰的感慨長嘆，看著天堂行走的眼神，如同看一個長大了很有出息的兒子一樣。

說起來，其實君子在撒彌勒斯手下的身分也是很尷尬。大騙子撒彌勒斯名下的弟子共計三人，頂頭一個大師兄身分神秘，從未顯露真面目，偷盜騙人的業務是絕對熟練的，擁有的騙具也最多，算得上當之無愧的實力第一。

而天堂行走排行最末，偏偏天資聰穎，什麼歪門左道都是一點就通；再加上人家根本沒把撒彌勒斯當成師父，乾脆只把人家當是軍火提供商，於是底氣也非常足，師門什麼的在他眼裡就是浮雲。人家該玩玩該樂樂，完全是電視劇中經常會有的門派中天縱英才又調皮不羈的小師弟那套路。

只有自己，排行不上不下，天分不上不下……本來自己還覺得自己是個足夠獨當一面的壞蛋了，可是一和上下兩個師兄弟對比之後，自己還是顯得太嫩，完全不夠格出師。

前路漫漫啊，不知自己何日才能出頭？君子滄桑遠目，在對比之下，對自己未來的前途充滿了擔憂。

「君師兄？」天堂行走完全不知道自己的出現給君子帶來了如此之重的心理負擔，兀自茫然的看著君子，不明白對方怎麼突然就萎靡消沉了下去。

「沒什麼……對了，你看上的那肥羊是哪裡的？為什麼要打扮成一個女人？」君子驀然回神，連忙掩飾問道。

「呵呵，這是我新情人的身分……」天堂行走捂嘴偷笑，把女人的一舉一動學得爐火純青。「她是一家工作室的編外成員，正好最近要出差不能上遊戲，我就趁機頂替她，連穿幫的顧慮都省了。」

「……加油。」

「嗯，等把那沙蠍弄下來之後，我請你吃飯啊。」天堂行走高興的笑了笑，揮手就跟君子告別：「好了，我也挺忙的，那師兄再見了。」

「嗯，再……靠，等等！」君子眼明手快的一把抓住剛剛轉身的天堂行走，氣急敗壞問道：「你剛說你要弄誰？」

「沙蠍啊，你認識？」

「……」廢話。

剛剛還覺得無聊，可是現在卻是太刺激了。君子瞬間覺得很頭大，抓著天堂行走，不知道該怎麼開口跟人解釋了。毒小蠍和他有交情，但那也只是跟他之間的私人情誼。做騙子這行早有規矩……欺生、宰熟，能算計到一個就算計一個，沒有什麼誰能下手、誰不能下手的說法。自己頂多能做到不去騙一個人，卻不能要求另外的人也同樣不去騙這個人。如果同行之間想要較技，也只能各使手段，不是跑去跟對方要下手的那目標告狀遞信的。

這就跟小孩子打架完後，輸了的那方跑去告老師、告家長一樣的惡劣……有本事我們手底下見真章啊！玩這手段，你丟不丟人啊？

君子就丟不起這人，可是同時他又沒辦法跟天堂行走較技。他對毒小蠍那邊是避若蛇蠍，如果能老死不相往來才是最好的。如果要和天堂行走對上的話，那就勢必要混入毒小蠍身邊防備來招，這怎麼能行？可是如果什麼都不做的話，難道自己要眼睜睜看毒小蠍被那混蛋師弟騙到傾家蕩產？

君子在這一刻只感覺分外糾結，力圖在臉上撐起和藹的笑容：「天堂啊……你為什麼想騙沙蠍？是有仇還是……」如果是有仇就調解一下，如果是看上人家有錢，那自己再幫他找另外一個有錢的目標，比如說落盡繁華的底子應該就挺厚的……

「沒什麼啊，也就是某天我正百無聊賴的走在大街上，想找個目標玩玩的時候，那家工作室正好就有十來個小妹妹在外面發傳單……你說這不是緣分嗎？在我最需要排解寂寞的時候，茫茫人海中就讓我和沙蠍這麼相遇了。沒有早一步，也沒有晚一步……」天堂行走一臉夢幻般的感動，顯然是真心覺得這是天賜的「緣分」。

「緣……」君子倒吸口冷氣，一頭冷汗刷刷的——你馬的，這世界上誰都不會想和你有這樣的緣分吧？

天堂行走鬥志昂揚，雖然看出來自己師兄似乎有點不大對勁，但一想到自己還有這麼宏偉的欺騙計畫，頓時也不想繼續留在這裡和這傢伙一起浪費青春、浪費生命了。三兩句解釋完自己和沙蠍的「淵源」之後，他揮揮手就二度告別：「那師兄，我們就先聊到這裡吧，我這會還有正事，先走一步了，拜拜啊。」

「站住！」君子連汗都顧不上擦，連忙二度將人抓住。

「幹嘛啊？」天堂行走皺了皺眉，居然還有點不耐煩了。「我現在很忙的，有事等我忙完這筆生意再說好不好？」

「……」等你忙完就什麼都晚了……君子沉默三秒，想想之後又小心問道：「你是想騙那工作室還是想騙沙蠍老闆？」

「多新鮮啊！我們這行玩的就是智鬥，不騙人，光騙財……你以為是江洋大盜呢？」天堂行走一臉受辱的正義凜然狀。

「哦，那你去吧……」

君子等人走後，立即一條訊息飛向雲千千：「大姐救命了！」

雲千千帶著人從酒樓出來後，見到君子的第一句話就是感慨：「沒想到你對自己的舊愛還是有幾分憐惜的啊。」

君子有些尷尬，看了眼跟在雲千千身後的一葉知秋，感覺有些話當著這個外人的面不大好講。「這話怎麼說的……妳別把我想那麼禽獸好不好？再說小蠍也不是我舊愛。」

「咦，你聽不到花開的聲音？」雲千千詫異。

君子一聽這熟悉的文藝詞，頓時知道對方的誤解是從何而來了，黑下臉，咬牙發去私聊聲明：「我們只騙財，不騙色。天堂行走是我們這些千門中人裡的敗類，請不要把我們混為一談。」

「哦……」雲千千應了一聲，不說話了。

一葉知秋不請自來，往這一站本來就是挺尷尬的身分。可是架不住人家自己沒有自覺性，他厚著臉皮，硬是裝著什麼都沒察覺：「呵呵，蜜桃說是有事，就是和這位……兄弟有關？」君子這張臉是新存的，之前根本沒用過。一葉知秋茫然之餘，忍不住也暗暗揣測了一下來人究竟是哪一路隱藏高手。

君子瞥了一葉知秋一眼，仗著自己現在沒人認識，直接無視過，拉著雲千千繼續求救：「蜜桃，妳這回可真得幫幫我，那小混球想動小蠍！」

「動就動唄，你緊張什麼？」雲千千莫名其妙，抓抓頭，回答得非常坦然自在。

君子吐血：「大姐，人家現在好說也是正在為妳幹活好不好？我們能不能不要這麼畜生？」

「喂，怎麼這樣說話呢？」雲千千生氣。

「……」看著對方生氣得理直氣壯的模樣，君子突然間意識到，對方似乎真沒把毒小蠍的死活當一回事。

人家兩個女孩之間只見過兩次面，彼此交談的總時間不超過十分鐘。關係嘛，又只是個僱傭老闆和僱傭兵之間的關係……俗話說得好，在商言商。在非親非故的情況下，想讓雲千千這樣子本來就屬於黑心爛肚的人種，去關心一個她僱來的組織的死活，似乎確實是有點不大現實。

事情總是一件歸一件的……說得再直白點，毒小蠍的事關她屁事啊？

君子惶恐了，想到這麼一層後，忍不住抓著雲千千，戰戰兢兢的問道：「蜜桃……妳不會不管毒小蠍吧？」

雲千千再抓抓頭，想想真是覺得很茫然，「難道說我應該幫她？可是大家又不熟，這樣子沒什麼必要吧？再說了，她又是個女人，我對伸出援手拯救同性的事情基本上是很沒興趣啊，畢竟你也知道同性相斥，異性才相……呃，你別這副表情，我只是這麼打個比方而已，請不要用看萬年女色狼的吃驚眼神瞪我好嗎？」

雲千千黑線：「要是你去幫毒小蠍的話，我是沒什麼意見，畢竟這是你的自由嘛。可是為毛我也得去？我和她又不熟，除非說那妞是你家屬……說真的，小蠍到底是不是君嫂啊？」

「蜜桃，人和畜生最根本的區別就是人有感情……目前有能力阻止天堂的就只有妳或大師兄了。就算小蠍和妳認識沒多久，怎麼說也算是認識了啊，妳可不能見死不救。」君子神色嚴肅，苦口婆心。

「別以為捧個花瓶插根柳條，就能救苦救難普渡眾生了，最關鍵是這救人也要成本的耶！」雲千千嗤之以鼻……

雲千千很不願意節外生枝去管這件閒事。反正君子說過，那個毒蠍美人家底豐厚，就算被天堂行走騙上一把，也不至於傷筋動骨什麼的，頂多落下點心理陰影罷了……這有什麼好怕的？人總要在逆境中才能學會長大，自己也是為了給這女孩多點鍛鍊的機會啊！

再說了，就算真因為天堂行走而影響波及到自己的天空之城探索計畫，按照和工作室簽下的契約，自己也是有賠償金拿。嚴格算起來的話，沙蠍真要倒了，還對她挺有好處。

於是如此這般計較了一番之後，雲千千當然更不願意去幫忙。

君子軟磨硬泡許久後無果，自己又不願親自出面，萬般無奈之下，最後使出了一招殺手鐧，聲稱自己如果迫不得已露面了的話，一定會第一時間把信物拿回，讓沙蠍工作室採取消極不合作態度，拖累雲千千的任務。

雲千千憤怒譴責君子的卑鄙無恥，同時又在救人的成本和另外請其他工作室的僱傭金之間做了一番大概的估算之後，認為自己偶爾還是應該助人為樂一下，好樹立光輝榜樣，帶動社會的精神文明建設，積極爭取十大青年榮譽稱號……

等大概達成共識之後，君子終於心滿意足的停了下來；而一葉知秋逮著這個機會，連忙笑呵呵強勢插入話題。

「蜜桃，剛才聽你們的意思，是不是有些麻煩？」

「麻煩算不上，頂多算點小挫折。我們年輕人就需要多鍛鍊鍛鍊，一葉大會長不用操心了。」雲千千道：「如果沒什麼事的話，就請回吧。多謝您今天請我們九哥和小妖吃飯，回頭我請您去皇家酒館消費。」

「呵呵，不用不用……」

回頭？這明顯是一句純客氣的客套話，回頭人家別把自己直接打進老死不相往來的黑名單就好了。一葉知秋始終是個比較現實的人，所以沒把希望寄託在虛無縹緲的未來上，還是更加注重眼下一些。

「一頓飯而已，沒什麼大不了的。倒是你們現在這個『小挫折』……不知道蜜桃有沒有興趣和我們公會合作呢？到時候作為合作方，你們的麻煩自然也就是我們的麻煩，妳看……」

就怕到時候我們的資源也變成你們的資源了……雲千千皮笑肉不笑：「還是不要了。合作是建立在雙方規模差不多的前提下，不然就不叫合作，叫附屬。一葉會長覺得呢？」

喲，居然還糊弄不到……一葉知秋繼續「呵呵」，笑而不語。

因為雲千千中間跑出來橫插一腳的關係，一葉知秋拐騙拉攏九夜的計畫不得不暫時擱淺了。而雲千千本人也沒把這樣子的事情放在心上。拉人、競爭、布置眼線……這些都是每個遊戲裡玩公會的人必然會碰到的招數，早就不新鮮了。大家彼此也都有默契，沒辦法要求手下的人個個盡忠可靠，只好大家一起攪渾水，今天你折騰折騰我，明天我折騰折騰你。

雲千千想辦公會，也是一早就做好了和人攪渾水的心理準備。今天一葉知秋來拉九夜，沒準明天龍騰就會來拉燃燒尾狐。自己手上有這麼多人才，怎麼可能不惹人眼紅？就算人家沒有刻意來拉攏、挖牆角的心思，路上碰到了也會忍不住伸爪子勾搭一把，看看能不能拐回去幾個無知高手。

為這些事煩心沒必要，還不如想想撒彌勒斯那裡的任務怎麼儘快做完呢。

第二天等人一到齊，重新組齊十人小隊，雲千千直接拉上大部隊就出發了。只是這次的小隊陣容稍有些變化，沙蠍小隊中的成員有兩個被替換了下去，沒有繼續跟來做任務，而是變成了毒小蠍和默默尋。

默默尋也就是小尋，這位是花了錢要來跟團湊熱鬧的，人家就等於是找團帶自己旅遊了。雲千千自然沒話說。照她的原話來說，反正都帶了君子和燃燒尾狐這兩個拖油瓶了，也不怕多拖一隻。

毒小蠍則要複雜得多，經過頭一天和君子的商議，雲千千決定從沙蠍工作室再多要一批人來支援，其中這位大老闆也就直接包括在內，於是小蠍同學猶豫了一會之後果然就這麼來了。她剛加入隊伍時，雲千千還明顯看到對方四下尋找的眼神，頓時明白了，人家其實是抱著想見某人的希望來的。

「真作孽啊。」雲千千左右看了看，隨手抓住自毒小蠍出現後就一直顯得很低調的君子，故意在人家面前長吁短嘆。

君子磨牙，想發飆又不敢真惹出什麼動靜來，只好壓低聲音，異常委屈問道：「妳什麼意思？」

「咦，我表現這麼明顯了，你居然都沒看出來我是在鄙視你？」雲千千詫異。

「……」馬的，自己這算不算趕著找鄙視？

毒小蠍猶不死心的把周圍所有人又仔細看了一遍，顯然她不知道君子手上有易容面具的事情。在沒找到自己想找的人後，這女孩眼中的失望頓時明顯得誰都看得出來了。她沒精打采的走到雲千千身邊，把正要說話的君子都嚇了一跳。

「蜜桃老闆，給妳令牌的人……」

「給我令牌的人？」雲千千故意先看一眼君子，直到對方蒼白著臉色都快要翻白眼了，才收回視線，故作惋惜的搖頭，「真遺憾，他叮囑我不能說出他的行蹤。」

「這樣啊……」毒小蠍失落的喃喃了一聲，隨即走遠。

雲千千嘿嘿笑了兩下，抓過君子，正要說上幾句，小尋卻也走了過來。

「隊長，有事問妳，方便嗎？」

「……」如果我說不方便，妳會滾蛋嗎？

一般喜歡幹壞事的人，直覺總是比普通人強上一些。雲千千雖然不敢說相人極準，但一眼掃過去看個大概還是行的。而默默尋留給雲千千的印象就不是很好。說人家藏了壞水倒也不見得，就是有點水太深，總覺得這人面上和心裡不大一致。

「小尋美眉有事？」雲千千皮笑肉不笑，還有些記恨混沌胖子用「一塊建幫令」把她騙上賊船的事情。

默默尋甜甜一笑：「也不是什麼大事，就是想跟隊長隨便聊聊，順便聽些新鮮事而已。」

「新鮮？」雲千千訕訕然摸了把臉。「難不成我長得挺像天橋說書的？」

「呵呵，混沌主編手上確實沒有建幫令，但是我有。」默默尋依舊笑得甜蜜，狀似走題的突然天外飛來這麼一筆。

「……妳肯給我？」

「看情況吧。」默默尋笑得一臉勝券在握。

「那能麻煩妳把前面混沌胖子糊弄我那帳先結了嗎?前債未清，我現在對你們的信用度表示懷疑，很難和妳再次合作啊!」

默默尋的笑瞬間僵硬在臉上。「這個……」

建幫令?這確實是個好東西，也確實能賣不少錢。但光是這樣的話，還沒到能讓雲千千昏頭的地步。就為了聽個新鮮而隨手甩出一塊在目前來說可算天價的建幫令，這絕對不是一般腦殘的級數能做出來的事情。就算說對方想用這東西來拉攏討好自己，代價未免也太大了。所以最有可能的是，眼前這小妞想用建幫令從自己這換來更有價值的東西，比如說……天空之城的情報?

出於這個懷疑，在敷衍了默默尋幾句之後，雲千千人一轉身，當下一點不浪費時間的飛了個訊息出去，向混沌粉絲湯探問情況：「坦白從寬，你讓我照顧的這女孩到底什麼來頭?」

混沌粉絲湯秒回訊息：「大姐，那是我上司的妹妹，妳覺得我會為了她而出賣妳?」

「……其實你不覺得你這回答本身已經把她出賣了?」

「那不一樣，我根本沒向妳介紹任何關於她的情況，更沒說過她是有目的或是想套新聞爆料才接近妳的這種話吧?妳現在所想的，只是妳自己推測出來的，沒有從我這裡得到任何證實，懂嗎?」

「……」明白了。雲千千抹把臉，「謝了，胖子。」她說完就切斷通訊。

「臥糟，幫了她居然還詆毀我身材!」

混沌粉絲湯咕噥幾聲，悻悻然收起通訊器，看看左手中抓著的一紙調令，再看看右手中寫好的辭呈，岔岔然「切」了一聲，一臉自嘲——空降部隊神馬的最討厭了，自己當初被發配來擬真遊戲辛苦創業，多少人等著看笑話？現在局面打開了，人家說換人就換人，直接弄個親戚想來撿自己便宜、搶業績？

哪有那麼好的事……

雲千千再一次見到撒彌勒斯的時候，這個老騙子正在吃飯。

雖然他只有一個人，雖然他現在這個城主所擁有的主城還很蕭條敗落，但人家照樣在餐桌上擺滿了一桌子的美酒佳餚，也不知道這些菜是從哪來的。

「歡迎你們，我的孩子們。」看到雲千千帶領大部隊非法闖入，撒彌勒斯不僅絲毫沒有介意，還很熱情歡迎道。

「滾蛋，別占老娘便宜。」雲千千看了眼餐桌，「伙食不錯啊，哪來的廚子和食材？」

「……刷新的……妳也知道，身為一個城主，只要能被系統承認就會有固定福利了，不用什麼生活瑣事都靠自己辛苦打拚。畢竟我們要長期監守在固定座標崗位上，等待冒險者的清刷嘛。如果連洗衣、煮飯、刷馬桶都自己做的話，你們來了以後找不到 BOSS 殺怎麼辦……」

「小的們，全打包了！」雲千千一個響指，很囂張的指使身後的燃燒尾狐等人把桌上食物席捲一空，接著才坐在空落落的桌子前，不耐煩的問著一臉目瞪口呆的撒彌勒斯：「下個任務是什麼？快點，別浪費大家時間。」

撒彌勒斯：「……」

因為默默尋的存在，感覺自己被算計的雲千千現在心情十分不好。雖然她不怕玩不過對方，但知道自己現在正被覬覦著，這心裡總還是不大舒服……女人嘛，有時候不可理喻一點也是可以理解的，所以雲千千也就非常理直氣壯的遷怒到撒彌勒斯身上了。

而撒彌勒斯也是很了解雲千千，或者說是心灰意懶了，他沉默一會後根本沒再囉嗦，直接把任務一發，就端上自己面前唯一剩下的一碗白飯淚奔而去，不想再留在這個傷心的地方。

「任務是找到三顆主城防禦法陣的啟動石。目前唯一可知的是這三顆石頭現在就正散落在罪惡之城中，可能在什麼角落，也可能在 NPC 身上，剩下的其他線索完全為零……具體任務背景和因果大家就不必知道了，反正是編故事，現在就開始找吧。」雲千千小手一揮，指揮眾人就地解散，只留下君子和毒小蠍跟自己一組尋找。

「為什麼要我和你們一組？」毒小蠍皺眉，有點不大理解自己為毛非要和自己工作室的人分開不可。看樣子，這僱主也不像是需要被保護的吧？

「關於這個問題就有點複雜了。」雲千千瞥了眼吹口哨望天順便滿頭冷汗的君子，再看回毒小蠍，聳聳肩，「但如果硬要說個理由的話，最簡單的原因就是我樂意這麼幹，妳應該沒意見吧？」

「……沒有。」

「很好，那麼出發吧。」

在尋找啟動石的任務上，雲千千並沒有刻意劃分區域，如誰誰誰負責東城，某某某又負責西城什麼的。

畢竟找東西不比刷怪，目標十分不明顯，任憑誰都不敢保證說自己搜過的區域就一定是毫無遺漏。而同理，不管哪一個人也都無法放心讓別人搜過一片區域後就不再去複查。

如果什麼都沒找出來的話，大家首先做的不會是重新去檢查自己的擔當區，而是更樂意理解成是除自己以外的其他人搜索有遺漏之處。信任自己，懷疑別人……這是人之常情。

要說到信任別人，懷疑自己的人？這……也不是沒有。但這種人通常分兩種，一種是有精神分裂症的，都在醫院裡關著。一種是品德十分高尚，沒事就愛每日三省吾身的，這種都在高級辦公室裡坐著。無論哪一種，那都不可能出現在雲千千目前的革命隊伍裡……

所以既然如此，替這些人強制規定負責區域也就完全沒有必要了，反正最後肯定每個人都會把主城逛上一遍。再說，在那麼大的範圍找那麼小的東西，肯定會安排出一些比較明顯的指示線索，這也是遊戲的尋寶規律。

「罪惡之城因為剛建成不久的緣故，所以還沒有人口大批遷徙過來，居民十分稀少，雖然是主城的規模，固定住民的數字卻大概只有一個小鎮那麼多。現在假設這些居民中有人知道啟動石的資訊，更甚至擁有啟動石，那我們當前需要做的就是從居民那裡詢問出有用的線索來……」

雲千千頓了頓再道：「我個人認為這比掃地圖要簡單多了。要知道，想掃完整座主城的工作量可大了。再說這是擬真遊戲，不像以前的網遊，可以隨便讓你進民居翻箱倒櫃什麼的，小心別偷石不成蝕個人，把人家系統士兵召出來就完了。」

任務指導方針確定，另外兩人並無意見，非常懂事的扮演著打工者的角色，一個口令、一個動作，乖乖的去抓NPC執行任務了。

君子左右張望一下，隨手抓住一NPC問道：「請問你知道啟動石嗎？」

「什麼啟動石？」該NPC反問。

「全稱似乎是叫主城防禦法陣啟動石？」君子不是很確定的刷出任務面板，按照上面的描述重複一遍。

「沒聽說過。」

「哦，謝謝。」

君子轉身，剛要走向下一個NPC，該NPC突然又開口：「但是ＸＸ超級無敵逆天神修禁咒法陣啟動石我倒是知道。」

「刷」一聲，身為一個專業騙子的君子同學當即轉身，體內的拜金之魂熊熊燃燒了起來，他兩眼冒星星激動問道：「這名字聽起來似乎很威風？請問你說的那個blablabla……」

「哦，你真是問對人了，我告訴你blablabla……」

於是兩個相見恨晚的男人把腦袋湊在了一起，身體和心靈在彼此靠近，互相興奮的傾吐交談著，猶如許久未見的至交好友。主題一路歪斜過去，不到半分鐘的時間就瞬間脫離了原來的話題軌道，向著未知的方向和主題一路狂奔而去……

相對比之下，毒小蠍那邊就要乾脆俐落得多了。這女孩一般的詢問步驟如下：「知道主城防禦法陣啟動石嗎？」

接下來會有Ａ、Ｂ兩種選項：

A、不知道……打暈之，找到下個 NPC，重複上一詢問步驟。

B、知道。於是進入下一問題──「那你知道啟動石在哪裡嗎？」

接下來又是兩選項：

A、不知道……打暈之，找到下個……

B、知道。再再進入下一問題……

啟動石既然是建幫令任務鏈中一環裡的重要道具，可想而知獲得的難度會有多大。

於是，在毒小蠍面前選擇A選項的 NPC 也就無限趨近於百分之百。即使偶有一、兩個選了B的，繼續問下去沒一會也就茫然了……他們只不過是在傳說中聽到過而已，並沒有誰真正掌握了主城防禦法陣啟動石的所在，更別說擁有它。

再於是，毒小蠍一路走來，身後也就堆滿了一路暈倒的 NPC，真正做到了十步揍一人，千里不留行的境界……

雲千千本來是想偷個懶，畢竟一條街上也就這麼點 NPC 需要問，三個人一起行動的情況下，有兩個人出面幹活也就夠了，她實在沒必要讓自己也下去問得口乾舌燥……但是想像一般都是親媽，現實卻只是後母。只在旁邊旁觀了不過五分鐘，雲千千瞬間就體會到了絕望是個什麼滋味。

她臉色鐵青走到君子面前，把這一對狗男男分開。雲千千沒理會左手邊一臉不滿的君子，轉向右手中揪著的那個 NPC，慈眉善目問道：「這位先生叫什麼名字呀？」

「城裡的人都叫我愛吹牛的傑克，但是其實我真的是個很誠實的人。我殺過惡龍，救過公主，還曾經做過一個國家的國王。我甚至創立了一個新的信仰，還擁有一整座寶石堆成的小山，能夠……」

NPC滔滔不絕又滔滔不絕，本來還不滿的君子卻小臉慘白，絕望的看著愛吹牛的傑克，從天堂一瞬間跌到地獄。

雲千千拍了個鑒定術上去——愛吹牛的傑克。等級：10，罪惡之城普通住民。本城住民評價：這是一個喜歡吹牛的謊言家，他的嘴裡從來不會出現一句真話。如果聽到他對你誇耀自己是如何的高貴和富有，請不要相信，直接把番茄和臭雞蛋砸過去吧……

在罪惡之城裡，這樣子的小角色不偷不搶不殺，頂多也就算是不入流的小混混吧。但是沒想到這個小混混出現在這個地方，卻硬是讓君子被狠狠的涮了一把。俗話說無欲則剛，當騙人的目的不是為了獲得什麼，而只是單純吹噓的時候，往往很多人就難以分清事實和謊言了。

可憐的孩子。雲千千悲天憫人的看了一眼由失望到憤怒的君子，默默的拍拍他的肩膀，長嘆一聲，什麼都沒說，只把手裡還在滔滔不絕的 NPC 交給對方，接著就轉身朝毒小蠍的方向走去，無視身後隨之響起的法術技能效果聲和慘叫聲。

……出來騙，遲早是要還的。

毒小蠍還在問答式任務大法進行中，不幸被她抓住的 NPC 們瑟瑟發抖著，一雙雙驚駭的眼睛絕望的看著毒小蠍，如同看一個殺人惡魔。

「知道主城防禦法陣啟動石嗎？」毒小蠍不知道是第幾次重複這個問題，對著正在自己手裡一把鼻涕一把眼淚號哭著的NPC，不耐煩問道。

「我這是造了什麼孽啊嗷嗷嗷……我什麼壞事都沒做過啊嗷嗷嗷……不要殺我啊嗷嗷嗷……」NPC根本不理會毒小蠍的問話，自顧自號，哭得傷心欲絕，催人淚下。

而在毒小蠍和這NPC的旁邊，還圍了一圈一看就像是該NPC親朋好友的住民們。這些NPC們手裡都拿著掃把、鍋鏟什麼的充當著武器，手腳抖啊抖的，一邊哆嗦一邊壯著膽子喊話：「妳已經被我們包圍了，請立即釋放人質，頑強抵抗是不會有好下場的，現在立即自首改過，還能爭取寬大處理的機會。這裡是罪惡之城，我們的家人可是很凶惡的，妳不要把我們說的話當玩笑……重複一遍，妳現在已經被我們包圍了，請立即釋放人質……」

「……」不是A也不是B，該怎麼辦？毒小蠍皺眉，深深的糾結了。

雲千千就是在此時如救世主般到來的。她頭大的先把毒小蠍抓住人家的爪子扳開，沉默著目送那重獲自由的NPC和其親友團一起「嗷」的一聲四下逃竄，只留下滿地的「武器」，接著再轉頭看看還有臉憤怒瞪視自己的毒小蠍……

欲哭無淚之間，雲千千甚至連罵人的力氣都沒有了。

「唉……妳這到底是在幹嘛？」

「在問情報，妳看不出來？」毒小蠍理直氣壯的鄙視雲千千。

「……」真看不出來。

雲千千斟酌了一下用詞，盡量不那麼太直接的委婉提醒對方：「問情報不能這麼問，這會引起NPC的牴觸心理，更主要是會把人嚇跑……而且妳問不出問題也就算了，幹嘛要把那些不能提供情報的NPC都打暈啊？」

還好現在罪惡之城是沒發展起來，大部分居民還是良善的，記憶中前世那些惡貫滿盈的江洋大盜也還沒有刷新……不然的話，等再過幾個月，毒小蠍要還敢在這裡作威作福，估計不到半分鐘就得被NPC刷掉了。

「屁話！不打暈了的話，等多問幾個以後再一回頭，老娘哪還記得誰問過，誰沒問過啊？誰叫他們老是走來走去，還都長一個樣子？」毒小蠍依舊理直氣壯。

「……」都長一個樣子……雲千千默然無語轉頭，看了眼自己身後倒下的那些NPC，硬是沒看出來對方到底哪裡長一個樣子了。倒是聽說西方人看東方人都是一個樣子的，不知道應用到毒小蠍身上是不是同一個道理？因為「人」種不同，一邊是玩家，一邊是NPC，所以她就認不出來了？

君子那邊這會也解決掉愛吹牛的傑克，把人家痛揍一頓後神清氣爽的跟上來了。此人大概了解了下目前情況，乾咳一聲，接著就飛了個私聊過去給雲千千：「小蠍是『面』痴，跟路痴沒有方向感是同一個概念……她眼裡的人，如果接觸沒有個四、五次以上的話，小蠍根本就記不住人家的長相。」

「不會吧？我前面怎麼沒發現她有這毛病？」雲千千詫異。

「……辨認玩家可以靠裝備、時裝來進行，再說她旁邊一般都有工作室的其他人在，實在想不起來的時候總能有人提醒下。」君子又解釋。

「你很了解？」

「還好吧……」

「那你為毛不早告訴我？」

「……」現在說忘了會不會被揍？

對君子和毒小蠍兩人深深感到失望的雲千千，在痛定思痛後，終於還是決定親身上陣。這年頭誰都靠不住了，果然還是自己最值得信賴。

「好好學著點。」雲千千帶著兩人換了條街，隨手揪了個離自己最近的NPC，和藹可親問道：「大哥，請問下您知道主城防禦法陣啟動石嗎？」

「什麼東西？」

「就是啟動主城防禦法陣的石頭。」

「沒聽說過……對不起，我今天約好了朋友一起去西郊組隊刷玩家，先走一步了。」

「請留步。」雲千千連忙再拉住該NPC。

NPC皺眉不解問道：「還有其他事情嗎？」

「你看起來似乎有點眼熟……呃，我是想問問，雖然你沒聽說過，但不知道你朋友……」

「妳想讓我幫你打聽？」NPC狠狠的皺眉，「憑什麼？」

「是這樣的，我想你可能還不知道，我們即將成為這座主城的守軍，如果您不合作的話，也許我會公報私仇，比如進個讒言，取消您在本城的居住權什麼的。」雲千千笑得歡樂和善：「就是不知道您這樣子的BOSS到了野外能堅持抵抗幾撥玩家了？」

遊走BOSS肖恩，著名的寶藏獵人啊！在遊戲初期大家還很弱時，誰都幹不過這傢伙，等到幹得過的時候他又不知道跑哪裡去了，只偶爾有落單的隊伍才能遇見……原來人家躲到罪惡之城裡來了，難怪能無視BOSS法則，不用主動上門送去給玩家殺呢。

「妳威脅我？」肖恩生氣。

「這怎麼能叫威脅呢？」雲千千也生氣：「話都不會說，這明明叫警告。」

「……」

肖恩試圖反抗，但在雲千千摸出了罪惡之城駐軍令後很快就投降了。既然有駐軍令，也就代表了人家真能駐紮在這裡，這也就等於變相證明了雲千千真有威脅他的能力。

罪惡之城的建立是為了緩解罪犯的生存壓力，除了這裡以外，遊戲外的任何一個地圖都沒有保護遊走BOSS的許可權。雖然只可以在輪休日的時候躲進來，但好歹也算是個避風港不是……所以，為了保有自己未來假期中悠閒放鬆的權利，肖恩不得不接受雲千千的威脅。

「駐軍令哪來的？我記得報紙上不是說以前那份被龍騰簽了嗎？」肖恩走後，君子皺眉問道。「而且妳的公會現在還沒建起來，系統也不承認妳的簽約吧？」

「這是新的。」雲千千聳聳肩，把駐軍令收回空間袋，解釋了下：「老騙子生怕我拿到建幫令後就毀約，不肯在這裡駐軍，所以讓我提前簽約。這契約一式兩份，另一份在他那裡，等我公會一成立，他補上自己名字，契約立刻就能生效……」

「嘖，這也能利用……」君子恍然大悟，繼而就是深深的佩服。

毒小蠍也了解一些，但是那些了解都是透過報紙上來的，比較客觀，也不那麼全面，所以遠遠比不上君子這些跟撒彌勒斯長期打交道的人。現在她很吃驚，不僅是因為剛剛雲千千言談中透露出來的一些和NPC交往的資訊，更因為她敢威脅NPC……

這到底是個怎麼樣的女孩啊……毒小蠍深深的震撼了。

前面說過，罪惡之城裡的罪犯人口不算多，大部分還是良善的低階層工作者。畢竟如果沒有平民的話，想要支撐起一座主城的經濟和運轉是不可能實現的任務。哪怕就是未來的日子裡，陸續加入罪惡之城的NPC中也必然會包含一些普通平民。

可是罪犯不多，不等於就沒有。甚至在罪惡之城還沒有繁華起來的現在，每一個罪犯都可以算是獨當一方的大人物。

這就好比整條街上只有一個混混，那麼那個混混肯定就是這條街的老大，根本不用跟人搶地盤。可是要是這一條街上所有人都是混混的話，那勢力劃分區域就不好說了。誰也不服誰，今天你殺過來，明天我砍過去，完全就是一片混亂，大家根本不知道該聽誰的。

如肖恩這樣兼職遊走BOSS的NPC，現在在罪惡之城裡不會超過三、四十個，而每一個至少都能管上三、四條街……

雲千千如法炮製，只揪了五、六個「老大」出來，幾乎就等於是控制了四分之一座主城了。

這個工作效率是神速的，於是，雲千千也很快就得到了自己想要的資訊……

「大姐頭，我們找到一個知道主城防禦法陣啟動石的傢伙了。」同樣是肖恩，他打了個響指，身後立刻有NPC押上來一個瑟瑟發抖的倒楣傢伙。那是個大概二十來歲的青年，穿了一身十分樸素的粗布衣服，背上揹了個魚簍，看起來像是賣魚的。

「喲，這鮭魚不錯，你們這城裡有會做松鼠魚的嗎？」雲千千眼睛一亮，順手十分自然的把人家魚簍就卸了，塞進自己空間袋裡。

「我的魚——」賣魚郎傷心慘叫。

肖恩吐血：「……大姐頭，我們是有道德的罪犯，您這樣是不是有點不大好？再說大家都忙，能不能別跑題了？」

雲千千臉紅一瞬即迅速恢復，裝作什麼都沒發生過的樣子乾咳一聲，開始問話：「聽肖恩說，你知道主城防禦法陣的啟動石在哪裡？」

「……如果妳把魚還我，我就知道。」賣魚郎視死如歸：「否則我寧死不招。」

「還他！」君子和毒小皺忍無可忍，對那裝傻茫然望天的爛水果怒吼。

在眾人的幫助下，順利取回一家子至少一週的經濟收入來源，賣魚郎總算是心安了不少，配合態度也隨之轉好，有問必答，甚至連最初被抓來時的驚懼表情都不見了。

根據此人提供的情報可以得知，他確實知道主城防禦法陣啟動石的下落。據說在本城建成並且還未正式啟動前，第一批罪犯就到來了；而那時的他們並不安分，四處在城內搗亂破壞，而主城防禦法陣啟動石也就是那時候不小心遺失的。

後來，主神親自訂下城池規則，並設好基礎法陣，於是罪犯們才安穩了下來，但周邊的主城防禦法陣卻因為啟動石的丟失而就這麼荒廢了下來……沒有啟動石，就無法啟動防禦法陣；無法啟動防禦法陣，也就代表罪惡之城沒有更安全的保障，隨時都有可能被人攻陷。因此，尋找啟動石也就是現在罪惡之城最刻不容緩的任務。

「我記得這東西在公會駐地有賣，彷彿是200金一坨……呃，一塊？」雲千千想了想道。

因為主城也可以成為公會駐地的關係，所以，在成功攻占主城駐地之後，防禦法陣等設施的維護也就成了公會的任務。在每家公會的駐地管理商人那裡，都可以買到一些與公會和駐地維護有關的道具。雲千千記得，防禦法陣石頭也應該是包含在內的，就是不知道買來的……

「……買的不行。」還沒等雲千千想完，賣魚郎已經斬釘截鐵搖頭。「必須要找回那三顆初始啟動石，否則法陣將無法啟動。」

「咦，真的假的？以前沒聽說過啊。」

「可能是假的也說不定，但是買的肯定不算妳完成任務。」肖恩滿頭黑線道。

「200金也不是個小數目，我其實也不想靠買的……算了，只是想著如果實在不行的話，有條退路也好，既然不行就算了。」雲千千有點小失望，不過還是很快重新振作起來，連忙追問最關鍵的問題：「歷史什麼的不用說了，這些不重要，你還是直接告訴我其他的線索好了。」

「其他的線索？」賣魚郎茫然，在雲千千驚駭的目光中抓抓頭，不解問道：「還有其他的線索嗎？」

「你……」雲千千小臉慘白，倒吸口冷氣，驚訝得連話都快要說不出來了。「你該不會告訴我，你知道的就只有剛才那段歷史吧？」

「是啊。」賣魚郎點點頭，旋即自豪的揚起一抹驕傲的笑：「只有最早的第一批居民才知道這個典故呢，其他人連啟動石是什麼都不知道。不信妳問問這幾位大哥，看他們聽沒聽說過這些故事？」

「確實沒聽說過。」肖恩及其身後的小弟很老實的搖頭。

雲千千：「……」

君子、毒小蠍：「……」

馬的，又被調戲了！

徒勞的掙扎了一個下午，終於還是什麼線索都沒能拿到。肖恩及其他犯罪者NPC們先後帶來了幾個NPC，可是這些NPC卻都是毫無例外的只知道關於啟動石丟失的那段歷史，而只要一說到尋找失蹤啟動石的具體線索時，這些NPC就無一例外的茫然搖頭了。

他們什麼都不知道。

「難道這也算線索？」兩支小隊共十人重新集合在一處，雲千千首先把自己這邊剛才打探的情況說了下，接著忿忿然發表了這麼一句感慨。

其他人面面相覷，摸摸鼻子不說話了……他們還不如雲千千呢。後者使了招威脅出來，脅迫當地地頭蛇為她賣力尋找線索，好歹也算抓了幾個知情人士。自己這邊卻是連這段歷史都沒打聽出來，完全是沒頭蒼蠅似的亂竄，逮人就問，順便還幫忙罪惡之城清理清理下水道，掃掃大街什麼的，以期能好運的從某個不知名的老鼠洞裡把啟動石掏出來。

九夜也是沉默的人之一，他剛才一直是和燃燒尾狐組隊。後者無法占卜任務道具，但是占卜占卜失蹤人口還是很在行，於是兩人理所當然搭夥；但要說起和 NPC 打交道的話，前者一座行走冰山，後者一個長期只會埋頭推演占卜的異類……於是，兩人獲得的情報量比其他人得來的還要淒慘。

聽完雲千千的話後，九夜沉吟半晌，之後突然抬起頭來，平靜無波的開口：「也許這真是線索。」

「九哥別添亂。」雲千千還在失落中，根本沒把九夜說的當回事。

九夜卻也不以為意，繼續波瀾不驚的開口：「所有 NPC 都提到過，主城防禦法陣的啟動石是在第一批罪犯來這裡暴亂時遺失的。那麼換個方向，我們也可以這麼想，第一批罪犯那裡肯定也就會有關於啟動石的第一手資料……比如說，啟動石當時是放在哪裡，大概什麼時間段丟失；而那個時間段裡，在那個放置啟動石的地方發生了什麼，抑或是誰進去過？更甚至……大家不要忘了，犯罪者們在暴亂中搶掠摸拿，順手牽羊也是很理所當然的事情，啟動石可能根本就是在他們手上……」

「嘶——」一片整齊的倒抽氣的聲音，雲千千和其他人一樣震驚了。

九夜在創世紀中第一高手的地位是眾所周知的，而且也沒有人能否定九夜同學武力值的強大。可是，就是這麼一個從來是以暴力形象聞名天下的人，居然還有著不錯的頭腦？

難道這就是傳說中的文武全才嗎？真是太令人震撼了，真是太令人意外了，真是……

眼看九夜一直低著頭，垂下眼皮，額前瀏海拂下，整個人長身玉立、作孑然高手狀，雖然雲千千仍在震驚中，卻還是忍不住小醋狂翻：「九哥，POSE擺差不多得了，知道您智勇雙全，收斂點啊。」

九夜抬頭，依舊平靜：「我只是檢查下有沒有唸錯無常發來的分析資訊。」

「……」

133．草原遺址

現代社會的浮躁和工業化已經將自然美景物磨殆得差不多了，每一片土地都被規劃好了開發的前景，除了個別有價值的景點以外，遍地哪還找得出一片自然風物？

可是擬真遊戲就不同了，資料電波組合成的自然風景完全超脫了範圍的局限性，高山流水、溪潺草長、狂沙嘯海、風捲雲湧……溫馨的、恬靜的、瀟灑的、張狂的……世界上任何一種美景，只要是玩家們想像得出的，就一定能在創世紀裡看到。

也正因為在這裡能有這麼好的背景條件，所以即便是不為了練級而來，也有不少人願意把創世紀當成是難得的旅遊景點，進遊戲中來體驗各地風情。尤其在這些遊客中，又以希冀浪漫的情侶和陶冶心情的老年人為甚……

「牧哥哥，這裡好美……」

草原中，遠遠的天邊夕陽下，一塊巨石上正依偎著一對明顯是來約會找浪漫的 10 級情侶。深深淺淺的雲暮映照著，將兩人身周都勾勒出溫暖的紅色暈邊。女人迷醉的眺望著遠方地平線處的落日夕陽，忍不住輕輕的出聲感慨著，為這美不勝收的景色而震撼。

男人緊了緊攬住女人雙肩的臂膀，嘴角勾起溫暖的笑，輕輕點頭附和：「是啊，棋妹妹，真的好美……」

現實中，現在哪還能看到這麼一大片的草原？更別說還有這樣自然天成的美景了。雖然明知道這只是擬真遊戲裡的資料電波之流虛構出的場景，但小情侶還是情不自禁的陶醉於其中。在橘紅的暮色中，他們屏氣凝神，以近乎膜拜的神情，貪婪的觀賞著草原日落……

獨屬於草原的聲音也在兩人的耳邊不斷吹拂，鷹嘯、蟲鳴、風呼，以及……越來越近的「匡噹匡噹」聲。

匡噹？正陶醉著的小情侶不約而同一起睜開眼睛，詫異的彼此對視了一眼，還沒來得及做出反應，一個極其破壞氣氛的女聲就隨之響起。

「第一挖土機停下，在目前座標不要動，二、三、四挖土機趕快趕到定好的座標去……九哥，麻煩你把方向盤還給狐狸，等忙完正事了你再玩，現在別添亂好嗎？還有小蠍，妳停下了就別亂動，一會挖鏟的角度不對了。那個XXX……」

美麗的草原上，不知道什麼時候出現了一支隊伍，這些人開了四部應該是建城時才能看到的工程車，正依照著其中一個喊話女孩的吩咐行駛著，在各自的位置上分四角站好，一副打算施工的樣子。

而那個像是領頭的女孩則是拿著個擴音器，站在夕陽中的另一塊巨石上指手畫腳的指揮著。

「……這、這是怎麼回事？」女人驚訝的問自己身邊的男朋友。

男人同樣茫然，震撼了好一會，始終找不到詞語來形容自己現在的感受。「這個……看、看起來像是包工程來開發草原的？」

「……」遊戲裡也會有工程隊？

他們還在怔愣著，那邊的女孩視線一轉，已經看到了這邊的一對小情侶。

「那邊的閒雜人等，請不要在這裡影響施工。這片工地是我們包了的，麻煩你們馬上離開！」她喊完後轉個頭，隨便指了自己隊伍裡的兩個人出來：「你們怎麼回事啊？不知道去把線拉上，不准人進來？到時候影響了進度誰負責？」

毒小蠍臉色鐵青，不想理會這瘋瘋癲癲的女人，點點下巴，對那兩個被喊到的人下令，咬牙切齒的說道：「照她說的去做。」

「啊？哦。」

兩個有點當機的玩家這會才恢復正常，為難了一會，終於是摸出一捆繩索，打了幾個木樁把繩子繫上，當是施工警戒線，再客客氣氣的把小情侶請出線內區域了。

小情侶緊緊的互相拉著小手手，臉色蒼白，完全搞不清楚現在的狀況。眼見著不一會後，四個挖土機總算是選好了位置停下，再隨著擴音器女孩的一聲令下，齊齊開動，「匡噹匡噹」的邊走邊挖了起來……

剎那間，寧靜的大草原就變成了一片喧囂的建築工地施工現場。美麗的雲暮不見了，變成了漫天揚起的塵土；蟲鳴、風嘯聲不見了，變成嘈雜的工程作業聲；一片超然脫俗的自然美景，瞬間就變成了汙穢的凡塵俗世，讓人看了都忍不住心酸的想為其抹把眼淚。

一對來尋找浪漫的狗男女的心，就這麼被殘酷的現實打擊碎成了一片一片，恐怕即便是出動強力膠都難以黏回去了。

「這動靜是不是太大了？」在雲千千的身邊，君子忍了又忍，終於還是忍不住提出了自己的想法。「其實我覺得用鏟子挖就行了，挖土機難道不會顯得有些誇張嗎？」

「這樣的速度比較快啊……」雲千千打開手中那份圖紙，一邊在上面勾畫比量，一邊安撫君子不安的小心靈：「放心好了，除了啟動石以外，挖土機本身也是有一定機率可以挖到埋藏的寶藏，而這一片草原也算是富藏區，我估計租挖土機的錢也能回來，應該不會虧本。」

君子頭疼的揉了揉太陽穴，越和這女孩在一起，就越有種生不如死的感覺。「隨便妳吧，反正機器租都租來了，也都開始挖了，我還能說什麼？」他也就是想最後掙扎下，藉此表明自己還算是個正常人。這樣等日後再回想起來現在這件事的時候，在心裡鄙視對方也能更理直氣壯一些。

小尋美眉身為一個肩不能挑、手不能提的弱質牧師，在這種時候當然也是理直氣壯的站在一邊跟著偷懶，捧個本子記記寫寫，不時還攤開地圖凝神查看。

雲千千不動聲色往身後的小尋看一眼，再轉回頭，捅捅君子，「發現沒？這女孩真是不放過任何一個情報啊。」

君子跟著皺眉。「她有古怪？」

「呵呵，古怪談不上，頂多也就是想趁著待在我身邊的時候，把我知道的和不經意透露出來的情報都記錄下來罷了。」雲千千笑咪咪道：「你看著吧，其他不敢說，但這裡屬於富藏區的事情估計最多也只能保密三天了。三天之內，關於這片草原的可挖掘性情報就會登上創世時報。」

「胖子不管？」君子大驚。

小尋現在做的事，嚴格說起來還是挺犯忌諱的，想跑新聞可以，但是偷新聞……這就有點屬於違反職業道德的行為了。

比如說追蹤個明星八卦，再比如說悄悄曝光個黑心企業……這類的新聞可以偷。前者本身就是公眾人物，身周關注度多也是職業造成的正常影響，基本上只要不出現X照事件，其他追蹤報導是完全不觸犯法律。後者則勉強可以稱個公眾監督，雖然嚴格算起來不是很合法的事情，但是連老牌電視臺都這麼幹了，其他的電視臺跟跟風又能怎樣？

但是雲千千現在遇到的這情況，可就跟前面兩者的意義完全不同了。如龍騰一類的人就知道這水果最大的價值在哪裡，不就是她常常能超前其他人一步的資訊情報來源嗎？

而雲千千靠這點先知先覺混飯吃，說得嚴重點的話，這些掌握情報也就可以算是她的商業機密了。平常混沌胖子拿她編個八卦、開個評論什麼的無所謂，反正被說說也不掉塊肉，她都沒臉沒皮了，不在乎被人多調侃幾下，而且有錢大家賺嘛……

可現在默默尋這樣子算什麼？說好聽了她那叫挖掘新聞，說難聽了就是臥底暗線、間諜無間道……

「這個妞一來……恐怕胖子自身也都難保了。」雲千千聽了君子的驚呼後笑了聲，鄙視一眼過去。「本來我覺得你這種幹騙子的人智商應該挺高，沒想到你連這都沒看出來？」

「……」君子咬牙，想想好男不跟女鬥，終於是「哼」了一聲就轉過頭去。

不一會後，很快隊伍中就有人挖出了兩塊啟動石，以及其餘埋藏卷軸、兵器、道具等等若干……這實在不難理解，等到再過幾個月後，大家都能知道這片草原是屬於神魔大戰時期的遺骸之一。既然如此，有點寶藏自然也就很好解釋了。甚至就連亡靈系的技能在這裡使用時都能翻倍呢……這當然更好理解，因為下面遺留的屍骨也多……

「大家加把油，就差一塊了！」雲千千拿著擴音器，幫開挖土機的那四人鼓氣，剛一喊完放下，腰間的通訊器就響了。

「胖子，有事？」瞄了眼通訊器上顯示的名字，雲千千下意識的背過身去，開啟了遮罩聲音，這才開口。

混沌粉絲湯在通訊器另外一邊苦笑：「姐姐，妳叫我說妳什麼好呢？明知道小尋她……算了，我就問妳，草原的寶藏新聞需不需要我幫妳壓下來？」

「呵……」雲千千偏頭看了眼已經沒有再繼續記錄比劃的小尋，再重新低頭：「不用壓……她想出名就讓她出吧。我倒要看看，其他人來了以後能挖出什麼來！」

三塊啟動石都從地底挖上來了，雲千千當作沒發現默默尋的小動作，直接指使著人、開著挖土機，把圈起來的那塊地又細細的檢查了一遍，直到連顆裝備渣都挖不出來了，這才心滿意足帶人回去還機器。

第二個任務交完，還沒等雲千千喘口氣，混沌粉絲湯就帶著幾個人大搖大擺的找上門來了。

「蜜桃，手腳夠快啊，挖到幾件寶貝了？」

雲千千先是驚訝於此人的突然到訪，接著聽到問題就長嘆了起來：「這你就有所不知了，世道艱難啊，寶藏哪有那麼好挖的。別看我開了四臺機器過去，實際上扣掉租金之後，還真沒剩下幾個銅子，搞不好還得倒貼……」

「……我就是客套下，沒想打妳東西的主意。」混沌粉絲湯鄙視雲千千。好像全世界人都和她似的成天想著算計別人一樣，自己不過隨口問個問題打個哈哈罷了，她至於這麼鄭重聲明還擺出一副哀婉悽慘、血本無歸的樣子嗎？

雲千千把裝模作樣的苦瓜臉一收，抓抓頭訕笑問：「主編大人怎麼有空來我們這裡閒逛啊?你那邊不是日理萬機？」

「呵呵，就是想來隨便看看，妳不用多想。」當官的人多有這毛病，講正事之前都要婉轉寒暄一下。

「行，那你看過了，我就先走了，建立公會的事情刻不容緩，胖子你應該能理解我吼？」雲千千點頭，二話不說轉身就走。

「慢！」混沌粉絲湯連忙把人拉住，一副想吐血的表情。「大姐，妳就不問問我為什麼突然想到要來看妳？」

「你想什麼關我啥事？」雲千千皺眉，半點不給面子：「放開，我很忙的。」

「……姐姐，我錯了，求妳陪我說說話吧！」當官的人也多有這弱點，一碰上不講客氣的無賴，基本上就萎靡了……

由於混沌粉絲湯的突然到來，雲千千暫時是沒有辦法去做其他事情了。而也就因為這個緣故，其他人自然只能放假，就地解散，開心的散開去玩，只等著那邊的老闆辦完事後再來集合。只有小尋想想還是留了下來，笑呵呵的站在一邊，反正她現在名義上也是混沌粉絲湯的手下，頂頭上司來了，在旁邊跟著也算正常。

混沌粉絲湯看了眼旁邊的默默尋，意味深長一笑，竟然沒提出什麼意見，就跟沒見著這個人似的，逕自轉頭和雲千千說起話來：「怎麼樣啊，蜜桃，妳的公會應該籌備得差不多了吧？」

雲千千也看了眼默默尋，雖然不明白胖子到底來意是什麼，但想來和這女孩應該也脫不開關係。「還好，馬馬虎虎吧。」

「那有沒有想要什麼時候再加些人進去呢？」混沌粉絲湯呵呵一笑：「最近來信的人又多了不少，都是看準了天空之城的任務的。妳這任務要是再不啟動，估計就有不少人要失去耐心了。」

「所以說，我剛才不就說了要去準備建立公會？」雲千千看白痴般的看混沌粉絲湯。

「呵呵，我不是這個意思。」混沌粉絲湯再呵呵笑：「其實我是這麼想的……來報名的玩家現在數目也不少了，要光憑信上的資料從中挑選的話，可是一件很大的工程。再說，遊戲玩得好不好也不能光看等級、裝備，還存在一個個人操作的問題，所以要優中再選優的話，肯定還是要當面看看本人才能作準；而這麼多人，妳一個人又不可能看得過來，所以……」

說到這裡，這個胖子狠狠的打了個停頓，意味深長的看了眼雲千千，再不易察覺的向默默尋所在的方向比了個眼色。

雲千千一愣，還沒想明白混沌胖子的這個暗示是什麼意思，默默尋就已經是受不了混沌粉絲湯這麼婉轉鋪墊再加欲擒故縱，直接急急的開口，接下了後面的話：「其實我們主編的意思是，我們要不要召開個比武大會？」

「……」雲千千嘴角抽搐，一頭黑線，沉默。

「……」混沌粉絲湯尷尬的乾咳一聲，也沉默。

比武大會？這是哪個時代興起的產物啊……雲千千撫頭，突然感覺眼前一片黑暗。眼前的大小姐太天真了，可以想見，混沌胖子到這裡來應該就是為了配合她提出這個建議。

這算什麼？新官上任三把火，想大幹一場，來個一鳴驚人？

默默尋激動得小臉漲紅，「一鳴驚人」之後兀自的興奮了會，等幻想完比武大會的火爆場面之後一回神，這才終於後知後覺的發現旁邊都是一片安靜，根本就沒有人附和自己的意見，更別說熱烈鼓掌、口哨、鮮花、獻吻什麼的了。

這是怎麼回事？難道是大家都太震撼，所以一時沒有反應過來？……默默尋無措的左右看了看，皺眉，不滿的正想說些什麼，雲千千搶先一步開口。

「其實我個人對這提議沒有意見。」

「蜜桃？」混沌粉絲湯驚訝的失聲。

「呵呵……」默默尋滿意了，高興了，矜持的笑了笑。

她正想謙虛，結果話頭又被截下，還是雲千千，

這不厚道的水果一臉誇張的激情澎湃狀：「小尋妳這建議真是說到我的心底去了。比武大會耶，這是多麼激動人心的字眼啊……說吧，獎品由誰出？報名費多少？場地哪裡？宣傳怎麼做？比武完後是有專刊訪談，還是立塊牌子豎座雕像？賽事中間的比武程序以及活動籌備，再以及賽程轉播等等的技術問題怎麼解決？最後怎麼讓大家都承認這個大會的權威性？……妳肯定有完整的計畫和籌備了對不對？對不對？快告訴我吧，我已經迫不及待了！」

「這個……」對妳老母啊！

雖然很想跟著打擊默默尋一把，讓這女孩認清認清現實是個神馬玩意，但混沌粉絲湯深知窮寇莫追的

道理。本來那個黑心女孩說的一番話就夠不厚道、夠讓人難堪了，自己要是再落井下石、火上澆油什麼的，沒準人家會在壓抑中爆發。

再再說了，身為人家手下，雖然自己已經有了跳槽的心思，但是一天被人管，就得一天服人管。那些電視、小說裡決定自己要辭職了，就敢甩上司巴掌的小蝦米員工都是虛構的，首先不說你薪水沒結還扣在人手裡、勞保也還沒轉交到新單位，就單說多條朋友多條路。大家都是出來混的，人自私一點也是正常，只要沒殺你全家、搶你老婆就得了唄，難不成還非得人無私奉獻，才是能入眼、能結交的朋友？

水至清則無魚……不過互惠互利罷了，較那麼多勁幹嘛……

「蜜桃，其實小尋的出發點還是很好的嘛……」想了又想，混沌粉絲湯終於還是決定挺身而出，幫忙說句話。最起碼一會那位姑奶奶氣極了想找人洩憤的時候，看在自己好歹幫了句腔的分上，也不會拿他開刀吧？

「比武大會的程序確實很繁瑣，但是我們也可以嘗試嘗試嘛。」然後嘗試行不通了以後，她自然就死心了，反正虧損也虧的是公家的錢……混沌粉絲湯在心裡補上一句。

「嗯，隨便你們嘗試，只要別打天空之城的名號就成。」

「……」默默尋從尷尬中抬了抬眼皮，「沒有響亮的名號的話，誰會來參加啊？」

「一般而言，人們願意參加一個活動只會是因為兩個方面的追求。」雲千千比出兩根手指。「一是名譽，二就是利益……只要妳獎品夠高級，還怕沒人去參賽？當然了，承諾賽後宣傳也是很重要的，這樣也等於是給人一個名利雙收的追求目標嘛。」

「可是妳的天空之城明明就是現成的免費宣傳……」默默尋不死心，還想說些什麼。

「創世時報又沒我的股份，妳的事跟我有毛關係啊？」

「妳……」

混沌粉絲湯連忙出來圓場：「小尋妳先去玩吧，我和蜜桃說會話。」

默默尋如遇救星般的向混沌胖子投去感激一瞥，接著再不甘心的看了眼雲千千，這才依依不捨的離開。

「來來來，我新名片，還需要蜜桃妳多多幫忙啊。」等小尋美眉一走，混沌粉絲湯也不說要讓雲千千做工作，直接刷出一張名片遞出。

雲千千接過來一看，險些吐血。

「天機堂執行長？」

「呵呵，混口飯吃罷了。」

混沌粉絲湯很謙虛的靦腆一笑，伸手又替雲千千介紹了一下自己身後的幾人：「這幾個是我的老部下了，他們和我一起幹……現在我正在走辭職程序，等離開創世時報之後，我們就自己扯旗幟，開個情報堂，專門收購和售賣遊戲中的各類情報資訊。我也曉得妳知道的東西多，到時候免不了大家要多多合作。」

「你真要辭職？」雖然早已經隱隱有些預感，但真聽到這個消息，還是讓雲千千很是吃驚。

這根本就不是預定軌道上會發生的事情，前一世的混沌粉絲湯可一直都是創世時報的主編，直到她Save & Load的前一刻都是……到底哪裡出了差錯？

「其實我本來也沒有想過真要辭職的。」混沌粉絲湯自嘲的笑了笑，揮手讓自己帶的幾個人去旁邊看著，注意不要被人偷聽了。

然後，他才接著講了下去：「其實妳也知道，報紙這東西在遊戲裡做不出什麼大動靜來。我們媒體的利潤一向都是放在廣告上，其他新聞和娛樂類的報導都是倒貼錢，只是為了吸引關注，好把廣告位賣個高價……妳也知道，我雖然是主編，但說穿了也不過是個拿死薪水的上班族。而這一陣子以來，妳又提供我過不少資訊。以前我們的報導只能算是事後記敘，現在這些情報卻隱隱變成了不少人眼中的攻略密技……所以我那時候就有過這樣的想法了。這些情報，如果能更隱秘的賣給別人的話，肯定是價值不貲的……」

「搞半天你有膽量出來單飛，居然是因為我？」

雲千千恍然大悟，接著在混沌粉絲湯笑著點頭之後突然又來了句：「那你就沒想過，萬一我不肯提供你情報怎麼辦？」

「……」混沌粉絲湯滿臉的笑容突然僵在了臉上。他一直覺得自己和雲千千是不錯的關係，雖然對方一開始出現得有些突兀，後來大家交往的時間也不算太長，但兩人相處得一直很自然也很放鬆，以至於他總是一不小心就錯認為其實他們是相交多年的摯友了……

現在仔細回頭一想，事實上這個爛水果和他之間的友誼還真沒有太深厚，一直不過是買賣的互利關係罷了，偶爾天花亂墜的互相調侃幾句也可以看成是商業關係中的公關交際……

「大姐，我辭呈已經交了，我這幾個兄弟們也都很有義氣的放下話，跟上司說他們絕不回去了……現在兄弟幾個都是沒有退路，妳不會真不管我們了吧？」混沌粉絲湯號啕大哭，本來的胸有成竹瞬間被打擊成灰灰，連渣滓都沒剩下半顆。

他當然有其他路子買賣收購情報，不會因為雲千千一個人就轉不動了。可是如果要說起最準確、最快速的情報來源的話，還真是當仁不讓的就只有這黑心女孩能夠提供得起。尤其是情報屋最初的運轉，總得來點宣傳和鎮店情報什麼的吧？而現在整個創世紀中，最神秘也最吸引人的情報是什麼？擺明了就是她的天空之城啊！

「妳要是不肯幫手拉上一把，回頭我餓死了做鬼都不會放過妳的！」混沌粉絲湯揪著雲千千的衣服，打定主意在她點頭答應幫忙之前，死也不要放手了。

「沒事，看你身上脂肪那麼厚，堅持個三、四月不吃東西應該沒問題。」雲千千好言安慰，順便死命想把自己的藍裝上衣護甲拔出來。「走開，不要這麼潑婦哭街，扯壞了衣服小心我找你賠啊！」

「大家怎麼說也好了那麼幾個月了，我在妳身上花了多少錢啊？現在妳想說散夥就散夥？」

「喂，怎麼說話呢？熟歸熟，你再亂說我一樣告你誹謗啊！」雲千千滿頭黑線。「我也沒說不幫忙啊，只要大家坐下來好好商量個價錢，你覺得我會把送上門的買賣往外推嗎？」

「……以妳卑劣又現實拜金的人品來看，應該是不會吧。」混沌粉絲湯想了半天，終於放心的長吁一口氣。「妳只會獅子大開口，狠狠向我要上一大筆情報費……還好還好。」

「……信不信我視金錢如糞土一把，為了尊嚴真跟你翻臉啊？」

「呃……」

一番囉嗦之後，雲千千和準備跳槽的混沌粉絲湯等人終於初步達成了共識，願意作為一個情報提供商的角色加入進來，為雙方的共同致富竭盡自己的微薄之力。

事情商量完畢，混沌粉絲湯終於滿意了，這才告別雲千千離開，準備回去慢慢等自己的辭呈批下來。也就這麼幾天裡的事情了，趁著這段時間，他還得把那些報名的來信全部整理好，再帶出來交給雲千千，不然再過幾天，這創世時報的辦公室可就不好混了。

接著他還要發一期期刊，聲明天空之城報名的活動已經終止，順便以權謀私一回，替自己的情報堂做個整篇幅廣告，免得以後再想登廣告還得交一大筆廣告費……好忙好忙，有自己事業的男人就是如此充實而忙碌。

混沌粉絲湯風風火火，告別雲千千之後，腳下不停的往回趕，還沒等趕回辦公室，默默尋的簡訊就飛了過來：「如何？你勸得怎麼樣，蜜桃多多那邊答應了協助比武大會的事情沒？」

勸？自己壓根就沒想到要去勸，反正也快離職了，撈不到好處還費這力幹嘛……

混沌粉絲湯臉上掛著猥瑣的笑容，口中卻盡力調整出異常悲憤的聲音：「對不起，我沒能完成任務。儘管經過了長達半小時的勸說，但那個女人太固執了，打死不鬆口……」

情報販子，新聞提供者……這兩者之間有什麼明顯的區別嗎？

如果硬要說有什麼不一樣的話，無非是前者走的是暗路，後者過的是明道；前者是販賣隱私，後者是新聞爆料；前者可以待價而沽，後者統一免費，只給爆料人象徵性獎勵五十塊……對不起，遊戲中要稍微貴一點，但是不管怎麼說，報社給的錢總不可能高過情報屋給的錢。

這就好比賣血和捐血之間的區別一樣，前者有錢賺，後者頂多給你一包餅乾外加一瓶牛奶。公眾機關就是這樣光明正大的用廉價甚至無價剝奪了很多甚有價值的東西，還無人敢舉報，說是做好事，但誰知道這好事最後是做到誰身上去的？

反正雲千千只知道，醫院開刀做手術的病人掛個血袋還是得出錢買，報紙拿個新聞噱頭吸引讀者也是為了把廣告欄位賣個好價錢……

奉別人的獻，賺自己的錢，這就是公眾福利機關的真實面目。

俗話說得好，做生不如做熟。雖然創世時報買自己情報的時候並沒有委屈自己，但是那也是因為混沌粉絲湯經過幾次接觸後早知道她是個什麼人，也敢於在沒有多少盈利的時候就拍板做主，把利潤分個幾成，幫自己來換情報新聞。

可是默默尋能不能也做到這一點？

不是雲千千看不起女人，但在更多的時候，女人們做事的魄力確實是不及男人。再說，和混沌粉絲湯都合作慣了，對方開給自己的價碼還真挺不錯，也願意把屬於自己提供出的情報賣出的費用再分成……不管從人情角度上講，還是從獲利方面來看，雲千千都找不到自己拒絕和混沌粉絲湯合作的理由。

送走混沌粉絲湯，雲千千就轉頭回了罪惡之城，準備去拿自己的獎勵令牌了。她剛剛一回到城裡，天堂行走鬼祟縮在一個牆根下、往街上探頭的背影就映入眼中。

「幹什麼呢？保護費交了沒？」雲千千上前，非常有氣勢的一掌拍在對方背上喝問道。

「哇——老大我錯了最近買賣不好生意也難做經濟還蕭條求你看在我上有老下有小家裡實在揭不開鍋

的分上這個保護費可不可以呃……蜜桃？」

雲千千抹了把臉，鎮定了一下被對方異常激動的發揮而震撼得有些受驚的小心臟，黑線開口道：「臺詞挺順溜哈？」

天堂行走尷尬得不行：「呃……前陣子扮演的玩家就是這德性，我還沒來得及從角色裡脫出來，再加上妳剛那臺詞又挺熟悉，所以一不小心就……」

「你這行也挺不容易啊。」雲千千同情道。

要嘛怎麼說三百六十行，行行出狀元呢？就算只是個騙子，人家那也是一個不夠規範卻很系統的職業，在行騙過程中，考驗著一個人的演技、機敏、口才等等各方面的能力。天堂行走明顯是想把自己在遊戲中的一生都奉獻在這上面了，其精心努力的鑽研精神實在是值得人敬佩。

天堂行走顯然是很少得到外界認同，一聽雲千千這麼說，頓時眼淚汪汪，感動不已。「啥都不說了，知己啊！」

「那你現在又在幹嘛呢？」

「對了，我現在這目標接了筆生意，被人帶往這邊來了。我剛剛才摸清這情況，所以這不是就馬上跟來了嗎？」

天堂行走呵呵一笑，把易容面具往臉上一覆，選擇好選項之後，整個人頓時搖身一變，成了一個嬌小可愛的女孩子，聲音也變得清脆嬌軟：「也是天堂有路她不走，地獄無門闖進來……那老騙子的罪惡之城是普通人能隨便晃蕩的嗎？居然跑到這裡來了，我想做點什麼都是輕而易舉的事情。」

「你現在的目標？」雲千千想了想：「對了，前面聽君子說過，你想算計毒小蠍是吧？」

「嘿嘿、嘿嘿……」天堂行走故作神秘，笑而不語。

「別想了，毒小蠍現在在幫我幹活，你少添亂啊。」雲千千揮揮手。

「嘿嘿、嘿……咳咳，妳說啥？」天堂行走神秘到一半就突然失聲驚叫，發現自己似乎聽到了一個了不得的事情。

「我說毒小蠍現在是受我僱傭，你沒聽說？」不是吧？就連她這樣的外行都知道，要想對誰下手之前，打聽對方的基本資料和最近動向是最基礎的工作吧？天堂行走居然這麼不專業？

天堂行走一臉的委屈，用嬌軟的嗲聲忿忿道：「老子知道個屁！」

工作室的成員之間，各自彼此正在進行著什麼樣的任務也都是保密的；就算不是保密，也很難第一時間得知。畢竟大家沒有共用的頻道，平常也都是各有傭兵團或公會，除非是管理人員，不然誰都沒辦法知道整個工作室的所有打工成員名單，更沒辦法想聯繫誰就聯繫誰。

這就比如說一家大企業，正式、約聘、臨時工共計千百人，不靠檔案記錄來調查的話，誰能記住這些人叫什麼名字，正在負責什麼工作環節？

天堂行走泡上並正在扮演的這個女孩算是個小核心，有著一手不錯的裝備鍛造技能，但是這也只是說她接觸高層的時候更輕易些，不可能是想做什麼就做什麼、想知道什麼就知道什麼。也正因為如此，所以天堂行走現在就是在摸索中掙扎，知道一點，但知道得不多、不詳細，似是而非，有時候比不知道還糟……

「那你說怎麼辦吧？」雲千千很乾脆的問天堂行走，徵詢對方的處理意見。

「我怎麼知道。」天堂行走想哭啊：「我半個多月前就盯上這目標了，就單說先來後到，我也沒什麼不對吧，妳怎麼這樣子啊？」

「問題現在是我有不得已的苦衷，君子不准我放手不管啊。」雲千千聳聳肩，一聲長嘆。

「君師兄？」天堂行走一愣，真沒想到這裡面居然還有君子插上一腳。

「是啊，你想對付的女孩是他姘頭，兩人正曖昧著，你這麼一來，他不好意思明說又不能不管，可不就找上我了嗎？」雲千千憑藉自己的理解，為君子的行為找出了一個最能解釋得通的理由。

天堂行走果然為難。「那如果是君師兄的話，這還真是挺為難的，兄弟妻，不可騎……」

「……是不可欺吧？」

「意思差不多。」天堂行走一咬牙，一揮手，「要是這樣的話也就算了，就是不知道再找個這麼有挑戰性的目標又得多久了，可惜了那女孩的百萬家產啊……」

雲千千剛要轉身，聞言愣住：「多少？」

「妳不知道?遊戲工作室要在遊戲公司掛牌註冊，最少也得有百萬資金做底子；而且註冊了以後不能拿出，只能拿在遊戲裡做交易流通，除非是想撤銷工作室的名號……當然，妳也可以私下拉個小工作室，不過那樣就得不到遊戲公司的驗證承認，平常和玩家之間有經濟交易的話也就沒有保證人，只能被稱之為作坊……」

雲千千吐血，她從來不知道工作室裡還有這樣子的門路。為了保險起見，這女孩特意飛了個訊息去權威專家那裡求證，詢問遊戲工作室的相關資訊。

專家無常回信曰：「是。」

於是某水果抓狂，為自己有眼不識財主的行為感到深深的悔恨。

「可是就算這樣，我們也不能騙財吧……」雲千千苦苦掙扎著，努力不讓自己墮入罪惡的深淵。「人家有錢是人家的，但是我們如果去騙了人家的錢，這搞不好得算是經濟詐騙了吧？」

「誰說是經濟詐騙了？」天堂行走瞪了雲千千一眼。「我只是說毒小蠍有錢，沒說我要騙她的錢好吧？」

「那你這是……」

「我只是想說玩玩而已啊，和百萬富翁鬥智，應該是挺有意思的。」天堂行走激動的說道。

「……」那麼自己在這邊和人家繞了半天到底是在說什麼？雲千千無語，她突然之間覺得自己真是挺傻的。

天堂行走剛才正在偷窺的當然就是毒小蠍。

因為天堂行走的關係，君子現在並不敢離開毒小蠍太遠，他生怕自己一個轉身不注意，身邊的傻女人就會被人騙得連內褲顏色都乖乖報出來了。可是在他換了一張臉的現在，毒小蠍看君子完全就是看一個陌生人的眼神，她根本不知道眼前這囉嗦纏人的混蛋就是自己想找的君子同學，於是交談時少了幾分耐心也是十分理所當然的事情。

「你到底想幹嘛？」在君子賴在自己身邊轉了十多分鐘後，毒小蠍終於忍無可忍開口了：「我要買這戒指，如果你不想買的話能不能讓讓？」

她說話的同時，手指指向店鋪櫃檯中一顆藍階戒指。

旁邊的老闆NPC立刻眉開眼笑的迎了上來，對毒小蠍的好眼光一番誇讚的同時，順便再隱晦的表達自己對於君子光看不買還妨礙人行為的譴責和鄙視。

君子往旁邊瞥上一眼，不屑撇嘴：「別買，這東西是假貨，系統哪可能賣藍階的裝備。」

「這……」毒小蠍微微一滯，果然猶豫。其他地方的店鋪裡，系統都只賣白板，還真是沒聽說過有藍階出售的。難道真是假貨？

「這位客人，您不買也請不要詆毀小店的名譽！」罪惡之城的首飾鋪老闆義正詞嚴的擺出一副正氣凜然狀，像是受到了侮辱的好人一樣悲憤道：「我ＸＸＸ家族經營ＹＹＹ首飾店已經數百年了，一直以來都是在這家主城謀生的老字號，所有的居民都是知根知柢、可以為我證明清白的，您說出這樣的誣陷到底是什麼意思？」

君子嘴角抽抽：「據我說知，撒老騙子建好這城似乎還不滿兩個月？」

毒小蠍恍然大悟，連連點頭：「對啊對啊，這事情報紙上宣傳得挺廣的，用寵物蛋來騙玩家做苦力，那NPC可夠狠的了。」

「這……」滔滔不絕的首飾鋪老闆戛然而止，面對一臉嘲諷的君子，冷汗刷刷的。

「其實我當初剛聽到這事的時候都挺驚訝的，完全沒想到創世紀還有這麼……咦，你騙我？」感想剛發表到一半，毒小蠍突然想起關鍵問題，忍不住柳眉倒豎，氣憤填膺的拍桌怒喝：「老娘你都敢騙？好大

「你們是誰啊？」首飾鋪老闆瞬而換上一臉茫然，目光呆滯的看著君子二人。「你們是誰啊？」

「少給老子裝穿越！」君子青筋暴跳的厲喝拍桌，繼而淚流滿面——這一幕太熟悉了，自己裝老太太被那爛水果抓到的時候，也是這麼一幕場景啊……

從首飾鋪出來之後，毒小蠍對君子的印象終於改觀了不少，將對方從一個無恥卑劣的色狼，提升成為了一個還算有基本道德心的色狼。

暗自頷首之後，看在對方剛剛幫過自己的分上，毒小蠍也不好意思繼續一副冷臉對人家橫眉冷對了，於是放緩語氣，客氣不少，柔聲道：「這位大哥，謝謝你剛才幫忙了。」

「不客氣、不客氣，路見不平、拔刀相助，此乃我等新時代有禮貌守秩序又心地善良的好青年分內之事。」君子邊客套邊左右張望。咦？剛才進來前明明彷彿看到天堂行走在附近，怎麼一會工夫就不見了？是自己看錯了，還是對方從明處躲到暗處？如果是後者的話，那可就麻煩了。

毒小蠍看著君子一副心神不定的樣子，自動把這理解成為了對方的羞澀，忍不住自得的又一笑：「你別緊張，我不會對你怎麼樣的。」只要你先別怎麼樣，老娘就不對你怎麼樣……懂事點啊小子！

「我不緊張。」君子還在神遊中。

「是這樣的……」毒小蠍攏了攏頭髮，整理下思路後，斟酌著字句盡量委婉道：「我很感謝你剛才的幫忙，也非常高興能認識你這麼夠意思的朋友，但是我們之間不合適……」

「啊？哦。」君子繼續神遊。

「你不要這樣的態度好嗎？」毒小蠍溫柔一笑：「其實外面有很多不錯的女孩子，你這麼好的人，又機敏，肯定會有女孩子喜歡你的……其實我個人認為，你真的不應該在我身上花費太多的工夫，這是不會有結果的。」

「嗯、嗯。」靠，天堂行走到底躲哪裡去了？君子根本沒聽到毒小蠍在說什麼，一門心思尋找失蹤的天堂行走，一雙眼睛像雷達似的，掃過店外街道的每一處。

「唉……你這樣讓我怎麼說好呢？」毒小蠍皺了皺眉。

掃視一圈無果，君子遺憾的將目光收了回來，終於將注意力轉到了身邊的毒小蠍身上。「說什麼？」剛才一直聽這女人唧唧咕咕，她是在跟自己說什麼？

「……」

135・合作

身為一個男人，又非親非故的，死皮賴臉硬要蹭在人家一個女孩身邊，引起誤會當然是早晚的事。君子根本不明白一個女性的心思能夠細膩到何種程度，平常就是沒事的時候人家都能多想三分，更別說他還老做些愛讓人誤會的舉動。

沒事老愛在自己身邊轉；支支吾吾的半天不肯說一句話，就老愛用眼睛偷摸的斜打量過來；每個跟自己接觸的人都要被謹慎審查、皺眉仔細盤問之；還有如此這般、這般如此等等的行為……

所以，毒小蠍有十足的把握可以肯定身邊這男人絕對是無法自拔的愛上自己了。當然了，還是要給人家面子，雖說自己並不喜歡人家，但好說也是個男人，看起來還屬於自尊心挺強的那種類型，別被自己拒絕之後，一個想不開的出了什麼好歹就完了。

毒小蠍乾咳一聲，正想說叫眼前這人不要繼續裝傻了，還是趕緊面對現實吧云云。結果她話還沒出口，系統提示就很歡快的從她和其他人打工加入的水果樂園傭兵團頻道裡傳了出來……大致意思就是說你們團長很努力、很上進，在此團長的帶領下，再經由大家的團結一致、不懈努力什麼什麼的，終於取得了升級公會的資格。所以從現在開始，大家就是有身分的人了，望以後繼續努力、不斷進取云云……

公會建起來了！

「終於建起來了。」

雲千千感慨、長嘆，兼且眼淚長流。馬的，為毛升級公會非得要交 100 金不可？為毛駐軍還沒開始收保護費，就要先收抵押信譽金？真是太他喵的黑了！

「要不要去把凱魯爾取回來，我們差不多該去天空之城了吧？」旁邊幾個知根知柢的好友紛紛摩拳擦掌，一副躍躍欲試狀。

「等會去。還沒滿二十四小時，提前取出隨從也是不退錢的，不能浪費了。」雲千千心疼的算計一把，隨手也甩了個邀請入會給天堂行走，接著就聽「叮」的一聲，邀請通過，歡迎新公會成員的系統訊息第一時間在頻道裡刷了出來。

正陪伴在毒小蠍身邊的君子還沒來得及因為公會建立成功而感到喜悅，下一個瞬間就看到了天堂行走入會的訊息，頓時寒心，也顧不上是公會的公用頻道，咬牙切齒直接質問：「為毛邀請這小子啊？」

「咦，不能邀請嗎？」雲千千詫異。「大家都是朋友啊。」

「對啊，大家好歹師兄弟一場，我惹著你了？」摘下易容面具、難得以自身 ID 示人的天堂行走委屈道。香蕉的，這師兄太不夠意思了，自己剛剛才為了他忍痛放棄肥羊，這會一轉個背就被嫌棄了？

雖然透過頻道交流無法讓君子看到公會裡其他人的表情，但他仍然能感受到自己瞬間被所有人鄙視了，比如說旁邊正對他作鄙夷蔑視狀的毒小蠍就是最好的例子。

身為一個男人，雖然不知道發生了什麼事，但是他怎麼說也不該這麼小肚雞腸；再說那還是師兄弟，再再說那還是人家會長親自邀的，再再再說人家對他似乎也挺友好，再再再再……總之，毒小蠍因戒指事件而對君子剛剛升起的一點好感瞬間又黯淡了下去，溫暖的情懷直接降到冰點，比起最初被糾纏得不耐煩的時候來，又是更加的冷淡上了幾分。

「哼。」

「……」哼是什麼意思啊哼？君子淚流滿面，深深的委屈著，偏又什麼都不能說。在這一瞬間，他甚至感覺自己就是小說中那忍辱負重的英雄。

「對了。」雲千千突然又低呼了一聲，像是剛剛才想起來什麼，好言安撫傷心的君子同學：「如果是那件事的話，那你不用擔心了，我已經跟天堂談過，他答應不再去找……呃，那個女人。」

那個女人？

……哪個女人？

頻道中剎那間靜得連呼吸聲都聽不見，八卦的暗湧在平靜的表象中醞釀著。而毒小蠍則是臉色鐵青，心裡一股無名火騰騰的往上翻滾。

真要認真算起來的話，女人其實可以算得上是占有欲很強的生物。比如說，她們在拒絕一個男人的時候就都愛說「我只是把你當哥哥」或者「你是我最好的朋友」這一類曖昧不清的話，與其說這是委婉的拒絕，不如說是這群女人替自己留的一條後路，故意不把男人的念頭掐絕了。

其內在的意思計較起來其實應該是這樣的：我不想做你女朋友，但我還是想使喚你，平常端茶送水、噓寒問暖、請客吃飯、陪酒陪聊……再或者家裡燈泡壞了、瓦斯沒了、生病沒人幫忙買藥了、想看電影的時候男朋友剛好不在了之類等等等等的時候，麻煩你們還是跑這一趟。都是大男人，就算被我拒絕了也不該這麼小氣是吧？我們可是好朋友啊，我可是把你當親哥哥啊，所以你得疼我……

這些就是占有欲，雖然不喜歡這個人，但還是願意享受人家為自己驢前馬後效勞的成就感；雖然不喜歡這個人，但還是想讓人家堅持不懈的繼續喜歡自己、討好自己，這讓嬌弱的女孩們感覺倍有面子、倍有成就感。

毒小蠍就正挺有面子、挺有優越感的俯瞰著君子呢，結果一轉耳朵，居然就聽說這傢伙和剛進公會的那個什麼天堂行走因為某個女人的事情而有嫌隙？

靠！他一邊暗戀著老娘這麼如花似玉、才貌雙全的女孩，一邊居然還和別的男人因為別的女人而爭風吃醋？

毒小蠍怒，大怒，溫柔瞬間不見，鐵青著臉一聲冷哼，目光如刀，削得君子只感覺自己周身陣陣小冷風颼颼的，還茫然的猶不自知到底是哪裡又得罪到這位祖奶奶了。

那邊的風起雲湧與雲千千無關了，這水果攪亂一池春……渾水，接著就抽身而退，頻道一切換，再不管君子那邊的死活，轉而刷到了九夜的私聊上：「九哥，帶著你家小娜娜，我們去辦點事，然後就去接我家小凱凱。」這麼連續幾天沒去過問那 NPC 的死活，料想現在也只有用瑟琳娜的美人計才能平息對方的怒火了。

「嗯。」九夜爽快答應，順便淡定問座標：「我現在的座標位置在XXX、YYY，妳幫我看下怎麼走。」

「回城石？」

「用完了。」

「哦。」雲千千隱隱有了一絲不祥的預感，等抓出世界地圖一比劃，果然發現九夜現在的位置已經在遙遠的千里之外。那片座標在地圖上甚至是黑的，這代表著還是尚未探索開發出來的區域。

「……九哥，你先玩著，回頭我直接抓你吧。」雲千千淚流滿面的摸摸空間袋裡的一炷小香，頭一次發現失落一族是個那麼討人喜歡的地方。

時間還沒到，暫時不用去接凱魯爾。任務已經刷完，混沌胖子那邊也正煩心鬧騰……自己還能去哪裡呢？雲千千空虛寂寞冷，突然找不到事情做了。

而就在這麼一個她迫切需要找點樂子的時候，無常的訊息就這麼飄然而至：「對人生充滿迷茫中？」

「……」這傢伙是學心理學的？

「要不要來開個會？」沒聽到雲千千的回答，無常也並不以為意，又刷出一條訊息來。

「開會？」雲千千一臉凝重，終於開口：「什麼餐飲規格的？少於四星不去。」

「……」

無常的訊息並不是無來由就刷過來的，說是開會，實際上就是幾個會長聚一起吃個飯而已。

自從天空之城的新聞出來之後，一葉知秋就大概猜出了雲千千是想自立山頭。就算他猜不出來也不要緊，落盡繁華裡面不還有個無常在呢？不管是因為他們和九夜的同事關係，還是自行揣測，想琢磨出這個事實都不是件難事。

正是鑒於這一點，所以一葉知秋早從幾天前九夜被挖的時候開始，就一直在留意著公會管理 NPC 那裡的動靜了，只要有新的公會成立，他就能第一時間收到消息。

水果樂園一升級，不出一分鐘，一葉知秋就因為這消息而從 30 級副本風風火火的趕了回來，拋下剛組好的精英隊伍也懶得去理了，直接趕到無常通知的酒樓，一把抓著人家劈頭就問道：「人呢？」

「已經用你的名義通知過了，她說她馬上就到。」無常淡定的推了推眼鏡，手放下的同時順便把不淡定的一葉知秋推開了些，保持一定距離繼續說道：「你趁著這段時間，最好想想我們接下來該怎樣合作。」

「合作？」一葉知秋皺眉，疑怒：「我要跟這不講道義的爛水果合作什麼？」

「比如說天空之城的合作開發事宜之類的？」無常頓了頓：「你該不會想要隨便譴責個兩句，然後讓那人謙虛認錯順便再把這個任務讓出來？」

「……」他確實是打這個主意來著。

不一會，龍騰也趕到。

完全沒想到對方也會來的一葉知秋愣了愣，繼而怒目無常，私聊飛出去質問：「為什麼他也在？」

無常瞥了他一眼，「因為人多了才好施壓。」

「……」仗勢欺人……這是一個多麼樸素而亙古不變的真理啊……

有一就有二，當一葉知秋替自己做好心理建設，終於接受了龍騰之後，對隨之而來的晃點創世、彼岸毒草及各大傭兵團大小頭目，再以及創世時報的特派記者等等人的到來，也就終於可以雲淡風輕的一笑而過了……

淡定、淡定，沒有什麼大不了的，反正主動權在自己這邊。

在手握酒杯不語，笑看一眾人熱熱鬧鬧彼此寒暄並點菜的時候，心中滴血的一葉知秋也偷偷的摸了摸自己的空間袋，感覺到觸手處一片空虛的那一剎那，他突然無比羨慕起雲千千的厚顏無恥來——其實有時候像雲千千那樣的性格也挺好的，起碼遇到這種情況，她好意思腆下臉來跟人商量按人頭平分帳單……

這邊的無常發揮了驚人的情報公關能力，將數得上名號的公會或傭兵團頭目都聚攏到了一處，就等著那水果一來，大家就可以一起欺負小孤女了。到時候眾人一詞，憑她再怎麼無恥、無賴、無理取鬧，難道還敢把人都得罪光了不成？

畢竟現在那女孩自己也有個公會了，算得上有家有室的人，不比以前孤家寡人的時候。她要是在以前惹上誰，拍拍屁股刺溜一聲就可以閃人，可現在再想鬧騰，卻可得顧忌一下自己公會會不會遭人家報復了。

就像人家說光腳的不怕穿鞋的，人要是沒有什麼顧忌的話，那真是橫得不行；可反而言之，一旦身上被套上點什麼，行事說話就不能那麼為所欲為了……

你不怕？沒關係，你身邊的人怕就行了……

無常仔仔細細的把利害關係梳理了一遍，怎麼想都覺得雲千千應該是不會像以前那麼囂張無恥了。接著他再把已到現場的人確定了一遍，覺得大家也都是挺有分量的人物，說不上手眼通天吧，但最起碼橫行霸道是沒問題了。

於是無常心下大定，滿意頷首，端著茶杯，老神在在的就等著某水果自投羅網來赴自己設的鴻門宴了。

可惜人算不如天算，十分鐘過去了，二十分鐘過去了，半小時過去了，一小時也過去了……一群梟雄人傑擠在一個小包廂裡，連轉個身都十分困難，只覺得彷彿連空氣都變得稀薄，抬頭低頭都是滿滿的人腦袋啊！他們等得如此委屈，可那個正主為什麼竟然一直沒有出現？

雲千千到底是在做什麼呢？

包括無常在內都肯定沒人能想得到，群雄會議的最重要主角也就是雲千千，此時沒有出現的原因，竟然是在帶孩子。

不知道還有沒有人記得西華城那個強搶良家龍男的公主？這傢伙當初回到皇宮之後，經過一連串的遊走說服工作，再兼之劇情變化、任務發放等等，最後終於以「我已經有了他的種」這一超級禁咒絕技，正式征得了西華城老國王的揮淚同意，允許該公主上山迎娶惡龍帥哥為夫。

於是，得到國王鬆口的公主終於修成正果，感動不已的當場點齊數萬兵馬，雄糾糾、氣昂昂的帶起駿馬利刃就去討伐……對不起，就去迎接龍哥了。

在這樣龐大的隊伍面前，龍哥一隻龍的力量始終是不足的。不過還好的是，他早就防著會有這麼一天，所以公主的部隊剛一動身，龍哥那邊就得知了情報，提前一步逃出了洞穴……

雖然西華城的公主堪比如花，但人家怎麼說也是貨真價實的公主，尊貴的身分擺在那裡。儘管在玩家中間，公主不算個神馬東西，但是在NPC的世界中，這卻可以算得上是金字塔最頂端的人物了，即便是在整個創世紀的地圖中，人家也有橫著走的權利。

可想而知，如此風騷的公主想抓的人，還是得到了國王許可的，這樣子的人物逃了，天底下誰敢幫著包庇隱瞞？……千萬別說龍島神馬的，那屬於遊戲設定問題，未開放的地圖是不允許大地圖的NPC和玩家隨意進入的。

而又於是，罪惡之城的建立和駐軍正式入駐，就正好在這時候完成了。有了駐軍，就代表了在系統上罪惡之城是有了軍事力量的。而有了軍事力量之後，罪惡之城自然就開始大動作的吸納更棘手的逃犯什麼的了。

這就比如說一間房子，在沒有警衛之前，你頂多敢往裡面放點日常家具和普通生活用品什麼的。但有了完整的警備力量和全套雷射、紅外線、X光之類的偵察系統之後，自然就敢往裡面放心大膽的丟上一堆珠寶鑽戒……

龍哥逃婚之後，身分就變成了西華城通緝犯，背負著由公主率領的數萬NPC士兵的永久追緝。要換在雲千千完成任務之前，罪惡之城還沒有駐軍，自然是不敢收下這麼大的大壞蛋，就算龍哥硬賴在這裡，肯定也是第一時間就被掃地出門。

可是現在雲千千任務完成了，駐軍契約成立了，駐軍協定也得到系統認可了，罪惡之城自然就不再限制進城壞蛋們的犯罪級別了。別說是西華城通緝犯，就算三界通緝的罪犯也是打開大門任由他們進。

於是，正在感慨著天下之大竟然無我立足之地的滄桑龍哥，一聽到罪惡之城正式開放的消息就大喜過望，帶著自己兒子連忙投奔了過來，緊趕慢趕的，正好和剛要出城赴約的雲千千撞了個面對面……

「女英雄！」龍哥他鄉遇故知，頓時大喜，抓住呆愣愣的雲千千就不放手了。「原來妳就是罪惡之城駐軍公會的會長？」

「……其實你誤會了，我沒有什麼公會，更不知道駐軍是神馬東西。我就只是來觀光旅遊的，剛參觀完準備離開……」

「不要謙虛了，我明明看到妳胸口的徽章下面烙了個罪惡之城的標記。」

「……」草泥馬，居然忘記摘這個了。

小龍人正太還是那五、六歲大的樣子，小包子似的圓圓滾滾，正是純潔無瑕的時候，早就不記得雲千千以前欺負他，還不給他吃餅乾的事情了。他一見自己老爹和這阿姨挺親熱，頓時也不認生的膩了上去，爪子一撈，抓著人家的衣服，張開豁口的門牙，仰著頭對人家露出個大大的無齒笑臉。「我餓了……」

「滾邊去，老娘沒奶！」雲千千不耐煩的把小包子揮走，眼淚汪汪的看龍哥。「您不會告訴我，您真被逼婚了吧？」

龍哥滿眼辛酸，一臉往事不堪回首的哀慟表情，「別說了，我不想再想起這件事。」

「那您該不會是逃到這裡來，打算在罪惡之城申請政治避難吧？順便如果能叫這裡的駐軍公會幫您打發掉公主更好？」雲千千傷心的繼續猜測，然後再更加傷心的看著龍哥一臉「妳都猜準了，妳好聰明耶」的表情點頭。

臥糟！這明擺著是要把爛攤子留給自己打理啊！雲千千傷心悲憤怒，她已經眼見著自己公會的任務面板裡刷出一條新的駐地任務來了，內容是說明龍族通緝犯擺脫通緝身分，力退西華城七萬大軍……

七萬大軍啊……那不是七萬螞蟻。

自己平均要兩個雷咒才能轟掉一個士兵，總共耗時三秒，一分鐘連續不停可以砍二十個，一小時一千兩百個，就算人家站著不動讓自己砍，還不計吃藥什麼的消耗時間，自己要把七萬人殺完也得要58.33小時，最後的三除都除不盡。

別以為大片裡那人山人海就叫多了，最宏偉的戰爭片裡動用的群眾演員也不會超過一千人。一片鏡頭拉過去能掃到多少？要是七萬人聚到一起，人家什麼都不用幹，光是憑體重就能把罪惡之城壓成相片。

這個任務絕對不能接！雲千千咬牙，盤算一番後瞬間做下了決定。

可是，就當她都打算要豁出去翻臉不認人，打定主意不管龍哥死活的時候，意外突然就這麼發生了……

「咦，有任務。」

英明神武不知道失蹤到世界哪個角落的被遺忘的九夜大哥，突然不甘被冷落的在公會頻道出聲，接著，雲千千瞬間就有了一種不祥的預感，還沒等到她腦海中的「不好」這兩個字完全閃過，系統提示聲就已經把無情的消息透過頻道傳到了每一個水果樂園成員的耳中——恭喜接受S級任務：捍衛龍族尊嚴……

雲千千：「……」

水果樂園全體成員：「……」

淡定的九夜：「好像很有挑戰性。」

欣喜哽咽的龍哥：「蜜桃多多，妳真是一個偉大的冒險者，我為認識妳這樣子的朋友而自豪。」

啥米都不知道的小龍人正太：「阿姨，我餓……」

臥槽！

137・帶小孩兒

雲千千無數次的想，她從一開始就不應該建立什麼公會。當散人不好嗎？當光棍不好嗎？多麼瀟灑自在無拘無束啊！她錯了，她真的錯了。如果她不是想建立公會，就不會來罪惡之城當駐軍；如果她不來罪惡當駐軍，就不會遇到龍族尊嚴的任務；如果不遇到龍族尊嚴的任務，她也就不會淪落到這麼一個傷心的地方。

龍哥走了，他孤獨的離去，尋找最後一片能躲過公主追捕的淨土。在強大的惡勢力面前，連罪惡之城都顯得不那麼安全。而小龍人正太卻被留在了罪惡之城，交由雲千千代為照顧。

這也正常，畢竟小正太只是個孩子，就算他多麼早慧早熟，IQ、EQ爆滿頂級，那也還是只能算個拖油瓶。身體條件限制在那了，何況人家還沒那麼風騷，只不過是個屁事不知道的貪吃小包子而已……

「阿姨，我餓。」

「你餓？我也餓啊！怎麼辦？你身上有吃的沒？」

「……」雖然年幼無知，但小包子還是隱隱感覺到了眼前的女人似乎不大可靠，咬著手指頭歪頭想了想，他睜著純潔的大眼睛，怯怯再提問：「阿姨，爸爸什麼時候回來？」還是親爹好，親爹給飯吃。

「這個問題我也不知道……對了，我問你，假如有一個女人肯無要求、不限量的提供你好吃的東西，也不強逼你學習、練武、做作業什麼的，而你唯一要付出的，只是你爸爸晚上陪你睡覺講故事的時間……你覺得這怎麼樣啊？」不知道她投降再把龍哥奉上能不能平息公主的怒火？

「……唔……」小包子認真糾結中。其實仔細想一想，親爹也沒啥好的，能換些好吃的也不錯，最難得的是不限量……

第一個找到雲千千的人是默默尋。身為創世時報組織中內定好的下一任主編，這個女人早已經不顯山不露水的暗中接過了報社的人事運作及新聞審批。混沌粉絲湯現在實際上已經是等待辭職信被批准的交接狀態了，很少再插手創世時報裡的工作。

因此，無常召集起來的聚會中，到場的創世時報記者自然也就是在默默尋那裡備的案。此時主角遲遲不到，其他人還只能暗中猜測著是不是對方有什麼事情耽擱了，默默尋卻是仗著自己目前也是水果樂園的一員，直接打開公會頻道就光明正大詢問起雲千千的座標來。

接著又過了沒幾分鐘，默默尋迅速殺到現場，看著已經沉睡的小龍人正太及其旁邊坐著的雲千千，沉默了許久、許久……

「他爹呢？」許久之後，默默尋長吐出一口氣，終於找到一個比較適合當下也比較迫切需要得到答案的問題。

雲千千看了眼任務面板，無奈說：「尋找淨土去了……當然了，這就是個過場，龍哥肯定毛也找不到一根，還得我們來想辦法才行。」

「那辦法呢？」

「按任務要求來看，等到龍哥回來之後，我們得打下一片私有領土，再把失望的他和他兒子帶過去，然後還要在領土上抵抗住西華城公主的三次進軍攻打。」

默默尋吐血：「大姐，打領土好辦，落盡繁華那早有現成的幾片領土放著。問題是要抵抗住七萬NPC士兵的進攻……主城怪獸攻城活動的時候都沒這麼大規模啊！」說到最後一句的時候，這女孩已經幾乎是尖叫了。

「我知道，我知道，別激動。」雲千千嘆氣，一邊抬起隻手在沉睡的小正太身上輕撫，一邊無奈的點頭表示自己能夠理解默默尋的心情。

默默尋發洩完後，終於有心情關注酣睡中的可愛小孩子了。看雲千千一臉怕吵醒到孩子的小心翼翼，默默尋這才想到自己剛才的聲音確實有些太大了，忍不住臉一紅，壓低聲音道歉：「對不起啊，沒吵醒他吧？」

「沒事。」雲千千笑了笑，同樣壓低聲音。

「……這孩子真可愛。」默默尋吐了口氣，微笑著看向床上的小包子，體內的母性本能被無限放大，剛才的煩躁情緒也隨之消去了不少。她微微一笑，抬頭溫和的看著雲千千，「他睡得真沉。」

看不出來這水果還挺會哄小孩的。果然，再卑劣的女人見到小孩子後都會柔軟起來嗎？這就是母愛嗎？這就是神秘的雌性荷爾蒙嗎？……啊，太偉大了！

「是啊，我連刷了兩道雷咒才把他劈暈的，好不容易得了會清靜，妳可別把他吵醒了。」雲千千一邊哀嘆，一邊繼續監視著床上小孩的動靜，溫柔輕撫著對方的那隻手上，細小微弱到幾不可見的紫色電弧時不時一閃而過……

「……」畜生！

龍哥還沒回來，接凱魯爾的時間就已經到了，如果再不去，那又得多繳錢。

雲千千自然是不願意吃這種虧，於是認真思考了一番之後，當下立即去隔壁的農家 NPC 那裡要來了一只麻袋，把還在昏迷中的小龍人正太往裡面一塞，再拍香召喚回九夜，讓對方負責搬運……

兩人拋下目瞪口呆的默默尋，就這麼傳送回主城去了。

在主城酒樓裡坐著的無常等人這會早就不耐煩了，無奈這種事情催不得。

電視裡也常見這種情形呢，一般混道上的人想要談判之前，都是雙方先約好時間、地點，然後各自到會，之後才開始談的。即便是有一方晚到了，其他人也只能等著，不可能說一個電話打到人家家去：「喂，你出門了？」

「還沒，在大號。」

「多久大完？」

「半小時吧……還得穿衣服、洗臉、刷牙、吃早餐，你們先談著，回頭我直接去趕午飯……」

首先，這樣子的對話破壞嚴肅氣氛不說，更關鍵的是打電話那人還落了下風，一聽就讓其他人知道這人著急了，自亂陣腳了。比如買東西的時候，要想講價就得先裝著自己對這東西其實並不是很感興趣，其實並不是非它不可……談判也是這樣子，穩得住，就硬得起；穩不住了，那自然只有被人攻城掠地、步步進逼的分。

無常心裡苦啊，他也有過和人打交道時眼看人故意晚到的經驗，一般這種情況都是因為晚到的人想製造一種優越感，也順便先行磨掉自己這邊的耐心和銳氣。遇到這種事，只要自己沉住氣，自然也就沒什麼了，多等等就多等等唄……

可是他真是敢用自己的薪水對天發誓，自己這輩子都沒有遇到過人家明明答應了，結果臨了卻放自己鴿子還連訊息都沒發一個過來的情況。尤其他現在又聯絡了這麼多團長、會長什麼的……

「這到底是怎麼回事？」眼看著大半個小時過去了，雲千千那邊卻還是芳蹤渺無，一葉知秋終於沉不住氣了。要知道，無常可算是自己公會的人，他出了差錯就等於落盡繁華出了差錯，他糊弄了各方梟雄就等於自己糊弄了各方梟雄……這不是找虐找刺激嗎？

還說什麼聚集齊那麼多人是為了施壓給那顆水果，人家那邊什麼反應都沒有，自己這裡倒是先感覺到巨大壓力了——落盡繁華再風騷也頂不住那麼多傭兵團合力施壓啊，尤其這其中還有龍騰九霄……

無常皺眉，一臉凝重的推推眼鏡，說出自己的判斷：「看樣子她不會來了。」

「你確定？」一葉知秋幾乎跳腳：「那這裡怎麼辦？那麼多人，都是等蜜桃的。她說不來就不來？到時候人家說不定以為是我們耍人玩呢？」

「唔……你的判斷和我一樣。」無常認同的點頭，一臉嚴肅。

一葉知秋吐血，感覺眼前一片黑暗，「現在不是判斷的問題。關鍵是，眼下該怎麼和這麼多人解釋？」

「實話實說。」

「你覺得有人信？」

「……你要聽實話？」

一葉知秋憋氣咬牙：「說！」

「我個人認為，就算我們說實話也沒什麼用……現在關鍵不是他們會不會信的問題，而是大家願不願意信的問題。如果中間有人挑撥的話，這次事件會是一個很好的針對我們的藉口。」

多麼理智、多麼冷靜的分析啊！自古以來就有著「欲加之罪，何患無辭」的說法，很多時候也許所有人都知道事實是怎麼回事，但卻都還是揣著明白裝糊塗。

「照你這麼說，我們就這麼白給龍騰一個藉口？」一葉知秋嘆氣，也明白事情怕是只有這樣子了。

「沒關係。」無常唇角一勾，劃出抹冷笑。「我早就防著那水果來這一招。現場這些創世時報的人是我找來的，他們可以在媒體上為我們作證造勢……就是要花錢。」

一葉知秋一聽，頓時深感慶幸，「花錢就花錢吧，事到如今沒有比這更好的解決辦法了，還好……呃……靠！你看那對狗男女是不是蜜桃和九夜？」

窗外大街上，扛著麻袋的九夜和雲千千正自二樓包廂窗下淡定飄過……

138．給你免費!?

「九夜揹著什麼呢？」一葉知秋觀察許久，終於捅捅無常問道。

「不知道。」無常推推眼鏡。「前面溝通的時候沒聽說有什麼情況，要不要問問？」

一葉知秋聞言，立即打退堂鼓：「算了算了，蜜桃在呢。」

「……我們不就是要找這女人？」

「……」說得……還真是沒錯。

雲千千壓根就已經忘了自己前面曾經受無常邀請的事情，也完全不記得還有一票身分舉重若輕的團長、會長在等著自己賞臉，過去讓人看一眼。

她現在腦子裡正在混亂中，也就記得傷感自己的悲慘命運，以及關於龍哥的任務該如何完成的這件事情了，哪裡還有多餘的心情去關注另外那群怨男？

「蜜桃！」

身後突然傳來一聲呼喝，雲千千愣了一愣，回頭看見來人還很是吃了一驚。「一葉會長？你怎麼在這裡？」

「我……」一葉知秋剛一跑近還沒說話就被噎了下。「妳忘了無常讓妳來酒樓的事情？」

雲千千更加莫名，抓抓頭問身邊的九夜：「有這回事？」

「……」老子知道個屁。九夜懶得搭理這個女人。

我不跟她計較，我不跟她計較……一葉知秋撫著胸口順了順氣，良久後才再開口：「九哥身後揹的這是什麼？」

這叫迂迴交談法，先說些不相干的話題放鬆對方的注意力，等大家都聊熟了，人家也放鬆警戒之後，再說出真正的目的。化妝品推銷員及保險推銷員就多擅此招。

「麻袋。」九哥言簡意賅的甩出兩個字。

「……」廢話。一葉知秋眉毛跳了跳，嘴角抽抽著，努力扯出抹笑再問：「麻袋裡面呢？」

「人。」

「什麼人？」

「不認識。」

「……」

這是短短三分鐘內一葉知秋第三次無語了。

他深呼吸，轉頭長嘆向無常飛出私聊：「還是你來吧。」

換手接力，無常同學果然就剽悍了許多。因為多年相處下來的彼此了解，無常已經對九夜的性格具備了一定的免疫力。於是他不負所望，直接無視對方偏離主題的跑題風格，三兩句話便套出重點——麻袋裡有隻被 NPC 寄放在雲千千這裡的小龍孩子……

「什麼情況？」一葉知秋迅速就此事召集起旁邊的一眾玩家們再度展開研究，頭大的試圖弄明白雲千千變化莫測的思考邏輯。「她不是在折騰天空之城的任務嗎？怎麼又和龍族扯上關係了……難道是任務環節之一？」

「龍族？我記得剛好像在西華城王宮前看到一個懸賞任務，說是公主懸賞捉拿龍族的一個壯年男子及其兒子，是不是這隻？」

「那麼說，這兩個任務是不相干的？那她幹嘛接？」

「不知道……女人嘛，本來就不是一種可以用常理來解釋的生物，她們每個月都大出血一週還生龍活虎的呢，你跟人家比？」

「滾蛋，別跑題！」

「其實我覺得被通緝的龍族會不會是天空之城的知情人士啊？所以西華城才會追捕他，理由也是因為覬覦天空之城？」

「……其實，我覺得這公主捉捕龍族的戲碼彷彿依稀有點熟悉……」一葉知秋若有所思，頭腦中彷彿回憶起了一些什麼，卻沒能抓住那一閃而過的靈光。

「啊，他們走了，走了！」突然有個兄弟指著街道另外一頭跳腳。

大家聞聲回頭一看，這才發現他們話題中正討論到的那對狗男女已經走遠，完全沒有顧及到他們談論的中心正是自己，也更加沒有陪人聊天、幫人解惑的道德心。

「攔下啊！」有英勇人士著急建議。

「怎麼攔？高手榜第一名和陰險榜第一名……近戰遠程、明刀暗箭我們都玩不過，攔個屁啊！」其他人淚流滿面。

「跟上跟上！」

這個建議終於可靠一些了，正茫然無措的眾人一聽，連忙紛紛應和表示贊同，並立刻就著各自的職業搭配出了一支支隊伍，以刷BOSS的配備，小心謹慎以隊伍勻速跟上前方的雲千千二人。每個人臉上都帶著謹慎的表情，手上還捏著以防萬一的血瓶。

畢竟一大群人集體尾隨在人家身後，這無論從哪一方面看都是件很容易引起別人誤會的事情。尤其是現在面對著的又是雲千千這個不講理的貨色，平常她沒理都要攪和三分，更別說現在還是那麼好一個借題發揮的局面。

不跟？他們不甘心，任務還在人家那捏著呢，自己什麼都還沒來得及打聽出來，怎麼能就這樣鎩羽而歸？所以無論從哪一方面來考慮，這女孩都非要跟緊了不可。最起碼也要打聽點情報出來，這樣才不枉自己跑這裡，還白等了這麼半天啊……

路過就圍觀，這一直是我們中華民族的光榮傳統。眾所周知，可考證歷史中最早的圍觀黨，就是自我們國家出現的。當年自從第一個圍觀黨在街頭訪談中驚豔出現之後，立刻就以野火燎原之勢迅速風靡了大江南北，並引來無數人仿效引用，直到出現職業圍觀黨、圍觀協會等等，直到圍觀活動正式發展成熟，更甚至成為我國國粹。

本國人最愛的就是圍觀，無論出現什麼樣子的熱鬧事，都能在第一時間迅速發展出大批的圍觀粉絲群。本來這在平常來說，只算是件無傷大雅的事情，不過是看熱鬧嘛，能有多大的影響？

可是今天出現的圍觀黨，顯然等級和規格就和以前完全不是一個概念了。

當以各會長、團長為主要構成的尾隨人群堂而皇之的出現在大街上之後，不過是短短的幾分鐘時間，迅速就在主城的玩家中間引起了軒然大波……

圍觀不稀奇，可是連平常高高在上的會長、團長們都這麼稀奇的圍觀，那麼被圍觀的事情或是人，該得有多麼稀奇啊？

正是抱著這樣的感慨，跟風的人就開始逐漸的出現了。這些人抱著一顆熱情探索的好奇心，興致盎然的跟在第一批尾隨人群的身後，雖然已極力在抑制說話的音量了，卻還是克制不住窸窸窣窣的討論聲——這些團長、會長到底在看什麼？跟了那麼多人，是不是發生了什麼大事？

而有人帶頭跟風之後，越來越多的人也就源源不斷的補充加入了進來，興高采烈得像是參加集體旅遊遠足一樣，自覺的排在隊伍後方，一邊和身旁來自四面八方的朋友們交談著，一邊興奮的猜測這支龐大的隊伍最後的目的地究竟是哪裡……

如果說最開始圍觀黨們之所以尾隨在隊伍後面，是為了團長、會長們的話，到了後來大家就已經漸漸的模糊真正的主題了；甚至很多人只是單純的看著人多，下意識的認定一定是有什麼大事件發生，所以就義無反顧的加入了進來；而加入之後，再問問周圍的人，才發現大家都是一樣的茫然。

最後的終點變得越來越神秘，人群也變得越來越多，甚至已經隱約有了以前主城活動時的人群聚集量……

雲千千從一開始就知道身後有人跟著，但她是個想得開的女孩，所謂大路朝天，各走一邊，主城的大街小巷都是公用的，自己能走，別人當然也能走。

就算那些別人真是特意跟著自己走，現在也不是計較的時候，她要趕在繳納付費時限之前把凱魯爾接出來，以免損失更多錢錢。之後她如果心情好，就陪身後的人說說話；心情不好就直接刷道天雷地網下來閃人……反正是玩嘛，不著急呢。

正是抱著這樣的心態，所以雲千千儘管隱約察覺到身後有人，卻也一直懶得回頭看……

至於你說那麼多人在一起的交談聲？別開玩笑了，大街上四處都是交談聲，你以為平常就安靜到哪裡去了？

到達了接取託訓隨從的地方之後，負責收取費用的 NPC 只漫不經心的一抬眼，頓時被雲千千及九夜身後浩浩蕩蕩、幾乎填堵了整條街道且一眼望不到邊的人群狠狠的震撼住了。

這是怎麼回事？他這裡不過就是訓練隨從 NPC 的地方，也不是什麼非法組織吧？怎麼就這麼多人一起找上門來了？這是黑社會聚眾鬧事，還是砸場、臨檢、查看營業執照？

可憐的 NPC 被嚇得連話都說不出來了，根本沒聽到雲千千在問他話，只顧把全身抖得跟落葉似的。

「喂，我問你話呢！凱魯爾呢？你不會是想故意拖延時間好讓我多付一小時費用吧？再磨蹭，信不信我告你不守法經營啊！」雲千千不滿譴責。

「妳妳妳是來取凱魯爾？」NPC終於回神，結巴著把自己的舌頭接連咬到好幾下。

「是啊，快取人，我可沒錢啊。」

「沒沒沒沒錢？」就為了賴掉那麼點培訓費，您至於出動這麼大場面嗎？

欲哭無淚的NPC被雲千千順口的回答套進了一個美麗的誤會中去，拖著哭腔答：「那那那……我給妳免費？」

深覺不解的雲千千意外獲得了免費優惠，心情大暢之下取出凱魯爾一回頭，剛想說仗著九夜正好在這裡，她也狐假虎威一次，放話欺負一下身後跟著的一葉知秋等人。結果沒想到的是，後面跟著的人竟然遠遠超出了她的預料。

「……這是個什麼狀況？」雲千千汗，大汗，抹了把額頭，頭一次用那麼小心翼翼的口氣問話。

一葉知秋等人面面相覷了一下，也很尷尬。他們剛才就發現這問題了，也派人混進圍觀黨中旁敲側擊的打聽了一下，自然知道這麼多人聚集起來的真正原因是什麼……可是知道又怎麼樣？自己難道還能有那威信發話讓人散了？

群眾是不好惹的，人家那邊正興致勃勃、摩拳擦掌，你在這幸災樂禍的樂呵呵說：「傻子，都各回各家吧，你們上當了，其實這裡什麼都沒有……」如此打擊群眾的積極性，這不是趕著找打嗎？

再退一步說，就算群眾們善解人意，能夠接受這個解釋，可是那麼多人跟著，遊戲裡又沒個公用頻道，你要怎麼樣才能跟那麼多人說清楚？拿擴音器喊？一個個通知？別開玩笑了，那是根本是不可能完成的任務。

「咳。」被一票團長、會長們寄予厚望的一葉知秋不得不尷尬的站出來做代表。「其實這中間有個很深的誤會……」

「誤會？」香蕉的，哪家的誤會能弄出這麼大的動靜？

「我知道妳一定不相信，其實我自己也不大相信，但事實已經是這樣子了，我們最好接受現實……妳覺得呢？」

「……」她覺得？她覺得這話可信度實在太低，如果自己現在劈片雷下來秒幾個人玩玩，不知道這些人怎麼覺得？

某壞水果躍躍欲試，滿眼不相信、一臉不善的抬起爪子，指間一片電光縈繞，明擺著是想要殺出一條血路了。一葉知秋一看，則是暗暗叫苦——現在他們被群眾大部隊擋著，想跑都沒處跑，前面那壞蛋要真想出手，簡直就是甕中捉鱉啊！用不用這麼不留情面？

而後面的群眾還不知道發生了什麼，更無法理解一葉知秋內心的辛酸。眼見隊伍前面停下了，似乎是有劇情展開，頓時正不耐煩的眾人們興奮了。

「怎麼了、怎麼了？」

「看不到，人太多。」

「叫前面的兄弟們吼一吼嘿！」

「說是有一群人在追一對男女。」

「姦情？私奔？」

頓時人群更興奮了。

「噭噭！求現場！」

……

一葉知秋連活撕了後面那群人的心思都有了。所以說，這世界上就是因為有了這群無所事事的圍觀黨之後，才會變得如此讓人失望。

「……看樣子不是你的人哈？」雲千千同情的看了眼一葉知秋，終於有點弄明白狀況了。

「我要是有那麼大的威信就好了。」一葉知秋哽咽著，忍不住淚流滿面。

「……」

好吧，真相終於大白，水落終於石出，可是現在這情況又該怎麼解決？雲千千和一葉知秋一起再次頭大。圍觀的這些都是無組織人士，換句話也就是說，他們中間沒有領頭羊，不是誰隨便發句話就能一呼百應，想讓人撤退就能撤退的。

比如說，如果這些真是一葉知秋的人，那麼情況就要簡單得多。只要一葉知秋走出去說句讓人滾蛋，人家就沒有理由再留下來，怎麼也得給一點面子才是。可問題是，現在誰管得住他們？

就在這個為難的時刻，九哥身後的麻袋突然也不甘寂寞的有了動靜。

「這是什麼？」被從訓練館內叫出來的隨從凱魯爾，首先對麻袋中的內容表示了好奇。

「這是……從老家買來的豬，準備晚上做菜用的。」雲千千尷尬支吾。臥槽，都這種時候了還添什麼亂？

九夜鄙視斜去一眼，「妳家豬才長得跟人似的。」

一葉知秋駭得倒吸口冷氣，「蜜桃，雖然我一直以來就知道妳很不是個東西，但沒想到妳現在膽子都大到敢綁架人了？」

「喂！想PK明說啊！」雲千千不高興。這人會不會說話呢？什麼叫一直就知道她不是個東西？

「放我出去！」麻袋中的不明生物大聲哭叫。

「喲，還是個小孩子。」一葉知秋又補充一句，一臉看社會墮落小青年的神情瞅著雲千千看，眼神那叫意味深長。

「廢話，看麻袋大小也早該看得出來了。」九夜反鄙視。

一葉知秋頓時無語凝噎——哥哥，你到底是譴責哪頭？

「小孩子？」無常從部隊後方排開人群擠出，微微皺眉，「是NPC？」

難得有個眼神敏銳、心思剔透的，這一看就看得出來，人家跟一葉知秋完全不是一個等級的人物。後者囉嗦半天都是廢話，前者只聽了最後一句就能立即一針見血的分析出最關鍵的東西來。

「妳好大的膽子，敢綁架NPC了？」

「我這不叫綁架。你搞清楚先，是這小子的親爹拜託我照顧他的。」事已至此，雲千千也只有先把龍族小包子放出來，一把揪住這剛獲自由就想奔逃的小孩子，往九夜的方向一拉；後者配合的伸爪一抓人家領子，頓時再次控制住局面，把那小可憐固定了個結結實實。

小包子傻眼，這年頭的冒險者怎麼都這麼以大欺小不羞愧的？

雲千千看見局勢穩定，小型動亂還未成型便被鎮壓，也很欣慰。她點點頭，才轉回來繼續跟目瞪口呆的一葉知秋說話：「總而言之，我現在是這小不點的監護人，有權對他的行為及活動自由做出管制。你有意見？」

「不敢，但是……」

一葉知秋剛想說些什麼，突然感覺一陣陣地動山搖，讓人在地面上幾乎連站都站不穩，從遙遠的圍觀黨人群大後方還隱隱傳來一片嘈雜的喧嚷聲，其中甚至夾雜著一些模糊不清的吼叫命令。

「公主……捉拿……龍族男子……前方……擋路者……殺無赦……」

鎧甲碰撞聲、兵刃交擊聲、技能聲、喊殺聲……聲聲不絕於耳，遠處一片兵刃的反光光線，看起來寒氣森森，很是駭人。

「劇情開啟了！」雲千千倒吸口冷氣，只一瞬間就猜到了這動靜肯定是公主鬧出來的。要嘛就是龍哥暴露了，要嘛就是自己帶著的小包子暴露了，反正不管怎樣，現在人家已經點齊兵馬來抓自己了，再要不跑，更待何時？

但是，想要逃跑是一回事，能不能跑得掉又是另外一回事。雲千千抓著凱魯爾，剛想說吆喝上九夜揹著小包子一起逃跑，結果一轉頭，就發現身後已是死路。熱情的圍觀黨已經將她身後的那條路包圍了個嚴嚴實實，除了隨從NPC訓練館外，現在目所能及的空地上都堵滿了人……想逃跑？談何容易！

「什麼劇情？」一葉知秋大吃一驚，眼見情況往越來越失控的方向發展，終於再也顧不上其他，上前抓著雲千千劈頭就問，順便防止這爛水果一個人跑掉。

「公主搶親、逼良為夫的劇情。」雲千千欲哭無淚，揪過還沒有自己腰身高的小包子，送到一葉知秋面前，「你仔細看看這小子是誰？」

一葉知秋左打量右打量，不一會後，眼神漸漸清明，染上一絲恍悟的神色。「嘶——這小子是西華城公主想追的那龍族男人的兒子？」

「答對了。」雲千千抹把淚，辛酸不已。「後面那肯定是公主的部隊，現在我們想逃都沒地方逃，這下子徹底玩完了。」

接下來她一定會被當場抓住，小包子被帶回王宮作為人質勾引龍哥出現；而她則作為協助龍哥逃亡、破壞公主姻緣的大逆不道者被打入天牢每天只能吃些餿水連便便都只能就地解決睡覺的時候還有老鼠蟑螂在身邊爬來爬去吱吱窸窣十天半個月不給她洗澡終於蓬頭垢面人見人厭等到公主某天和龍哥甜蜜恩愛的時候才突然想起她於是決定將她問斬以儆效尤接著她就被人押到鬧市所有人向她丟爛菜葉臭雞蛋說「看就是那個女人她得罪了公主活該有此報應」什麼的再接著出來一個五大三粗肌肉糾結的老男人卡嚓一下把她頭頭砍下來其中頭被砍掉之後還要用特寫鏡頭把她死不瞑目的雙眼定格拍攝三秒鐘……

嘶——真是太可怕了，現在光是這樣想像一下都讓她有種喘不過氣的感覺呢……

其實我們應該理解，任何人不使用標點符號說上那麼一大串話的話，都是一定會有喘不過氣的感覺。

眼看雲千千的臉色變得越加難看，一葉知秋也不安了起來：「那現在怎麼辦？要不你們趕快跑吧？」

最關鍵是你們趕快跑，這樣才好把公主引走啊！要死也別連累大家好不好！

在這一個剎那，什麼紳士風度、什麼同甘共苦，全部被一葉知秋拋到了腦後，畢竟大家也不是很熟，讓他為一個外人犧牲？這太說笑了吧？再說了，自己身邊還有那麼多會長、團長之類的大人物在，就算光是為了創世紀內各團的和平友好發展，現在也萬萬不能出什麼差錯啊！

「龍族的尊嚴任務第二環：成功抵禦或是逃離公主的追捕，將龍族的孩子保護在身邊，十分鐘後龍族族人就將趕到接應，請堅持下去。」

先且不論雲千千這邊的情況，在公主的位置處，現在也是一片混亂和焦躁的。

公主大人請了專人的占卜師，專門二十四小時不間斷占卜龍哥的位置。雖然說龍哥的種族命格過高，實力也很強，屬於非常難占卜的類型，但幾十次甚至上百次中間，總也還是能占卜出一、兩個結果。

而就是憑著這時不時到手的占卜線索，公主才能帶領著軍隊持續追捕下去。她先後走過了龍哥所在的山頭、海邊小鎮、窮鄉A和僻壤B……接著又是新建起的罪惡之城，再接著發現龍哥及其兒子分為兩路，占卜最近的一個座標之後，成功發現龍哥兒子在這裡……

可是公主萬萬沒有想到的是，本以為已經快要到手的事情了，等趕到座標附近的位置之後才發現，她離抓到那個小鬼之間的距離竟然還隔著一片人山人海。

大膽！這些人都是要抗命，想拆散她和龍哥的嗎？

公主怒、大怒，肥肥的富貴手一揮，身後的七萬……對不起，現在能擠到街道前面也不過上千士兵而已。

上千士兵彎弓搭箭，等到公主一聲令下之後，頓時千箭齊發。被擠在最前方的玩家們還沒來得及從驚愕中回神，就感覺到了身上的血條嘩嘩的往下掉，身邊血值不高或是運氣比較背、挨箭比較集中的那些兄弟，更是齊齊的化成一朵朵純潔的白光，綻放搖曳成一片，煞是壯觀。

「哎喲，這肥婆玩真的！」

一片死一般的寂靜之後，突然有一個人帶頭慘叫，接著所有人都鬼哭狼嚎的沸騰了起來，場面一時難以控制。

這不是什麼活動，更沒有什麼獎勵。大家當然也就沒有賣命的動力，他們只知道自己看熱鬧看出了個棘手的麻煩，現在人家要宰了自己，此時不跑，更待何時？

只一輪齊射，NPC軍就打掉了玩家的銳氣，所有圍觀黨們如同一盤散沙，第一時間就躁動了，想找路逃竄而去。可是……能往哪裡逃？

就如雲千千現在面對的尷尬境地一樣，根本不知道什麼叫眾志一心的圍觀黨們，一邊面對的是除自己以外的其他圍觀群眾，另一邊面對的卻是冷酷無情的公主軍。哪邊都彷彿標上了此路不通的提示牌，究竟他們該何去何從？

所有玩家突然感到迷茫，那種感覺，就像拿到了大學畢業證書後，踏出校門來到就業博覽會，卻沒一個人肯要自己一樣。

「天雷地網！」

群龍無首時，人群中不知是誰突然高喝了一聲，天地間霎時一片陰沉，數條雷電以迅雷不及掩耳之勢劈下，直直砸落在公主軍的位置。

只一擊，便打亂了對方的陣形布置，更打動了茫然中的圍觀黨們。

「兄弟們！一起動手啊！還站著等著被人包餃子？」

剛才呼喊的女聲一聲斷喝，震得人們心靈一片清明。對啊！現在不該是發呆迷茫的時候，眼下已經是沒有其他退路了，除了動手，他們已經別無其他辦法。

「兄弟們，跟這肥婆拚了！」另外的方向有人振臂一呼。

這個頭一開，接著其他人便也紛紛的回應了起來：「殺了這老女人！」

於是，玩家的方向終於也熱鬧了起來，到處是一片技能呼喊釋放聲，抑或是求組聲。

法師們躲在人群裡，彎著腰偷摸放冷箭；近戰職業們組好隊的，就第一時間衝了出去。有了明確前進目標之後，周圍的人群也開始配合，雖然依舊擁擠，但想要往前衝是肯定沒什麼問題的了……

你說難道不會有人趁這機會逃走？別開玩笑了，除了十分不要臉如雲千千這一個人以外，還有哪個誰好意思在眾目睽睽之下做出這麼丟人的事情？就算知道眼下不一定有人注意到自己也不行，不怕一萬，就怕萬一，萬一被人看到了呢？

民心大振，奮勇抗敵之後，形勢立時緩解了一些。

一葉知秋擦了擦額頭上的冷汗從人群中退下，旁邊第一時間竄上來一個玩家溜鬚拍馬：「一葉會長？你是落盡繁華的會長一葉知秋是吧？剛才我就看到你了，你喊的那一聲真帶勁……兄弟們，跟這肥婆拚了！」該玩家慷慨激昂的捏拳砸向空中，模仿了一遍一葉知秋剛才的臺詞，接著繼續興奮的發表感想：「真有男子氣概、真熱血！一葉會長，我好崇拜你……」

「……」馬的，這麼丟人的現場表演居然被人看到了！一葉知秋咬舌自盡的心都有了，臉色也剎那變得鐵青——早知道就不該答應那爛水果和她一起演雙簧……

另外一邊的雲千千也在忙碌——

「妳想幹嘛？」九夜一手抓龍族小包子，一手抓正要衝出去的雲千千，不解皺眉。

「面對這麼火爆的市場，難道你還看不出來我想幹嘛？」

雲千千心急火燎的把九夜的爪子一甩開，衝出幾步，在擁擠的人群中猛的從空間袋裡抽出一塊布，一蹲，再往地上一攤，邊擺東西邊吆喝了起來：「藍裝綠裝，補紅補藍，藥品裝備齊全，還有強化符、防禦藥……打一打看一看，走過路過不要錯過咯……」

「……」草泥馬！凱魯爾屈辱的站在雲千千身邊抬頭望天，突然間有種想要拔刀自盡的衝動。

九夜則是帶著茫然的小包子淡定轉身，平靜的教育龍族的下一代：「別看，千萬不能學她。」

「……哦……」

戰場業也帶動了擺攤業的繁榮，玩家們中間有等級低的人突然發現了這片市場。以他們的實力，衝到前面去就是送死，跟著打熱鬧也打不掉敵人幾滴血。既然如此，自己還不如趁著現在人多，藥品道具消耗量正大的時候擺擺攤，順便也當是幫己方的人補充軍需物資了嘛。

至於說人潮太擁擠，會不會被踩扁？

這個自然是沒有問題的。系統對擺攤中的攤位還是有一定保護的，那可是無敵狀態，只要不是故意的，不管怎麼衝撞都不會死掉，這點設定就是為了防止人殺人越貨……

當然了，被人惡意攻擊到還是會掉血，只是應該沒人會做這種費力不討好的事情吧？

就這樣，喧鬧的戰場中不大和諧的出現了一片和諧的買賣交易圈。熱熱鬧鬧的叫賣聲夾雜在喊打喊殺聲中，非常引人注目。

「衝！給我衝！把龍哥的……不對，把我的孩子搶過來！」

公主在隨身護衛的保護下，勉強的立足於混亂的戰場之上，依舊沒忘掉自己這次前來的真正目的：「把那孩子奪過來帶回王宮！」

一人擠在護衛保護圈外，使勁的伸長手，把一個麥克風遞到了公主的嘴邊：「您好，我是創世時報的戰地記者，剛才聽說這裡引發了一場混亂，據說是因為您首先發令攻打玩家而造成的……請問您到底為什麼要對玩家們下此毒手？是想要立威，還是有什麼其他的目的？另外，剛才您口中的孩子是誰？是您的私生子嗎？冒昧問句，孩子的父親是誰？您別誤會，我主要是想知道究竟是誰有這樣的勇氣和您上……呃，妳臉色好像很難看，是我問到了您的心中弱點了嗎？是嗎是嗎？真的是這樣嗎？……」

「來人，把這個記者丟出去！」

馬的，別老虎不發威妳就當我是Hello Kitty！別說妳只是個和王宮有過宣傳關係的報社記者，就算妳是國家宣傳部長，只要敢擋到老娘的情路，照樣是一死……

雲千千清倉完積壓的商店藥品，嘆口氣收拾包裹閃到一邊去：「有時候我真是害怕自己的才能，這樣的商機都能找得到，這是如何的睿智、機敏、目光如炬啊！」

「……」九夜嘴角抽了抽，把注意力從眼前這不要臉的水果身上移開，調向不遠處的戰場，淡淡的開口：「看起來是平分秋色。」

「這很正常。」雲千千看了眼九夜，低下頭一邊盤點剛才的收入，一邊接著道：「這個任務雖說是S級，但畢竟只是為了一個公會才設定出來的……公會任務在系統單上被定下的對抗標準一般就是五十人。也就是說，有配合良好的五十人，就可以輕鬆完成普通的公會任務。S級的難度大點，頂死也不過是翻一倍，一百人罷了……這裡有數百玩家，怎麼也是能吃得下公主的軍隊。」

這就跟五人小隊就能刷通副本精英怪的概念一樣。小怪強大，但小怪的行為模式固定，只要玩家能把其挑散了各個擊破的話，那就完全不成問題。

此時的對抗也是同理，要不是因為這裡的地勢導致人數優勢無法完全發揮，要不是這些正在拚殺的玩家無法統一指揮……要是手頭上真有眼下這些戰力條件的話，雲千千就算想把公主軍就地格殺殆盡也不是不可能的事情。

就算是一盤散沙，就算沒有統一指揮，可戰力依舊不會打折扣。

由於參戰玩家眾多的關係，毫無防備的公主軍根本就無招架之力。他們本來想以多欺少、恃強凌弱，結果沒想到到了現場一看才知道，原來人家才是人多勢眾的那一方……群毆，本就是玩家們天生都具備的優良品質之一，可不單是 NPC 的專利。

「哇靠！」

就在形勢一片大好之間，突然有大片陰影從天空降下逼近，底下察覺到了的玩家群頓時驚呼騷動了起來，就連公主都忍不住的抬頭看去。

只見在這條戰亂街道的正上方天空上，一隻碩大無朋的西方巨龍正在撲騰著翅膀慢慢的降下，最後終於懸空停在街道屋頂上面的一點點位置。

這隻巨龍足有數十米長，再加上巨大的雙翼伸展開來，如此近的距離之下，頓時讓人感覺半邊的天空都被遮蔽住了一般，黑沉沉的不見天日。

「吼——」巨龍一聲長嘶，那雷鳴般的巨響頓時讓玩家們的小心肝都跟著跳了一跳。

「終於來了。」雲千千長舒了一口氣，抬手一看任務面板上的時間，果然，已經到了時限。由於玩家們誤打誤撞的幫忙，這一環本來應該是最艱難的任務鏈環節，輕輕鬆鬆的就完成了，根本沒有任何的危險性。到現在，她甚至連公主的正臉都沒看到一眼。

接下來，只要龍哥把這小屁孩接走，再接著自己帶他們去找塊領土安居樂業就好……至於公主率軍攻城的事情其實也好解決，只要按原計畫去拿下天空之城就行。她就不信了，到時候公主還能編個七萬風箏把自己的軍隊放上天不成？

霍霍！自己果然是天資聰穎、智慧過人而且還福星高照啊！居然這麼簡單就過關，這真是……

「BOSS啊！BOSS來了！大家趕快組隊！狠狠的組隊！」

沒等雲千千「真是」完後面的部分，耳邊突然響起一聲殺豬般的淒厲叫聲。緊接著，剛才被龍吟震撼成一片寂靜的人群就再度的沸騰了開來。

所謂非我族類，其心必異。滿街的玩家們沒有一個人想到這條龍會是自己方的人，所有人潛意識的就把這隻大東西當成是公主軍派出來對付玩家的底牌了。那一聲慘叫拉響警報之後，滿街的人都再次手腳不停的、更加瘋狂的丟出各自手上的技能……

馬的，難怪這女人被揍得這麼慘了還不肯走，原來還留著這麼一手？

玩家悲憤慨然怒，他們感覺自己純真的感情受到了公主無情的戲耍和欺騙。

不是這麼玩人的吧？

「爸爸！」小龍人正太牽著九夜的手，高興的蹦高，揮舞著自己藕節似的小手臂。可惜那聲音實在是太弱小了，很輕易的就被嘈雜的人群掩蓋了下去，除了旁邊的九夜和雲千千外，根本沒人聽到他在喊啥米。

「親愛的！」公主也興奮得大餅臉通紅，揮舞著肥肥的白嫩嫩的手臂，同樣朝巨龍的方向高呼著。

關注她的人可比關注小龍人正太的人多多了。一看該雌性生物如此春意盎然的振奮表情，頓時又讓大家越加肯定了自己的猜測——這巨龍果然和這肥婆是一夥的！

知道真相的人們終究只是少數，這少數的聲音太過弱小了，根本就沒辦法傳到大家的耳中去。

眾人被自己推斷出的結論矇蔽了雙眼，一部分人不管三七二十一，抬起手就將技能朝著天上的巨龍轟了過去。

「大家集中火力刷BOSS啊！」

「屁！先清小再刷大！」

「抗小先刷大！」

「別踏馬的吵了！一部分人小，一部分人大！」

「那莊家呢？」

「哪來搗亂的？來人啊，把這人拉走……」

雲千千高興的笑容還掛在臉上沒來得及消退，現在就已經完全的成了苦笑。香蕉的，這是個神馬狀況？為毛自己的援兵被玩家群起而攻之了？大家的敵人不是公主嗎？怎麼敵我不分？

由於目標太大，導致玩家的火力太過集中，龍哥猝不及防之下被打了個正著，血條頓時刷刷的往下掉……他雖然厲害，但畢竟只是一隻龍，頂多是在單人或小隊任務裡擔當個BOSS角色。連公主軍這樣的公會任務NPC都抗不住眼前的人群了，更何況他這樣子的組隊任務NPC？

龍哥這下也不敢往下繼續降落了，連忙一拍翅膀重新升空，飛到高處，傷心的舔舐自己的傷口。

「靠！敢傷我龍哥？」眼見自己的夢中情人遭遇如此對待，公主頓時暴走，衝冠一怒為龍顏，肥手一揮，指揮身後的軍隊殺上前去：「小的們，替我把這些人全殺了，一個都不放過！」

「可是公主，我們不是來捉龍親王的嗎？這樣放著他不管好嗎？萬一再要跑了……」旁邊有忠心謀士上前諫言，話還沒說完立即被怒氣沖沖的公主一巴掌拍之。

「你是公主還是我是公主？現在本公主的親王都被人欺負成這樣子了，你們還不上去，替本公主殺了這些以下犯上的刁民？」

「這……唉，好吧。」

於是，第二波由公主軍發動的、目標鮮明的衝擊就這樣再次拉開了序幕。

剛才NPC們的目標是為了擄人，所以衝殺的時候還都不是很盡心，隊形也比較散亂，只求衝進人群趕快找到人帶出來就好了。

可現在不一樣了，大家的目的就是純粹的殺人，只要有敢擋在面前的，一律毫不容情殺之……有了這個概念和覺悟之後，軍隊的素質在這裡終於得到了完整的體現。所有NPC們排成陣勢，上槍下盾後牧師，以萬軍莫擋的氣勢朝著玩家方向緩慢而堅定的推進。

玩家們始終只是些散兵遊勇。遠端的那些職業還好，完全不受影響。近戰就慘得多了，衝過去，找不到縫隙可以砍；一近身，盾牌中間說不定哪裡就捅出一桿槍來，當真是防不勝防，讓人頭大無比。

局勢就這麼慢慢的穩定了下來，由開始的玩家略占上風，轉而成為了現在的NPC略占上風。

雲千千在好戰勇武的圍觀黨身後鬱悶不已，拉著著急上火的小包子，咬牙思考現在到底該怎麼辦。

「妳放開我，我要去找我爸爸……我爸爸受傷了，妳為什麼不讓我去找我爸爸？妳是個壞女人、惡女人、臭婆娘、爛水果……」龍人小包子新仇舊恨一起湧上，一邊跳腳一邊張著殷紅的小嘴，巴拉巴拉的罵人。

「爛水果？」這句跟誰學的？雲千千可不記得自己有跟這小包子介紹過自己名字。

「是那幾個大人剛才嘀咕的。」小包子順手一指一葉知秋的方向，為雲千千解惑。

一葉知秋尷尬的乾咳幾聲，裝模作樣的踱著步過來，一邊拚命的轉動大腦，一邊慢條斯理的開口：「蜜桃啊，其實這只是個誤會而已……」

「不用說了，現在沒空搭理你，回頭我們再慢慢計較。」

雲千千抬手制止了一葉知秋後面的話，表示現在自己沒空跟人囉嗦，繼而不管對方難看的臉色，轉頭提拎起手上的小包子，「小子，你現在給老娘聽好了，你爹正被人欺負著，現在我們見不到他。而且那邊還有個大嬸想當你後媽。如果你不想自己的爹晚節不保的話，那就乖乖在這裡待著，我叫你走你就走，我叫你停你就得停……要是不聽話，給我搗亂的話，會發生什麼事情我可就不保證後果了。」

「……哦。」識時務者為俊傑，本小爺暫且再忍妳一回。

雲千千帶著終於被安撫下來的龍族小正太，開始四下尋找逃生的通路。

眼下的狀況是這樣，街上只有一條通路，正被公主軍把持著。身後是隨從訓練館，光是大門就高三米左右，想爬上去也不現實。街道兩邊是密密麻麻緊挨著的民居商鋪，房子與房子中間的縫隙頂多夠一隻小貓鑽過去，想讓人過去就有點不大現實了。

留在這裡吧，龍哥不敢降下來，自己的任務就沒個完。可是衝出去吧，那就是公主軍的方向，自己等於是自投羅網。

除非有第三條路讓自己安全脫離此處，帶著手上這討厭的小鬼頭轉移到另外一個地方，然後龍哥才能下來，一手交龍，一手交任務……可是，第三條路在哪裡？

真的勇士，敢於直面慘澹的人生，敢於正視狹小的狗洞……

「難怪你們老是混不出什麼起色，堂堂一公會會長淪落到鑽狗洞的地步，虧你也好意思說出來。」

「妳到底鑽是不鑽？」一葉知秋臉色難看，一邊扒開一處院牆外生長著的茂密草叢，一邊對著雲千千吼道：「馬的！老子這還不是為了幫妳？別得了便宜還賣乖啊！」鄙視之，這女人真是不會做人。

「幫我？你要真單純是樂於助人的話，有本事一會別挾恩求報，讓我把天空之城的任務資訊告訴你啊。」雲千千反鄙視。

「……」難怪聖人都有云，女子無才便是德……女人們要是牙尖嘴利不饒人了起來，還真是有點讓人吃不消……

一眾英雄豪傑在這一天集體墮落了一次。外面的普通玩家們激昂亢奮的揮灑著熱血，這些平時個個都是呼風喚雨、倍受景仰的人物，卻反而低眉搭眼的排隊偷摸著一個個鑽狗洞。

「回頭千萬別把這件事情說出去啊。」

眾豪傑們彼此交頭接耳著，生怕自己的事蹟會流傳出去。他們還要小心的四下打量，故作若無其事的堵在一起吹口哨望天，等輪到自己了，再藉著眾人的掩護刺溜一聲趴下、蹬腿順加雙肘交替前進、通過洞口、站起退開……整套動作嫻熟流暢，完整流程計算下來也絕對不超過五秒鐘，顯然是迫於壓力的情況下讓大家都超常發揮了，表現極其之良好。

全部人鑽出洞後，後面的事情就好辦得多了。一行人直接從人家宅子裡的另外一邊院牆爬出去，開足馬力跑了好一會，很快將身後的喧囂和廝殺聲拋遠。

就在跑到經過一處轉角時，前方拐出一個帥極的男子，九夜背上趴著的小包子眼前一亮，興奮的揮舞著小爪子就喊了起來：「爸爸——」

爸爸？雲千千一看，果然，前面這帥哥不就是龍哥嗎？

「多謝蜜桃多多小姐和各位勇士的幫忙。」龍哥感激的向眾豪傑致謝，順手接過自己兒子摟在懷裡。

小包子久受蹂躪，現在終於得以回到自己老爸那溫暖的懷抱，一時激動之下，忍不住就淚流了個滿面……小孩子嘛，情緒容易激動起伏也是很正常的。

「不客氣、不客氣。」雲千千連忙客氣兩句，然後就眼巴巴的等著人發任務獎勵。

龍哥果然很上道，沒有辜負雲千千的期望。

「雖然各位幫了我們很大的忙，但可惜我現在處境艱難，實在是拿不出什麼見得人的東西報答大家，關於這一點我也很慚愧……」拉拉雜雜謙虛客氣十分鐘後，他總結：「所以，我唯一可以給大家的報答就是一點修行的體會，以及自己小半的珍藏……」

他手一揮，水果樂園全體成員耳邊響起提示聲，任務鏈第X環完成，獲得經驗和金錢若干云云……

「接下來你打算怎麼辦？」雲千千好奇問道。龍哥的回答可直接關係著她接下來任務的難度。

「這個……」龍哥抱著兒子一臉沉重之色，沉吟許久後才為難的抬頭：「依蜜桃多多小姐的意思呢？」

「其實我個人覺得公主還是很不錯的，要錢有錢、要權有權，除了長得有點不好看以外，也沒其他什麼缺點了。最難得的是人家對你痴心一片……」

「不必說了，我意已決。」龍哥滿臉悲壯的制止雲千千繼續說下去。「如果可以的話，還請貴公會再幫我一個忙……」

「好說，你……」

雲千千話還沒說完，一直沒說話的一葉之秋之流已經異口同聲驚聲尖叫：「妳有公會了？」

「……」雲千千無奈轉頭，將注意力暫時分給旁邊這群人：「我有公會很奇怪嗎？為毛你們這副表情？」

「當然很奇怪！」眾人依舊驚魂未定，顯見不是雲千千一、兩句話就能使這群人平靜下來的。

公會是個什麼概念，在目前來說，曾經出現過的公會只有三家，其中有一家還因為任務失敗的關係而被撤回成了傭兵團，現在只剩落盡繁華和龍騰九霄兩個巨頭互爭資源。

本來以為這個角力場暫時是不會有新勢力加入了，沒想到頭一轉，就讓大家聽說了史上最卑劣水果居然也已經組建公會的事情……這世界要瘋了嗎？遲來的三〇一三年終於要到來了嗎？

蒼天啊！大地啊！創世紀公司怎麼會任由這麼一個恐怖組織順利的組建出來呢？

「妳是不是願意接受我的委託？」龍哥現在可不關心別人的想法，他就想知道雲千千到底幫不幫自己。

「當然……只要不太困難的話。」

龍哥給的下一環任務果然就是像雲千千推測出來的那樣，他要求水果樂園公會為自己提供一個可供棲身的安全之地，最起碼不要讓他再有貞節不保的危機感，至於地勢和隱蔽與否倒是沒有太大關係。其實並不是龍族們都愛避世，只是他們沒辦法和其他普通人交談融洽罷了。

比如說你和人談明星八卦，人家回你國際金融走勢；你和人說新款衣飾，人家告訴你能源危機問題的N種解決辦法……這就屬於是無法融洽交談的典型例子。當關心的問題和思考方式出現差異時，想把兩種不同的人和平放在一處實在是件很困難的事情。

最起碼雲千千就不行，她要是遇到這情況，最可能的反應是刷道天雷下來把人直接劈成灰灰……

幫龍哥找到一個能夠保障他不會被公主抓到的地方，然後抵擋住公主的三波攻擊不倒，任務就算完成。要完成這條件，說困難也困難，說簡單也簡單，最主要看雲千千拿不拿得下天空之城。

無常推推眼鏡，扯動嘴角冷笑：「現在我們幫妳，頂多就是分攤點任務獎勵，順便拿到些天空之城的第一手消息。而妳有了我們的幫助，一旦任務成功，可是順帶能把龍族的尊嚴任務也搞定……這有百利而無一害的事情，如果我是妳的話，早躲著偷笑去了。」

「前提是你們得幫我。」雲千千看了眼無常道。「如果只是點任務獎勵的話，我倒不怕人分享。關鍵就怕某眼鏡男起了什麼壞心思，直接在任務裡面做手腳，不是幫忙而是直接取而代之，把整座天空之城都拿到自己那邊去了。這要是一毀可就是兩個任務都沒指望了……最主要是我無法相信你那麼好心。」

「這麼說起來，我們如果能找到去天空之城的方法，那麼還是有取而代之的可能性？」無常抓住重點，似笑非笑的向雲千千確認。

「想搶在我前面摘桃子？」

「看情況囉，反正閒著也是閒著。」

「……」畜生！

既然話都已經說到這分上，再想說合作已經是不可能的事情了。到了這一步，想讓雲千千相信他們並沒有覬覦天空之城已經是不大可能；更何況他們還真就覬覦了，這一點誰都看得出來，大家都別把別人當傻子吧。

於是，沒辦法加入任務的一行人也只有鬱悶散去，另想辦法再謀其他出路。

等走了十來米後才有人回神發現不對勁。這怎麼搞的？那個落盡繁華的無常把大家聚集起來不就是為了向蜜桃多多施壓，好爭取任務合作嗎？這會怎麼突然又自曝居心不良，斷死了大家合作的可能性……既然如此，那他把大家聚集起來又是為了什麼？累死他們嗎？

再想追究問題的答案已然是不能了，人家無常根本就沒開訊息，更沒加什麼人好友，這邊這群人是想聯繫都聯繫不上他；再加上人家好說也是落盡繁華現在的首席軍師，要想找無常質問點什麼的話，首先單是一葉知秋那邊就過不去。

「你怎麼看？」一葉知秋帶著無常回駐地，也不多說廢話，直接切入主題：「是不是沒有合作的可能性了？」相處那麼一段時間，他也對這個無常有了些了解。如果不是已經沒有合作可能性的話，對方剛才不會把話說那麼死。

「我個人覺得，不合作也罷。」無常自信一挑眉：「因為剛才我突然發現了一個更簡單的方法，可以讓我們兵不血刃拿下天空之城。」

「什麼方法？」一葉知秋大感興趣。

無常呵呵一笑問：「會長，你覺得天空之城的任務難不難？」

「雖然不知道，但應該是挺難的。」畢竟是天空中的城池嘛，那麼風騷的名頭，難度肯定也很風騷。

「既然難，那我們何必消耗自己的力量去跟著湊這個熱鬧？」無常不看一葉知秋欲言又止的神色，不慌不忙接下去說完：「西華城公主不是要去攻打天空之城嗎？我們不如轉而去和她合作……到時，只要我們的人在傳送上做些手腳，這些NPC就能自覺的幫我們打下城池了。」

一葉知秋駭然倒吸口冷氣：「原來是這樣！」

「呵呵……」無毒不丈夫，臭女人！搶老子戰友的帳，別以為我不跟妳算……

141．沙漠中的遇難者

雲千千帶著龍哥父子回到罪惡之城的同時，主城內玩家軍 VS. 公主軍的 PK 也終於進入了尾聲。由公主軍的主動撤退作為最終結果，玩家軍取得了無可爭議的勝利。

可是等人們相互擊掌相慶的時候卻又發現，如此大規模的暴動武裝活動之後，系統竟然半點獎勵都沒有發放。大家辛苦忙了一場，不僅沒有任何實質性的安慰和鼓勵，他們甚至連自己為毛會和公主軍打起來的原因都沒弄明白。彷彿是莫名其妙、天降橫禍，沒招誰惹誰卻突然冷不防就被算計了一悶棍……原本大家不是只想圍觀看八卦嗎？怎麼會這樣？

而且最關鍵的是，那個本來被大家圍觀的對象哪去了？

哪去了？這個問題雲千千不想回答。身為一個無惡不作的壞人，她當然是必須有點做壞人的心理覺悟。首先第一點，保證自己行蹤的隱秘就是必須的。自己做的不是明星，不用每隔五分鐘就把當前座標刷新公布一次供大家圍追採訪。如果那麼簡單就能被人知道她行蹤的話，那麼以她仇人遍天下，而且不僅量足還很有品質的情況來看，自己一天得被人陰死個多少次啊？

據龍哥所說，公主軍目前的損失過重，短時間內似乎是沒有辦法再集齊足夠的人手來搜索他們父子了；而且最讓人欣慰的是，那個專門負責幫公主占卜他行蹤的占卜師，也在街頭非法鬥毆中不幸被波及身亡，於是，在調集兵馬之前，公主還不得不先另外找到一個占卜師。

在占卜師和足夠的兵力就位之前，雲千千必須趕快搞定用於收留龍哥父子的公會領地。領地抗拒公主軍三次成功後，西華城國王迫於壓力，自然會將自己發了情的女兒抓回去。而如果真讓公主把龍哥擄回去的話，龍族尊嚴任務就自動宣告失敗。

一代巨龍貞節不保……嗯，多麼聳動、多麼令人沸騰的標題啊！而對於雲千千來說，不管是為了龍哥還是為了自己組團做壞事的偉大理想，天空之城都是她勢在必得的最終目標。

由於時間的緊迫性，雲千千一回罪惡之城就抓出了燃燒尾狐和零零妖，三人一起前往天空之城任務鏈的任務人處。

「把那龍族 NPC 留在城裡沒問題吧？」燃燒尾狐在路上有點不放心：「城裡居民都是些通緝犯，萬一他們被人欺負……」

「別逗了，誰能欺負到巨龍頭上去？再說九哥這第一高手也在，沒問題的。」雲千千奸笑。

零零妖插話：「說到九夜，他現在似乎不在罪惡之城。今天是月底結算報告的日子，無常早就發了訊息，他們小組的人現在不知道在遊戲裡的哪個地方開月會。」

「咦，是這樣嗎？」

「……我怎麼覺得妳彷彿一點都不擔心？」

「我該擔心什麼？」雲千千莫名其妙看零零妖。

零零妖無奈道：「無常帶著七曜和不滅還留在一葉知秋那邊不肯過來，而且他擺明了要和妳作對。落盡繁華和妳的公會現在又是這樣類似敵對的曖昧狀況……正常情況下，難道妳都不會懷疑一下嗎？比如說，九夜一個人跑過來妳的公會是不是有什麼不可告人的目的？是不是想替落盡繁華當間諜之類的？」

「別逗了，九哥有那臥底的智商？再說這兩個騙子也在，沒問題的。」雲千千再奸笑。

「……」

其實雲千千倒也不是完全沒擔心過，但是她確實是無論如何也想像不出九夜這種性格的人臥底耍奸的樣子。那人說白了就是一個有暴力傾向的隨機遊走BOSS，除此之外，看不出半點間諜的才能；再說又是那麼直來直去還頗有原則的性格，就算無常真有心想從他這裡套話，九夜也絕對不會因為兩人是同事就知無不言。

倒是無常……那小子怎麼看都不像好貨，心機深沉的黑芝麻團子一顆，哪怕他再怎麼真誠，看上去也像是在算計人的德性。

雖然無常和九夜在兩個公會關係曖昧敵對的情況下私下往來了，但那又有什麼關係？零零妖與其擔心她會不會相信九夜，還不如擔心一下一葉知秋是不是也同樣相信無常了……

「無常呢？為毛訊息沒開，頻道也沒開？他哪裡去了？」一葉知秋在自己的公會裡發飆。

「會長……」有公會成員猶猶豫豫報告曰：「剛才我一朋友在X鎮小樹林看到無常哥和七曜、不滅了。」

「他們在那做什麼？」

「好像、好像……這三個人，是在和九夜見面說些什麼。」

「什麼？你說真的？」一葉知秋震驚。

「真的。我兄弟上次來我們公會幫忙，見過無常哥和九夜他們小組的人，但他不知道九哥現在不在我們公會了。剛才他還拿這事調戲我，問我公會是不是在那小鎮發現什麼任務了，還藏著掖著不敢讓人知道，要不怎麼把最精英的小隊都派出去了……」

一葉知秋愕然許久，剩下的話都聽不進耳中了……無常去見九夜了？他到底想做什麼……

一片沙漠、一片一望無際的沙漠。

滿眼都是風塵和黃沙，口鼻中盡是炎熱乾燥的氣息。雲千千帶著人，已經在這燥熱的沙漠中轉了差不多半個小時了，一路上連半個人都沒遇到過，只偶爾看到些動物的骨骸被半埋在黃沙中，再或者偶爾出現一、兩株仙人掌，除此之外再無其他景色。

除了作為NPC的凱魯爾還比較適應以外，另外三個玩家已經一個跟著一個都萎靡了下去。這與脫不脫水無關，主要是這環境、這氣氛，實在是讓人從心底潛意識的就產生排斥感。

其實燃燒尾狐在遊戲中一直沒怎麼表現出來，他是個小有潔癖的男人。沙漠中的風沙、日曬，以及身上模擬的出汗，都讓他感覺很不舒服。一開始還能堅持，可是越走到後來，他就越感覺到難以堅持。

要不要找個怪故意打打，然後再假裝不敵的死回去呢？燃燒尾狐認真的考慮著這個想法的可實施性，而令人沮喪的是，就算他有著為了理想而獻身的覺悟，無奈周圍卻是連活物都見不著半隻。

要不還是喊救命吧？大不了狠心自捅一刀，回頭就說不知道怎麼就死了，可能是日曬脫水的緣故，也可能是沙底藏著的什麼怪？管他呢，反正沙漠大家都沒探索過，想來那水果應該也不可能想到自己是在撒謊……燃燒尾狐又開始新一種假設。

「救、救命……」

嗯，就是這語調，很有真實感，虛脫無力、充滿絕望又不甘放棄……就這麼喊應該不會被懷疑，很適合扮演一個曝曬後的營養不良脫水者。

「救……命啊……」

這個語調似乎也不錯，有絕處逢生的微微喜悅感蘊涵在裡面，但同時又不忘繼續保持虛弱感，給人一種精神亢奮、身體卻難以繼續支撐的感覺，這麼喊也很……咦，這好像不是自己口裡喊出來的聲音？

燃燒尾狐錯愕的抬起頭來，正好聽見雲千千招呼兩人的催促聲。

「快！發現任務NPC了，我們去接任務。」

任務NPC？燃燒尾狐的思緒飛得太遠，一時無法順利回歸。直到雲千千和零零妖兩人都已經跑開，蹲到了趴在沙漠中那個喊出救命的NPC身邊之後，他這才恍然回神：「靠！天空之城的任務？」

接著他再仔細的打量了一下雲千千口中那個，傳說中負責發放天空之城這麼風騷任務的NPC……對方穿著一件類似魔法袍似的衣服，黑色的布料連著帽子把整個身子都罩了起來，唯一裸露在外面的只有他的手和臉部。這些部分的皮膚被曬得有些脫皮，對方額前的瀏海都被曬得乾乾的，和著汗水一起黏在臉上，像是被燙開了的泡麵……

燃燒尾狐愣愣的眨了好幾下眼才回神，連忙也跟了過去。

「救命……」遇難者顯然看出了雲千千是三人中的隊長，努力的支撐起身體，充滿希望的看著雲千千求救。

「哦哦，是不是要先喝點水？」燃燒尾狐為自己剛才的發呆走神而感到愧疚，一趕到並看見遇難者這渴望的表情，連忙爭表現的搶先問了一句。接著他在看到遇難者點頭之後，趕快將功補過的埋頭翻空間袋，把早先在沙漠邊上小鎮買的水囊取了出來。他正要餵給遇難者，卻被雲千千一把制止。

雲千千無視燃燒尾狐疑惑的表情，皺眉糾結一會，接著眼睛一瞪，指著遇難者義正詞嚴的譴責：「喂，大哥，你說的臺詞似乎不對啊！」

遇難者：「……」

眾人：「……」

臺詞？大姐，現在人命關天、分秒必爭，眼看一條鮮活的生命就要消逝在我們大家眼前的時候……您還講究個屁臺詞啊？

不講究不行。

大家常說察言觀色，一個人的言行表現，在某種程度上其實也能透露出不少的資訊。比如說你正在和一個心儀的異性侃侃而談，而人家卻愛搭不理、有一句沒一句的敷衍你……這時候你自己就該知道，你已經不招人喜歡了，再這麼堅持騷擾、不依不撓、不放人喘氣休息的話，料想鐵杵磨成針的機率不大，被人忍無可忍搧一耳光倒是很有可能……

作為創世紀中聞名遐邇的唯一性天空城池，天空之城的相關資訊在前世流傳得不可謂不廣，不可謂不詳細。其中任務流程的部分，自然也是熱門中的熱門。

任何一個懷抱幻想的人都樂意把這流程反覆詳細的看上個幾遍，然後頓足捶胸懊悔自己為毛當初沒有遇見任務人過，或者遇見任務人的時候為毛對話選項不正確、不夠耐心，以致沒發現有這個任務就趴在那裡等著自己去做？

比如說雲千千，她就是那種幾乎能把整個天空之城任務流程都背下來的人。於是，她也就非常清楚在見到遇難者時，對方第一句話會說什麼，而自己又該怎麼回答才能得到任務。

「喂，有點職業道德好不好？你喝水之前難道就不想先問一下我的信仰？」雲千千抓著遇難者的領子把他揪起來，皺眉不滿問。

「……大姐，別開玩笑了，妳陣營都沒加，有個毛的信仰啊……」遇難者渴望的看向一邊拿著水囊的燃燒尾狐，艱難的嚥了口唾沫：「妳先給我點……」水喝……

「雖然我沒正式辦理加入陣營的手續，但這只不過是表面工夫而已，人更重要的應該是內心吧？」雲千千打斷遇難者未說完的話，水囊拿走掛在手裡……

很好，這下遇難者的視線和注意力終於轉移過來了。

看著不依不撓的雲千千，遇難者傷心淚流：「我承認內心更重要，但妳連表面工夫都不做是不是有點說不過去？」馬的，這是哪來的女人，心腸這麼毒？看自己這麼可憐的樣子，難道她就沒有點同情心嗎？

把遇難者先甩一邊，雲千千抓著另外兩個男人轉到一邊去開小會。

「怎麼辦？這個王八蛋不合作。」

「呃，我能不能先問個問題？」燃燒尾狐猶豫問道：「剛才聽你們說話這意思，似乎是要接這任務有個加入種族陣營的前提條件？」

「本來就有啊，怎麼了？」雲千千好一個流暢自然的回答。

零零妖一聽這沒啥反應的口氣，也忍不住了，吐口血，憋氣道：「大姐，接任務的前提條件都不具備，您就敢帶著我們橫穿半小時沙漠來接任務？」是恨？是怨？他說不清自己心裡現在是什麼感受，反正知道被耍了是肯定的。她在這折騰傻小子呢！明明自己沒做好準備，這還有臉怪人家不合作？

「你們也不要這表情嘛，加入陣營信仰的功能現在還沒開，我就算想進也進不了啊。」雲千千呵呵一笑，好聲好氣安撫這兩個怒髮冠的傻小子：「再說我又不是故意的，以前以為關於信仰的問答只是和任務分支有關，哪曉得還影響接取任務。這又不是循環重複性任務，沒法對比，我手上的情報再詳細也有局限……嘿，那小凱，你幹嘛呢？誰准你餵水給他了？」

雲千千生氣走開，去抓不聽話的小隨從凱魯爾，留下零零妖和燃燒尾狐在後面互望不解——情報？這麼風騷的情報得是從多厲害的人手裡才能弄到？這水果該不會是智腦的私生子？模擬玩家型NPC？

所謂兔死狐悲，物傷其類。同樣身為NPC，即使沒有更親近的聯繫，但單看著同胞們這麼被雲千千無恥折騰，就已經足以讓凱魯爾心生不忍了。

「我覺得有什麼話也可以等他喝口水，休息一下之後再問。」凱魯爾還振振有辭，一臉不滿的神色看著雲千千。「如果是九夜的話，他就不會做出這麼丟我們修羅族臉的事情。所謂戰士，就是該光明磊落、該正直無私、該……」

「……」是是是，我是修羅族的恥辱，是墮落的。不如您家小九子那麼年輕有為、高風亮節……雲千千小氣的再記九夜一筆黑帳。

「謝謝各位，我終於好一點了。」在凱魯爾的好心幫助下，遇難者終於恢復了些元氣。「這片沙漠很危險，如果你們沒有什麼要緊的事，還是趕緊離開吧。」

「……看吧，這下怎麼辦？任務對話沒開啟成，這小子好了一點就翻臉不認人想趕我們走。」燃燒尾狐無奈道：「不，其實我覺得他這不算翻臉，人家一開始就沒說要給妳任務。」

「誰跟你說話了！」雲千千氣，扒開燃燒尾狐，揪過凱魯爾，咬牙切齒道：「大哥，你發善心不要緊，但是在那之前先考慮下對方值不值得好不好？你看你對他掏心掏肺，人家卻對你百般推委，連個小小的任務都不肯給你主子我，這是不是有點太不像話了？」

凱魯爾是不大敢惹雲千千的，他賣身契還在人家手裡，在這種身不由己的情況下，自然底氣也就沒那麼足了。光就目前階段來說，他想和瑟琳娜見上一面還非得去拜託別人，不然的話，他做什麼哪容得別人在耳邊唧歪？

皺眉一擺手，凱魯爾不耐煩兼不滿道：「我救都已經救了，您能把我怎麼樣？」

「喝！還挺跩的！信不信我扣你薪水？」雲千千瞪大眼。

燃燒尾狐拉了下雲千千，擦把汗，小聲提醒：「人家好像本來就是沒薪水的。」

「嗯……那信不信我把你再丟去訓練營操練個一、兩年，或者從此見了九夜我就繞道走？」斷了你和瑟琳娜大姐頭見面的機率，就不信你連這也不怕……

凱魯爾固然是咬牙切齒，敢怒不敢言。

遇難者在那邊眼看救命恩人受責難，心裡也是十分過意不去，扭扭捏捏的說道：「其實……事情也不是不可以轉圜……」

遇難者決心透露出來的，就是一座代表魔法文明顛峰的城市的由來與傳說。在神魔戰爭首次爆發的時候，為了不讓各族的血脈以及魔法文明在戰爭中損耗、殞落，於是，各族中有聲望、有見地的老者們，就一起策劃了開啟避世之地的計畫，創造出了一座遠離地面戰場的城池，將各族的年輕精英們，代表著未來希望的新生力量，分別遷移了一部分到這座天空之城上去。

可以說，這基本上就是一個魔幻版、天空版本的諾亞方舟的故事。

這座天空之城上保留了地上神魔大戰時代被毀滅的魔法與文明，是一個遠超地面大陸文明的存在。本來生活在天空之城上的各族們與世無爭，應該能一直這麼和平共處下去。可是，不知道什麼時候開始，天空之城的所在竟然慢慢的流傳了開來，被地面上的人所得知。因為覬覦天空之城的富饒和高級文明，地面上的部分種族開始蠢蠢欲動。

在消息洩漏之後又過了一段時間，不知道是哪個種族用了什麼方法，竟然偷偷的潛入了天空之城，挑唆起原本和平的各族間的戰爭。而這個遇難者，就是在某次衝突中被打落到地面上來的，現在正在努力尋找回去的方法……

「你只要回去就行了嗎？不用強大友好的我們幫忙去平息你們的戰爭？」雲千千再次確認。

「……」遇難者抹把臉，「大姐，關於這個問題，我還是堅持等妳加入陣營信仰以後再說好嗎？」

「那萬一你剛回去就又被捶下來了怎麼辦？我們在的話，好歹也能臨時客串個保鏢啊。」

「這……我這次回去之後想暗中調查，應該不會被人發現吧。」遇難者為難：「要是妳有陣營的話就好辦了。其實本來我連護送的要求都不該拜託你們，這不合規矩。但這位大哥是個好人，我願意相信他……」更重要的是，我不忍心看這個好人被妳欺負……

「要想加入陣營的話其實也簡單，只要你願意幫忙就行了。」

「幫什麼忙？」

「你不是神族小王子嗎？回頭你回去之後把你老爹的神印偷出來，替我們蓋個光明陣營的章就行。其實我個人比較喜歡黑暗陣營或中立陣營，但為了任務也沒辦法了，光明陣營反正沒玩過，將就一下也不是不能忍受……」

「妳還是別將就了，這種事情我辦不到。」遇難者，也就是神族王子擦了擦額頭，感覺在如此燥熱的環境下也依然是出了一身的冷汗——好傢伙，這膽大包天的就先不說了，他現在不明白的是，眼前這女孩怎麼會一語中的說出自己的身分？

「真是死腦筋，規矩是死的，人是活的……」雲千千嘆息：「算了，跟你這種人講這些也沒用，發任務吧。」

網遊之中的任務，來來去去無非是那麼幾招，跑腿、刷小怪、採集、殺BOSS……這幾乎是囊括了從單機到網路，從臺機時代到擬真時代的所有網遊任務中的所有環節。所謂萬變不離其宗，就是這個意思。

護送的任務不難，但就是麻煩。

比如說雲千千從神族小王子這裡接到任務鏈之後，首先要去幫某A地的光明牧師送信，對過幾句臺詞之後再接受牧師的委託，去另一地B處請示地位更高的主教有什麼處理意見；同時牧師明確表示，要見上級必須不能忘記賄賂問題，所以去見主教時還得帶上在C地刷小怪時會掉落的特產X共計N份；在主教那裡知道他現在正失戀中，沒心情去管工作的事，於是再去D地幫主教送信給某藥師，討要春……呃，愛情藥水，接著再輪到藥師繼續刁難……見完一個NPC再見一個NPC，刷完一片地圖小怪再刷一片地圖小怪，反反覆覆、無窮盡也。

從重生到現在，雲千千就沒這麼耐心跑過任務鏈，更沒在這種枯燥活動上花費過什麼時間。除了新人村和修羅族中兩段雜役歲月之外，基本上這女孩都是靠著剽悍的範圍法術隨便找個地圖群怪刷經驗，何曾淪落到如今這種狀況過？

在從L地前往M地刷小蜘蛛觸角中，雲千千途經主道旁邊的小茶棚，正好遇到悠哉悠哉的混沌胖子腆著肚子在那一邊嚼花生米、一邊和她打招呼……

「喲，忙著呢？」

這胖子曾經身居高職，成天忙得不可開交；而現在，他卻成了普通的離職員工一名，失業一身輕，時間多得不行。他每天除了交接工作以外，就再沒其他事情，於是只好到處遊蕩。在天機堂正式註冊成立之前，他決定讓自己放個小假，放鬆放鬆順便養膘。

雲千千看著混沌胖子那愜意樣子，嫉妒得眼睛都紅了。「死胖子，天空之城現世，江湖風雲再起……這種群雄紛起、暗潮洶湧的時候，你居然還那麼閒？」

「死水果，妳以為是金庸寫小說呢？」混沌粉絲湯笑罵了一句，也不囉嗦，伸手在懷裡掏了兩掏，接著掏出一個卷軸丟過去。「這陣子來報名參加天空之城探索活動的高手名單都整理得差不多了，按妳的要求，這一卷裡都是各個隱藏種族的玩家。普通種族玩家的數量太多，再過一陣子才整理得出來。」

「大恩不言謝，以後有空給你一個機會請我吃飯吧！」雲千千高興收好卷軸，笑咪咪揮揮爪子，刺溜一聲跑掉。

「呵呵，死水果還挺客氣，真沒想……呃，靠！是老子請？」

公會的基礎是玩家，講究的就是團隊榮譽。公會裡的一些人，比如說坐鎮精英，再比如說公會會長，這些人確實是能夠影響一些公會的聲望；但是要說起真正實力的話，靠的還是公會中那些普通會員。如果綜合實力和平均實力太差的話，單靠個人的力量是絕對撐不起一個公會，無論這人多麼逆天也一樣。

胖子這個資料整理得正是時候，雲千千弄天空之城本來就是為了勾引那些隱藏種族的玩家們，現下任務馬上要開啟了，正好先把招人的事情張羅起來。

到達M地，放火燒山，打包蜘蛛觸角閃人之後，雲千千順路先拐去了X小鎮密林抓人，幫自己做苦工。

「無常哥，許久不見，您看起來真是分外的英俊瀟灑。」

「……」無常淡定的推推眼鏡，和身邊的另外幾人對視一眼，看到彼此眼中的疑惑之後，也明白了不可能是自己人告訴對方開會位置的，那麼這女孩是怎麼找來的？

他當然不會知道前狗仔之王已經改行當了情報販子，而雲千千，就正是那胖子的最大合作者。

「還好。」皮笑肉不笑冷哼聲，無常瞟了眼雲千千，「有什麼事情妳還是直說吧。」

「這樣也好，畢竟瓜田李下的比較惹人嫌疑，再說我們兩家公會現在嚴格算起來應該是對手……其實也沒什麼大事，就是我公會要招人，這些相人的本事想來你們幹專職的應該比我在行，再加上我現在在解任務也沒空，所以想請你們幫我負責。」

「……妳確定妳了解我們現在是對手？」這女人的腦子裡到底在想什麼呢？無常頭一次感覺到在雲千千面前維持冷靜是件非常困難的事情。

「沒關係，我不怕你搞鬼，還要拜託九哥也在旁邊監場呢，你要是敢動手腳把人拉去落盡繁華，就讓九哥做了你。」雲千千笑咪咪再道。

「哼，難道你以為九夜會……」

無常冷笑著還沒把臺詞說完，九夜已經在一邊認真點頭，「嗯，知道了。」

「……」這死小孩到底是哪邊的？

純潔的九夜堅定的相信著無常不會做間諜，當然了，如果無常最後真的反戈一把，那他順手宰個人也沒什麼好手軟。反正是遊戲嘛，死了也不過是資料修改一次罷了，有什麼大不了。就是懷抱著這樣的心態，九夜異常爽快的答應了雲千千的說法。

而無常遇上這樣子缺乏智慧與心機的人，在深深的鄙視之後，也是十分的無奈，只能答應了下來。

與此同時，一葉知秋也收到了手下報告的最新消息，得知雲千千也趕去無常四人碰頭密林的事情。深刻缺乏安全感的一葉知秋聞訊頓時慌了手腳，其他事情都顧不上了，直接衝去傳送陣，一路空間跳躍跳去X鎮，像是趕去抓姦老公和小三約會現場的黃臉婆一樣，心中哀怨委屈怒，滿是濃濃的不甘與難以置信。

可惜等到一葉知秋趕到的時候，雲千千已經離開。於是他也就沒能實現自己想要捉賊捉贓、拿姦拿雙的美好願望，徒勞的衝進密林中四人開小會的現場找了一圈又一圈，奸人水果卻始終是芳蹤渺無。

「人呢？」一葉知秋咬牙問。

「什麼人？」無常沉著反問：「會長來這裡有事？」

一葉知秋這才反應過來自己太急躁，反而暴露了他派人監視這邊小樹林的事情。「這個……我是來……」馬的，私通其他公會的是這群人，錯也是他們先錯，為毛感覺心虛理虧的卻是自己？

「會長該不會是讓人一直盯著我們吧？」無常冷笑：「怕我們把你公會什麼秘密洩漏出去？」

「這個……其實也沒那麼想……」一葉知秋繼續「這個」，冷汗刷刷的。

「會長……」無常突然輕嘆一聲，抬手拍了拍一葉知秋的肩道：「不管你怎麼想的，我覺得還是應該先提醒你件事情。」

「請說？」

「這是遊戲。」

「……所以？」

「所以我要真想把你的什麼隱私賣給別人的話，直接發私聊就行了……」還聚頭開小會商量情報互通？他以為拍電視諜戰片呢？那自己幾人是不是還要穿套黑風衣加墨鏡，騎著摩托車去車流中超速穿梭，飆個幾公里以配合氣氛？

一葉知秋尷尬，很尷尬。關心則亂，主要是無常在自己會中的地位太敏感，再加上九夜的聲名，以至於他一時失去了冷靜的判斷，連這麼簡單的事情都沒有想到。現在被無常這麼一說，他想通了其中關節，頓時臉紅羞愧得連咬舌自盡的心都有了，打著哈哈乾笑道：「大家那麼好的關係，說得這麼見外做什麼……哈、哈哈……」

「不見外就好。對了，我們三個要請幾天假，最近有事別找我。」

「什麼事啊？要是有什麼需要幫忙的儘管說，公會裡人手多的是，你前面幫了公會那麼多，現在有事公會也一定會全力幫你的。」因為剛才懷疑無常的關係，一葉知秋正在努力想做補償，補救雙方關係。

「你幫不了忙。」無常說：「我要去幫水果樂園吸納高手成員，你和那水果是對頭，橫插一腳去的話不是幫忙，是幫人添麻煩。」

一葉知秋一聽，淚流滿面——這是誰替誰添麻煩啊？這孫子，果然還是和那邊的人勾結上了……

就在這邊的幾個人窮攪和的工夫裡，雲千千終於結束了跑地圖的生涯，帶著凱魯爾去找神族王子報告了。

神族王子是個敬業的人，天空之城的主任務還沒發出去，於是仍舊在沙漠裡面趴著，一邊吃喝著凱魯爾臨走前留下的食物、飲水，一邊有一聲沒一聲的喊兩下救命。

「任務完成。」雲千千跑過去，蹲到王子身邊，拍拍像是屍體的那人。「接下來怎麼辦？先警告你，千萬別說接下來沒我事了啊，信不信我找個百八十人來刷了你？」她的公會在罪惡之城駐軍，如果真要被通緝了，躲在那個三不管地帶也方便得很。

神族王子無奈，翻個身來換曬肚子那一面。「無信仰之人進不了天空之城，如果妳真想去的話，那就先去眾神遺址取得通行證吧……」

有信仰的人有陣營主神庇佑，身分高些，獲得的許可權也就更大些。這就跟VIP一樣，很多不對普通會員開放的地方，對這部分人是沒有限制的。比如說天空之城，就屬於這麼一個VIP專用包廂，如果只是普通人，自然沒資格進去。而想要染指的話，唯一辦法就是去拿臨時通行證，也就是相當於找其他VIP或是他們的信物帶自己進去……

眾神遺址是創世紀遊戲背景中第一次神魔大戰爆發的地點，這裡別的不多，就是眾神留下的殘骸品多。這些當年風騷一時的壯士們中間，有不少是和陣營主神同等地位的存在，甚至有些還要更高，鑽石白金級的超VIP會員。若能找到他們或是他們身上的物品，進入天空之城也就不可能有問題了。

但是在這之前，如何找到通行證，什麼東西才能作為通行證，這就又是一個急待解決的問題了。畢竟大家也知道，前世的天空之城任務裡沒這步驟，當初這任務開始解的時候，遊戲已經發展了一段時間，玩家們普遍都已經加入陣營，自然是不存在無法升天這個問題。

殘垣、斷壁、舊瓦……

眾神遺址說白了就是一座廢棄的古城池，原本應該是個繁榮之都的樣子，看起來規模比現在的四座主城也小不了多少。可惜經歷一次戰爭的洗禮，基礎設施已經被毀得差不多了。後來經系統智腦召開高層NPC研討會後研究判斷，此城的修復太過困難，已經沒有重新開發的商業價值；再說其建築群及風格本來就偏古舊，要是有那耗費的本錢，還不如直接建座現代化新城招商引資。

於是如此這般商量之後，董事會一致決定，果斷放棄修復此城，把成本投入其他地圖進行開發規劃。但是為了不浪費現有資源，智腦又隨即補充了一點，眾神遺址不用強制拆遷，予以保留，並著令宣傳組將此處宣傳塑造成為一座有著千年歷史的名勝古蹟，改而發展旅遊業——零投入、高回報，供人瞻仰之餘還可以直接開發成為任務發祥地，最關鍵甚至是不用改建和專門派人管理，何樂而不為？

要知道，遊戲的擬真世界也是要講成本、投資和收益的。身為一個成功的 CEO，智腦當然經常需要對名下的各部門及其投資產業進行篩選和確認。

離眾神遺址最近的一個村落很是貧瘠，這裡面只有最基本的藥品及食物供應，還有一個沒有貨物販賣、只能提供修理耐久服務的鐵匠鋪；除此之外，其他 NPC 都是普通的農家，不提供任務甚至也不大喜歡和玩家接觸的那一種，生存模式類似於幾個世紀前的那些偏遠山村。

雲千千扒了下空間袋，發現自己的藥品好像在玩家和公主軍的那次衝突中賣得差不多了，只好繞了個遠路去村落那裡補給。還好這邊雖然藥品和食物的貨源不暢，官方系統價卻沒有任何漲價，外面賣多少錢，村落裡依舊賣多少錢，就是數量比較有限，不是刷新式，是賣完就斷貨了的……

「老闆，能不能便宜點？」雲千千一邊掏空間袋，一邊順口殺個價。

「老闆，打包全要了。」旁邊插進來一個聲音，豪爽全包了。

「好咧！」老闆無視那個調戲他的雲千千，紅光滿面的高興衝其身後方向點頭。「全部藥品共計小瓶恢復劑九百九十九瓶，小瓶養神劑九百九十九瓶，中瓶……」他手一揮，櫃檯裡所有藥品就在雲千千的目瞪口呆之中被一掃而空，劈里啪啦報了一串資料，最後得出總價：「……再給您打個折，最後一共是44金74銀74銅……」

「……喂，兄弟你是不是有點不厚道？我排前面的！」雲千千眼睜睜的看著老闆把所有藥品全部賣給自己身後那人，頓時沉不住氣了，轉身責難，借這機會仔細一看。喲，居然還是個有錢的。瞧那身上裝備精煉得那叫一耀眼，瞧那手中武器開光得那叫一錚亮，瞧那小……

「這位小姐，既然妳排前面，那為什麼不買？」有錢小哥無奈反問。

「誰說我不買？」雲千千轉回去，再衝著老闆不高興問道：「喂，我都在掏錢了，你怎麼反而先去做後面的生意？全包了不起啊！你要是不做零售想改批發商的話趁早講，信不信我投訴你看不起我這散買的客戶？」

「大姐，您剛根本沒說要買藥好吧？您還想跟我殺價……」老闆也很憂鬱。

雲千千拍桌悲憤：「我那不是隨便一說嗎？其實殺價就代表我想買，難道做買賣之前隨便說兩句話也犯法？」

「……我是賣藥的，不是賣笑的。您想找人說話不會去鴨館？」

「喂喂。」旁邊的有錢小哥聽不下去這兩人的對話了，連忙皺眉打斷他們的話：「你們是不是有點跑題？」

「這位朋友，所謂相逢即是有緣。不知道你來這窮鄉僻壤的是為了什麼？」雲千千終於想起身邊還有其他人，當即轉換目標，拋棄老闆。

這裡是進眾神遺址之前的最後一個補給村落，村中沒有傳送陣，到這裡只能靠玩家自己走路。最近的傳送陣離村落大概有一個小時的路程，就算是速度最快的職業，全速奔跑也需要半小時左右。

這個方向唯一通向的就是眾神遺址，眼下有其他玩家出現，雲千千當然不會認為對方只是飯後消化散步；先不說這地方有多麼偏僻，單是他買了這麼多藥，這明顯就已經顯得目的不夠單純了。

有錢小哥呵呵一笑，不知道雲千千這麼些精打細算，根本就沒打算隱瞞的直接回答了：「這妳就不知道了吧？前面有片地圖，叫眾神遺址……」

「……」不知道才怪……

「那片地圖裡好像能找到一種染色劑，我想把頭髮染成酷酷的銀白色。」有錢小哥擺個 POSE，比出個數字「七」的手勢橫在下巴下，試圖讓自己看起來很酷。

原來是個腦殘的……看著眼前的玩家，雲千千終於悟了。「明白了……好了，不說了，趕緊把藥拿一半出來給我，我還趕時間呢。」

「哦。」玩家下意識應了聲，掏包包掏到一半愣住，傻傻抬頭：「為什麼我要給妳一半藥啊？」

「因為我現在也要去眾神遺址啊，到時候我們一起找染色劑，作為得到幫助的幸運者，難道讓你分點藥給自己的幫手都那麼為難？」雲千千痛心疾首看著那玩家，用眼神無聲譴責對方的小氣摳門。

「這……那確實是應該給妳一半藥，但我怎麼覺得有些不大對勁？」

「哪裡不對勁？一個大男人囉囉嗦嗦的像什麼話？時間不等人，我們這就狗吧！」

「狗？」

「GO。」

「……」

眾神遺址之外是一片荒蕪帶，四下沒有什麼隱蔽物，很難找到躲藏的地方。而荒蕪帶中，還有一隊隊成編制的零散小怪在其中悠遊散步。每隊編制五隻小怪，分別名曰：戰士英靈、牧師英靈、法師英靈。

每隊各職業配置數量皆有不同，完全是隨機編排，某隻小怪被打，則其隊伍中的另外四隻也一起衝上。遇上全戰士隊是最好對付的，但要是遇上全法師隊或全牧師隊……前者的轟炸力之風騷能讓人被打到吐血，後者的生命力之強悍能讓人打到吐血。無論遇上哪一種，都絕對不會是讓人愉快的體驗。

有錢小哥趴在荒蕪帶外跟雲千千咬耳朵嘀咕：「從這裡進去就是眾神遺址了，這一帶的小怪隊伍很棘手，一般我都需要吃藥死衝過去。或者我們等一等，它們巡邏的中間有個空檔可以衝過去。」

「這些小怪有什麼好怕的，以前我一個技能拍過去直接就能秒殺一片。」

「真的？」有錢小哥驚佩讚嘆。

「真的。」雲千千被這充滿崇拜的眼神一瞅，頓時也是志得意滿、熱血沸騰了。她立刻站起來豪情萬丈道：「你等著，我去殺他個七進七出給你看看！」

「壯士，妳去吧！」有錢小哥受這王八之氣影響，也站起來豪邁送行。

風蕭蕭兮易水寒，雲千千提杖在手，抬手揮起一道電光纏繞在手臂胸前，以萬夫莫當之勇就向著荒蕪帶中正在巡邏的小怪隊伍中衝了進去，一片雷霆氣勢萬鈞劈下，直震撼得有錢小哥說不出話來。

「好手段！」有錢小哥服了。別看這是個女人，但人家這氣勢可真夠像個男子漢。

正當有錢小哥被刺激得血氣沖頭，還想再說幾句什麼來表達下自己的仰慕之情時，只見紫電銀蛇盤舞之間，那個剛才還英勇無匹的女孩突然脖子一縮，小臉蒼白的轉身就往回跑，拖著身後一片被她技能勾引來仇恨的小怪，邊跑還邊哭喊：「馬的，忘記等級壓制了，打不掉血啊！嗷嗷！」

「……」

雲千千沒吹牛，前世她確實能一抬手刷出一片空地來，哪怕那時她的職業還是一個挺廢的龍騎士。

雲千千也沒作戲，現在她砸片雷下去確實是沒辦法秒殺，不僅秒殺不了，少說還得炸個七、八下才能搞得定。

主要是她忘記了一件挺關鍵的事情。

前世那是什麼情況啊？就像雲千千前面想要開啟天空之城的任務，卻因為較之前世太過提前進度，以至於連接任務的基礎條件都沒能達到一樣。在眾神遺址前面，雲千千光想著自己前世如何輕鬆擺平現場，卻忘了自己前世來這裡的時候是多少級……這會眾神遺址的小怪可普遍比她高出個七、八級呢！超過五級就是等級壓制了，受到傷害減少，輸出攻擊加強。

要是一隊隊單刷本來倒也沒問題。主要還怪這水果心太大，剛才為了貪效率，特意選了怪群集中最密集的一片區域放技能，就是為了保證盡可能的集中拉到最多的怪。於是此消彼長再加群毆……這要還不跑的話就真是活不下去了。

「小姐啊，妳要不行就說句話，我有的是藥，只要妳別窮折騰我就耗得起，啊？」一起跑出個數公里，終於把小怪們甩掉之後，池魚小哥這才有工夫拉著在城門放火的那水果苦口婆心：「這吹牛的毛病雖說不大，但關鍵時刻可是挺害人的，妳說呢？啊？」

「……」啊個屁！我可真沒吹牛，只是不小心忽略了一個客觀條件而已……雲千千委屈、很委屈。

調整策略之後，雲千千終於還是妥協接受了同夥的吃藥硬頂方針，兩人選了一條小怪比較稀少的方向，口裡含著藥，一路邊殺邊跑了過去。

一串串技能不要錢似的傾瀉而出，順便叼著血瓶硬頂傷害，多餘的閃避動作一律不要。短短幾百米的圓環直徑距離，兩人硬是殺了二十多隊巡邏小怪才總算是通過了。

還真別說，高級地圖的東西等級就是要高得多。再加上雖然已不算是開荒，來往人煙卻仍很稀少的緣故，這裡掉出來的東西都還不錯，小藍綠裝居然也掉了幾件，比得上去普通地圖刷 BOSS 的收穫了。

中間找了個安全地帶，雲千千把空間袋裡的戰利品都整理一番，沒發現有什麼描述比較特殊的玩意，恐怕這些都是當不了天空之城通行證的。於是她灰心了，收拾收拾準備繼續往裡深入。

「我跟妳說啊，接下來再深入就會碰上迷障了。這用專業術語來說的話，意思就是混亂拼接的地圖帶，隨便亂走可是會迷路的，妳小心點。」雲千千的同夥自恃已經進來過幾次，這會儼然是一副前輩的姿態在諄諄教誨了。

「知道知道，這片地圖有什麼好怕的，以前我走過不知道多少次，閉著眼睛過都沒問題。」雲千千拍胸脯，豪情萬丈。

「……小姐啊，妳剛才過荒蕪帶的時候好像也是這麼說的，結果……」小哥覺得接下來的話可能會傷害一個女孩子脆弱的自尊心，在繼續說與不說之間為難著，感覺十分之難以啟齒。

「小看我？」雲千千大怒。

這真是一朝失足，晚節不保。自己雖然有時候是會惹出點狀況來，但關鍵時刻可從來沒失誤……當然了，剛才那不算，誰要跟她算帳，她就跟誰急……

一番胡攪蠻纏，雲千千強拖著有必死覺悟的小哥埋頭就是一陣猛衝。她果然是閉著眼走的，明顯是炫耀，十多分鐘就搞定了迷障區域，順利到達深層。

「哇！真出來了……」小哥半驚半疑一掀眼皮，小心翼翼瞄了眼，果然發現已經不在迷障區。周圍依舊是殘垣斷壁，戰火的殘痕卻明顯多了不少，被燒成焦黑的磚石一片連著一片。

「是出來了。」雲千千得意的左右看了看，辨認好方向一抬手，「跟我走。」

「去哪？」小哥愣了愣才跟上。

「這裡有個 NPC 藏得挺深的，就在這一片地方裡。反正也來了，路過順便看看他。」

「NPC？」小哥這幾天在眾神遺址混的時間確實是不少，但不管怎麼說也只是在周邊打轉而已，畢竟這片地圖對現階段玩家來說還有點高級，想進出自如是有點難度。

真要論起對眾神遺址這片地圖了解深淺的話，目前創世紀中暫時還真沒人能比得過雲千千。似乎是有錢人的這位小哥也是現在才想起來自己還沒問這女孩到底是來做什麼的，雖然人家嘴上說進來幫自己找染色劑，但總不可能一開始就是這目的吧？

帶著兀自不解的富家小哥，雲千千在這眾神遺址就跟進自家後院似的，熟門熟路或拐或轉，三繞兩彎之下，很快來到了一處被燒垮半邊的民屋中。

扒開砸落到地上的斷梁，挪開一小片地上的碎瓦，收拾收拾之後清理出一片地面，雲千千蹲下，在地面上摸索幾下就確定了位置，接著屈指在地上叩了叩，滿意的聽到磚地下發出空洞的聲音，像是地下被掏空了一塊。

「哈囉……有會喘氣的嗎？」雲千千再接再厲又大力拍了幾下。

磚地下傳來隱約的搬挪聲，好一會後，一個猶豫的男聲從下面謹慎傳出：「妳是誰？為什麼來我們的城市？」

「我是誰？」雲千千低下頭，忽而羞澀一笑，期期艾艾開口：「約瑟，你還記得當年大明湖畔的水蜜桃嗎……」

「噗——」

地下那個疑似名為約瑟的男人還沒反應，旁邊的富家小哥已經吐口血，咬牙艱難說：「小姐，妳別玩了……」

而地下那位顯然也是深受刺激，雖然他身為一個 NPC 未必知道這麼經典的橋段，但是世界上的大多數藝術都是偉大的、共通的，不需要解釋就能讓大眾感悟理解的……於是，他悟了。

「……地面上的朋友，雖然不知道你們是什麼人，是來自哪裡。但是我能聽得出來，地面上的戰爭已經結束了是嗎？」

「差不多吧，該死的都死差不多了，活下來的應該都回家種田去了，除了我家小凱子那樣子死不開竅的以外，估計大部分連孩子都有了吧。」雲千千老老實實回答。

下面的人當機半分鐘，好半天後才想起來比較適合當下的問題：「……小凱子？」陌生名詞當然是得優先打聽。

「修羅族的凱魯爾……說起來他現在也算是我隨從，不過就是架子有點大，後來一聽說我要來眾神遺址，小子居然就跑了，只給了我個狗笛，說完事了吹吹他就知道……」

「……是戰魂之笛？」

「對，好像是這名字。」雲千千興奮點頭，毫不吝惜誇獎：「看不出來你還是個懂行的啊。」

「……」下面的約瑟突然不想說話了，連帶旁邊的富家小哥都有些無語。

半晌之後，地面上的磚石終於有了動靜，一陣摩擦聲後，地面上慢慢的裂開了一條小小的縫隙，最先是一隻手探了出來，接著，一個膚色蒼白、背上揹了一對翅膀的雌雄莫辨美少年爬了上來。

被地面上突如其來的光線一刺激，美少年不自覺的一皺眉，一瞇眼，抬手擋了擋，偏過頭去，一絲髮絲自耳邊落下，頓時讓人感覺那叫一風情萬種。看得雲千千小心臟撲通撲通的跳，捧著臉蛋，眼神迷離。

「我記得……好像等商業帝國的補丁升級版本之後會開海族貿易圈……似乎可以賣奴隸……極品啊……」雖然她前世不是沒看過，但每次見到這個 NPC 的時候，還是會讓人忍不住有驚豔的感覺。

「……」約瑟再次沉默，他突然覺得自己不應該上來，這樣子的情況似乎就是傳說中的送羊入虎口？

「嗯咳！」富家小哥乾咳幾聲，上前跟約瑟套話順便轉移話題：「請問一下，你的這頭銀髮是天生的嗎？」好小子，對方頭髮竟然就是他最想染的銀色，是天生的風騷還是後天的雕琢？如果是後天形成的，估計這NPC應該就有染色劑的情報了，沒準他手裡還有染髮後剩下的藥劑？

「天生的，有什麼問題嗎？」約瑟瞇了瞇眼，眼波流轉，看起來煞是動人。

「呃……沒什麼。」富家小哥窒了窒，終於忍不住偏過頭去，壓低聲音，憂慮問雲千千：「這到底公的母的？為毛我有種口乾舌燥、心跳過速的感覺？」

「你已經很不錯了。」雲千千拍拍富家小哥的肩膀，一臉驚嘆佩服：「這傢伙的天賦技能是魅惑，從他一上地面開始就自然啟動，站在這裡正面接受魅惑那麼久居然還只是口乾舌燥、心跳過速而不是化身成畜生直接撲上去……說實話我已經很佩服你了。」

「……有這種事!?妳怎麼不早講？」富家小哥糾結如便秘，從牙縫中艱難的迸出質問的語句。

「咦，我為毛一定要早講不可？」

「……」馬的！

「你們能幫幫我嗎？」趁著剛才那段時間，兀自將周圍細細打量了一遭的美少年突然開口，結束了旁邊兩人的各懷心思……

這話一說，就等於是發任務了吧？

理所當然的應承了下來，雲千千兩個就站在旁邊等人發話。可是她站好了沒錯，人家卻又重新陷入了深沉悠遠的回憶中去，好長一段時間沒再開口搭理這邊的兩人。於是這就弄得雲千千有些憂鬱哀怨了……大家時間都很寶貴，你在這裡折騰什麼呢？

深沉許久後，吊足胃口的約瑟美少年終於轉回頭來，幽幽的嘆息，講述了一個久遠得可追溯到神魔大戰時期的故事。

在故事當中，神魔大戰只是一個背景，並不重要。故事主要講述的，不過是一個可憐的沒有戰鬥力的低階小天使因為戰力低下而被嫌棄，繼而被安排在地底的結界繭房中避難沉睡；再繼而大戰結束後又被人遺忘，所有人都撤走了只唯獨忘下了他。直到千年後，這個可憐人自己從長眠醒來，卻驀然發現已經一個同伴都不見的事實……

這是個遺棄兒童啊！

「其實你的天賦技能也不是很沒用。」雲千千早已經熟悉這個故事，自然也就沒有了初聽時的震撼。但看在小約瑟美人那落寞蕭條的分上，她不安慰一下也確實說不過去，於是絞盡腦汁想了半天，終於幫約瑟美人尋找到了他的定位。

「雖然在搏殺上你起不了什麼用，但你可以去色誘敵方主將，然後色令智昏之下，對方不就隨便你毒殺、暗殺的了？……真要那樣的話，神族的人哪捨得把你丟進地下結界沉睡啊？你絕對是神魔大戰中的主力幹將！」

「什麼妲己、褒姒，什麼烽火戲諸侯、一笑傾人國……這些女人跟你一比肩，那完全不能比啊！魅惑天使那天賦本能原本就是幹的勾引人這一行，絕對的專業領域。而且最難得的是，你這裡還是男女不忌、老少咸宜……」

一般跟雲千千處一起的人都能迅速練就無視她的本事，這估計也是人類趨吉避凶的本能在作祟。碰上這個女孩，聰明點的人就得學會不把她當回事，尤其是那小嘴裡吐出來的話，能聽不見就盡量當自己聽不見，不然包不准什麼時候就糾結了。

即使是才剛一起行動的富家小哥，也同樣自動領悟了這個被動技能，裝作沒聽見雲千千的話，直接掉頭轉向約瑟美少年詢問正事：「你是想拜託我們送你回去？」

「我……」約瑟美少年情怯哽咽，只吐出一個字就說不下去了。

「你是不是極其想回去，但是又找不到回去的方法了？而且還不知道回去後會變成什麼樣子？於是很不安、很迷茫，因此希望有人能幫你探探底，去眾神遺址的更深處尋找神族留在這裡的線索？」雲千千吸口氣，俐落的劈里啪啦說出一長串話，連頓都不頓一下的……太受不了這囉嗦樣子了，反正自己也早接過這個任務，乾脆就不用跟人在這繼續裝傻了吧。

約瑟美少年顯然被震撼住。「……是這樣沒錯。」

「好，那我們這就出發了。」

雲千千點頭，拉著富家小哥果斷轉身衝出民屋，只留下約瑟美少年一個人目瞪口呆的坐在地上發呆，許久都緩不過勁來──這是怎麼回事？搶臺詞？搶鏡頭？搶戲分？……到底哪來的玩家這是？也太不懂規矩了……

所謂尋找神族留在眾神遺址的線索，其實不過就是在遺址裡逛一逛罷了。主城大小的遺址中有幾個挺顯眼的殘破建築群，方位也好分辨，就是東、西、南、北、中……只要踏入這些方位的建築群範圍，隨意走走逛逛，不一會自然就能收到系統提示說發現了神魔大戰當年的線索什麼什麼的。五個地方都走遍之後，任務進度完成，也就可以回去約瑟那裡交任務了。

雲千千把任務的完成條件給富家小哥如此這般解釋了下，然後在對方不以為然的神色中補充道：「這任務中唯一的難度就是隨機 BOSS 。眾神遺址裡有些遊走的 BOSS ，平常它們都潛伏著，說不定在哪個座標附近，我們看不到所以也就沒法避開。一旦人不小心進入BOSS的警戒範圍，自然就會受到攻擊，防不勝防。這點是比較頭疼……」

富家小哥聽得目瞪口呆。這哪是比較頭疼啊，這簡直就是天大的危機！BOSS耶！還是遊走隱形的耶！還是突然出現搶先攻擊的耶……這讓不讓人活了？

「不過你放心，這些BOSS不多，據統計最多只有十來隻。眾神遺址又是跟主城一樣的大小，那麼大片範圍內碰到BOSS的機率幾乎是一成不到。而且雖說是BOSS，但卻只是精英BOSS，頂多比普通怪強個五、六倍……秒殺不了你。」恐嚇完富家小哥之後，雲千千等那人充分的體味過了惶恐、驚懼、擔心、憂慮等等負面情緒之後，這才接著慢條斯理的補充完畢。

「……」他錯了，他從一開始就不該來，他不來就不會碰到這個女孩，不碰到這個女孩也就不會淪落到這麼一個傷心的地方……

儘管地圖很大，但因為目標明確的關係，所以兩人根本沒怎麼耽誤工夫，直接按著方位一個個尋摸了過去。每在一片區域收到系統提示後，他們就立刻轉換陣地尋找下一片區域，半點也不磨蹭。而BOSS們居然也很給面子，一路走來還真就半點風波都沒激起，讓富家小哥佩服雲千千情報準確性之餘也不禁感慨，那不到一成的遇怪機率，果然是可以無視的啊。

可是，在依次踏過了東、南、西、北四片區域之後，向著最後一片中心區域探索過去的二人終於好運到頭。剛進入中心區走了不過幾步，突然就出現一陣狂風，挾裹著地上的碎磚殘瓦向二人呼嘯捲來。

雲千千眼明手快身體棒，早就防備著這陰險招，一看情況不對，第一時間就反應過來，左手拎著富家小哥一擰……沒擰動，於是再加上腳一踹，就把人踹到一邊去，脫離了狂風席捲而來的行進路線。她再藉著踹人的反作用力往相反方向一跳，也蹦了出去，同時手一抬，早已蓄勢待發的一顆小雷球就咻一聲飆了出去，和狂風中心撞個正著。

尖銳的呼嘯聲從看起來什麼都沒有的狂風中心竄起，直聽得在一秒鐘內快速經歷了先是被踹驚怒、再是懵懂回神、最後驚訝害怕的富家小哥好一陣毛骨悚然……明明看不出有東西在裡面啊，怎麼就出聲了？這到底是個神馬玩意？

「是風魔。」雲千千好像知道自己同伴想問什麼，在對方開口前就主動的幫忙解惑了：「顧名思義就是操縱風的半神魔怪，好像是由神族和其他什麼族雜交出來的，風系法師的技能它都會，同時還能把身體化成風元素，元素化時無法攻擊也免疫所有傷害。」

「……知道得挺詳細嘛。」富家小哥嘴角抽抽，開始懷疑自己身邊的女孩是不是擬真化的、專門來欺騙自己的 NPC 了，懷疑的輔證就是對方現在都未提出和自己組隊……不過話又說回來了，NPC 中間可能會變異出性格這麼討厭的品種嗎？

風魔一擊不中就停了下來，從小旋風的身體上擬出一個類似異型變態的長著流線型五官的腦袋，衝兩人嘶吼：「滾出去、滾出去……」

「咦，看來可以溝通？」富家小哥驚異上前，試圖和人解釋一下自己來這裡並無惡意：「你好啊，我是……」

「滾出去、滾出去……」人家才不想管他是誰，就只會這麼一句翻來覆去的喊。

「沒法溝通的，它只會說這麼一句。除了第一擊以外，後面除非是你不管不顧繼續前進，否則它是不會主動再攻擊。」雲千千耐心跟遭遇打擊的富家小哥解釋。

「那還是刷了吧。」富家小哥失望的又看了眼風魔，唉聲嘆氣道。

「刷了吧，刷了吧……沒事啊，你要實在喜歡這口味的話，下次我想辦法幫你弄個可以溝通的來培養感情哈。」雲千千也唉聲嘆氣，非常夠意思的安慰富家小哥。

「喜……」喜歡個毛！誰說他喜歡這口味了？

富家小哥噎住，狠狠的瞪視雲千千，一時說不出話來。

不過是一個精英怪而已，就算是只有一個人都能應付得下來了，更別說現在還是兩人。至於組隊，那自然是不用的，反正這不屬於任務必殺怪，有沒有擊殺記錄都沒關係。所謂防人之心不可無，她來這裡是找通行證的，雖說這個小哥未必就是間諜，但萬一人家真是呢？要說自己這任務被覬覦也不是一天兩天的事了……

就這樣，在雲千千的謹慎小心之下，兩人以非組隊狀態，互相合作著幾下刷掉了風魔，終於最後踏上了中心區域。

147・三人組

散步三分鐘，最後一條系統提示終於也出現，尋找線索的任務完成了，雲千千帶著人直接回航，去找約瑟交任務。

「根據我們重案組的調查，千年前的那批恐怖分子已經全部撤離了，現在這片區域是安全的，你儘管隨便出入沒關係。」雲千千把任務一拍，直接提交。

約瑟愣了愣，沒去管雲千千那番胡言亂語，逕自驚訝道：「全部走了?那麼說，真的就只剩下我一個人了嗎？」

「是啊是啊，要不要我幫你廣播下，看有沒有家長來認領你？」雲千千是完全把人家當成購物中心的走失兒童處理。

而約瑟現在顯然是沒有和她玩笑的心情，兀自的再又傷心一會後，突然抬頭，「你們能再幫我個忙嗎？」

「當然當然，是不是要去找神族在人間的代言人，告訴他你現在的情況，然後順便問一下他關於你的安置處理意見啊？」

「……沒錯，妳怎麼知道？」

「好說好說，這點小事用頭髮想都知道了。高智商精英人士的思考和先知是很多人都無法理解的。」雲千千謙虛一笑：「你不用太崇拜我，這些推理能力對我來說理所當然。」

「……」

帶著約瑟的新囑託，雲千千在眾神遺址中繼續深入，去尋找其他的生還者。現在她真正的任務目的是在這裡找通行證，從路上隨便撿點破爛去冒充顯然是行不通的；再說她需要的還不止一份，有多少人去天空之城，就得準備多少份的通行證。那麼任務要有進展的話，最可靠的推測還是得從其他 NPC 身上下手，看從誰身上可以批發一堆出來。

「看起來妳似乎不是第一次進來了啊。」行進了大概十多分鐘，在見識到雲千千一路老馬識途的樣子後，富家小哥終於再也無法忍耐的問出了自己心中深藏已久的疑問：「這些路徑，還有剛才的任務流程……妳現在多少級了？不可能那麼早就把眾神遺址探過一遍了吧？」

「我級別不高，不過這裡確實來過幾次，有些淵源罷了。」具體細節牽涉到個人隱私，所以不大方便告訴你哈。」雲千千隨口敷衍。

富家小哥根本一句都不信她。來過幾次就能熟悉到這地步？而且自己好說也在這附近混了好一段日子，如果對方真來過幾次，沒理由自己一次都碰不到。如果說她來這裡的時間段是比自己現在還早很多的話……那個時候的玩家普遍才幾級？就算想砸錢吃藥都闖不進來。

「……算了，這個問題暫時先不說。」富家小哥沉默半晌後終於無奈開口，遞出個組隊邀請來。「雖然不知道妳到底是做什麼任務，但我想還是組上隊伍方便些，妳說呢？」

「好吧。」雲千千隨手接受邀請，倒也沒有避諱的意思。她只不過是看著就兩個人，乾脆懶得組隊而已，其實也不是要保持神秘感什麼的。回頭從這裡一出去，誰還認識誰啊？

「哇！蜜桃多多！」隊伍一組上，富家小哥首先跳腳驚叫——馬的，這不是傳聞中那個陰謀詭計層出不窮的卑鄙女人嗎？

「哇！銘心刻骨！」雲千千也驚叫——馬的，怎麼會碰上這個杯具？

每一個遊戲中，總會有那麼幾個舉服皆知的風雲人物，比如說九夜，那就曾經是創世紀中的第一高手，第一傭傭兵，除了迷路的小毛病以外，幾乎所有人都知道他戰力強大這一特點。

再比如說龍騰和一葉知秋，那也是聞名遐邇的大公會會長，隨便跺跺腳就能驚動一方的人物。

而眼下這個銘心刻骨……如果說有名的話，對方確實也曾經是一個有名的人物，不過聲名赫赫的背後，他所飾演的卻是一個悲劇英雄的角色。

銘心刻骨和龍騰屬於同一類人，都是到遊戲裡找樂子的小開，有錢、有閒、有耐心。但是要說不同，兩人始終還是有些不同的。龍騰是喜歡前呼後擁、一呼百應的那種面子勝於生命的人。而銘心刻骨則相對低調得多，不在乎錢卻也很少主動拿錢買場面。

如果說前者在眾人眼裡的印象是個紈褲子弟的話，那銘心刻骨毫無疑問就是低調的肥羊一頭。

一般有錢人的朋友都很少，不是因為他們看不起人，而是圍繞在他們身邊的人本來也多是抱著功利心的居多。人家不傻，何必趕著拿錢倒貼，買幾個驢前馬後、阿諛奉承的來為難自己？

但是這種人如果真把誰認作朋友了，那為對方花起錢來也是眼睛都不眨一下的。

銘心小哥曾經就和自己朋友合夥辦過一個公會，本來雖然沒說想叱吒風雲，但也是想好好玩上一把；結果公會戰的時候那兄弟收了賄賂，主動扯後腿把自己公會的人都賣掉了。

銘心小哥想當然的很震驚、很氣憤，和那朋友質問的時候，兩人一來二去嗆上了火，結果又知道了不少更勁爆的新聞。原來對方竟然一直是龍騰九霄的小臥底，潛伏那麼長時間了，就為了拔掉銘心刻骨這顆在龍騰眼中唯一與他的財力有一拚的眼中釘……

這個內幕一經披露，頓時引起了強烈的反響。銘心刻骨的公會那時候已經可以算是數一數二的大組織了，卻因為識人不明，白白就這麼幫別人做了嫁衣，這是多麼值得深省的反面教材啊！

一時間人人引以為鑒，銘心刻骨以前耗費心血投入公會的行為也被人詳細的挖掘了出來，用以教育後來玩家——所謂知人知面不知心，不過如是。

「真是聞名不如見面……」過濾了一遍該杯具的生平軼事，雲千千忍不住深深的為之嘆息。這年頭想碰到像他這麼很傻很天真的男人是多麼的不易啊！當初那一大票竹槓要是自己敲到的該有多好……

銘心刻骨莫名其妙的檢視了一遍自己身上的行頭，也沒發現什麼不對的地方，只好硬著頭皮請教面前的女孩：「妳這麼看我幹嘛？」他對這種類型的女孩沒興趣，她別是看上他了吧？

「哎，我問你，你是不是有個朋友叫瘋賤什麼……」

「青鋒劍？」

「對對，就是這名字。」雲千千擦把汗，人賤名字也賤：「另外還有個你騷人……」

「離騷人……」

「……兄弟，你別見怪，這不能算是我不純潔，實在是你們的名字太剽悍。」雲千千汗，大汗，試圖跟人辯解清楚其實不是她的錯。

「沒啥，反正妳也沒當著人面叫。」銘心刻骨也擦把汗，頭一次慶幸自己的名字是如此中庸。

「這對名字都那麼般配，想必一定是兩口子吧。」雲千千拐彎抹角提醒，結果只換來銘心刻骨毫不掩飾的鄙視。

「哈哈，妳猜錯了，離騷人是我老婆，青鋒只是她乾哥哥。」

「乾哥哥情妹妹，勾搭一對算一對……」雲千千苦口婆心：「現在好好的認什麼乾哥、乾妹，那根本就是心裡有鬼。」

「喂，妳憑什麼說我朋友壞話？」忠言逆耳，銘心刻骨在那邊不高興了。

「我說……」香蕉的！雲千千噎住，再一次堅定了好人難為的信念。所以說她最討厭當好人了，白白的幫了人家，人家不領情不說，還要懷疑妳有古怪。

而最讓人煩心的事情還遠不僅如此。就在兩人結束討論後不久，隊伍頻道裡叮噹兩聲連響，剛才還在雲千千二人話題中的瘋賤騷人就加入了隊伍。

「喂，什麼意思？」雲千千滿頭黑線。

「沒什麼啊，這幾天我們三個一有空就是一起探索的。剛才他們只是在副本沒時間而已。」銘心刻骨無辜道。

好吧好吧，原來她才是多餘的。雲千千無奈，還得聽著銘心刻骨老好人式的在隊伍頻道外打圓場：「妳可能是對我朋友有什麼誤會吧？其實他們兩個真的是好人，妳接觸時間長一點就知道了……既然都來了，大家就一起把任務刷完吧？人多力量大嘛，妳也別相信其他人的造謠生事……」

「……」是造謠嗎？是生事嗎？就怕再過兩個月，你可就不會像現在這樣子看得開了。

「哇，是蜜桃多多！」騷人用了一個驚嘆句誇張的嗲聲低呼。

「是啊，哈哈。不知道九夜兄弟是不是也在附近？」瘋賤接話也接得非常好，很快頂上了又一句。

雲千千斜睨一眼旁邊的銘心刻骨，實在不知道該說些什麼才好了，於是乾脆沉默，聽著耳邊頻道裡那兩人繼續一前一後的驚呼：「銘心你還是在眾神遺址？蜜桃多多也是在那裡遇上的？」

「老公你可不能花心哦，孤男寡女共處一圖……小心回頭我讓你跪鍵盤……」

「……」老天啊，降個雷下來劈死她算了吧！雲千千仰面淚奔，心中酸楚無人可訴——傳說中的腦殘黨，殺傷力果然不同凡響……

「銘心。」沒過多久，騷人的聲音就再次傳了出來，不是在附近，依舊是隊伍頻道：「出來接人家一下嘛，這裡的小怪太厲害了，我和青鋒殺不過去。」

「……」雲千千面無表情看了眼銘心刻骨隱露期待的眼神，低頭想了想，羞澀的一轉頭，「人家才不去，人家也怕怕嘛……」

銘心刻骨內傷，努力忍下喉中腥甜。「大姐，不要這麼噁心人。」

「喂，信不信我翻臉啊？」雲千千滿頭黑線，不高興道。

本來就不是一路人，沒有互助覺悟也是理所當然的事情，更何況青鋒劍和離騷人在雲千千的心裡早已經被打上反派標籤，永世不得超生了，想讓她對這兩個人有好臉色，當然是更加困難的事情。

「你自己看著辦吧，是去接你那兩個拖油瓶朋友，還是和我繼續進去？先說好，我時間寶貴，再說大家也不熟，所以別想我發揚風格，講義氣的陪你轉頭回去接人啊。」

「這個……」銘心刻骨為難了會：「離騷、青鋒，要不你們先等會，我們解完這組任務就出去找你們。」

「說話就說話，別『們』來『們』去的，我跟你不是一夥。」

「可我總不能把妳一個人丟下不管吧。」銘心刻骨其實還是挺有風度的好孩子。雖然跟雲千千才屬剛認識的朋友，但眼見人家有難處，要他現在放手走人也實在是於心不安。

雲千千看著這好孩子忍了又忍，雖然有些小感動，但是左思右想，還是一個沒忍住的用真話傷人了一把：「說實話，你要真去了的話，到時候還說不定是誰扯誰的後腿……」

「……」銘心刻骨看了眼隊伍面板裡的成員等級，再想想剛才雲千千在任務中的應對，忍不住淚流滿面……自己怎麼就想著來自取其辱了呢？人家那等級、那情報力，還缺得了自己這把小力氣？能走到現在這位置，老實說自己也就是沾光罷了。

原本氣勢恢弘卻已蕭條敗落了千年之久的神殿建築群內，獨自脫離了隊伍的雲千千直接奔著記憶中的方向跑去。

「使者大人好啊，吃了沒……那個，我在遺址的民居下面發現一個疑似你族走失的魅惑天使兒童，受他所託，特意來找你問一下，看最近一班回神界的航班有沒有、能不能弄張票把人捎回去……」雲千千笑咪咪的和神族使者打招呼，「順便多句嘴，前幾天在沙漠碰上你們族小王子了，雖然他不是神界系統編制內的，但血脈絕對沒問題……不知道你知不知道天空之城通行證的事情？」

使者接收訊息過多，一時有些當機，「一件一件來，剛才妳說自己找我是受了誰的拜託？」

「一個叫約瑟的小受君，那水靈的……嘖，要是你不趕快把人接回天上去的話，我料想他哪天說不定就被人看上，菊花不保……」

「約瑟？對了，我記得他。」使者似模似樣的點頭。

雲千千無語。千年之前你們全族沒一個人記得這小子，這才導致了人家被遺棄的可憐命運。千年之後，你反而一聽名字就有印象了？雖然說大家都知道是任務需要，但這也太假了點吧？

「妳去告訴約瑟那可憐的孩子，讓他放心吧，我們並沒有遺棄他，不久之後就會派人接他回來的……」

使者大人公式化的擠了一堆廢話出來，等其話音落下，雲千千同時收到任務完成的提示聲。

「成，我一會就回去告訴那可憐的小孩。那我們現在來說說通行證……」

「約瑟應該等急了，妳趕緊回去告訴他這一切吧。」

「我會說我會說，但是現在還有個問題，就是關於天空之城……」

「孩子，妳怎麼還不走？」

「主要是天空……」

「妳走吧，我要祈禱了。」

「……」喂，老傢伙，過河拆橋是吧？

使者這裡顯然是再套不到其他消息，雲千千也只有接受這個結果，反回頭去先把約瑟的任務交了再說。

眾神遺址內仍然只有約瑟這個孤獨的守望者等在那裡。聽到雲千千帶回來的消息之後，這孩子欣喜若狂，連連向雲千千道謝，接著就自行走回了地底，說是要等待神族派出來接他的人。

搞定該環節，雲千千繼續向裡深入沒一會，迎面就碰上了一支NPC糾察小隊。

「立正！」擦肩而過的剎那，糾察小隊長突然抬手制止了隊伍繼續前進，接著狐疑打量雲千千好一會，神色戒備問道：「這位冒險者，為什麼您身上會有我族的魔法殘留？」

「我剛剛才救了一個叫約瑟的魅惑天使，我想你說的魔法殘留是他的魅惑天賦？」雲千千心知肚明現在的標準答案，鎮定自若開口道。

「約瑟？使者大人剛才吩咐我去迎接的魅惑天使約瑟？」糾察小隊長同樣盡職，爐火純青的演繹著一個人驚訝與狂喜交織的表情，按照正常的套路把話接了下去：「神族的榮光無時無刻不在保佑著他的子民……親愛的冒險者，請問您是在哪裡見到約瑟的？」

「老鼠洞裡。」

「……」

調戲完NPC，雲千千心滿意足把約瑟的真正座標告之，接著順手接了下一環任務，去尋找眾神遺址中其他的倖存者。這個任務是輕車熟路，根本不用怎麼繞彎路。

眾神遺址的民居裡隨便找找就是兩個NPC，接著雲千千再沒頭蒼蠅似的一陣亂竄，終於撞上精英小BOSS，打敗之，對方才肯聽人說話，於是又歸降一人。魔族小BOSS手裡捏著一名人質，人質解救成功後收回。直到現在，終於只剩最後一名NPC，這是在眾神遺址周邊。

拖著四個NPC，雲千千馬不停蹄往外趕，剛一走到迷障區，還沒來得及出去，就先聽到一片嗚咽風聲中有一熟悉聲音在焦急指揮。

「青鋒，我頂上去拉仇恨，你去幫離騷把她那邊的先刷了。」

「你頂得住？」隊伍裡曾經聽到過的青鋒劍的聲音略帶遲疑問。

「頂不頂得住都得頂了，現在情況不由多想。」

風魔，又見風魔……

剛才是單獨的一隻精英BOSS，現在卻是成片成片的傾巢而出。雲千千選了個角度觀察下，只見風魔群中的三人都是以閃避為主，根本不敢正面應敵。

數量和品質，到底哪一個更具優勢？這個問題實在是不好說。一般小說裡都是品質占優，來個絕世高人，抬手間就能揮灑笑取萬千性命。而現實裡真正的情況，更多出現的還是雙拳難敵四手，好漢架不住人多之類的無奈。

現在出現的風魔群們只是普通小怪，能力和屬性比之雲千千刷掉的那隻削弱了很多，但是人家數量多，隨便一招呼就是魔山魔海，誰敢小看？

在雲千千的記憶中，附近這片區域確實有堆風魔群，但是那片風魔群聚集處是個凹陷的深坑，風魔在其中遊蕩，為的是擔任另外一個任務的考驗怪群。一般就算是迷路了，只要不刻意去招惹它們，這群怪物都會對玩家視而不見；而如果一旦招惹……這下可熱鬧了，銘心刻骨他們到底是怎麼捅到這群馬蜂？

救？不救？這又是個問題……雲千千認真的糾結。如果是普通的怪群，招惹了也就招惹了，問題是這麼一大群風魔，自己也是沒辦法能保證全身而退，更別說還要保住三隻拖油瓶。

「老公，那邊有人！」

就在雲千千還在猶豫不決的時候，風魔群中的女人也就是離騷人，居然先一步發現了場外正在發呆的雲千千。抱著老娘不舒服了別人也別想好過，老娘要嗝屁了總得多兩個墊背的邪惡心理，離騷人一聲嬌喝之後，義無反顧的就向著雲千千的方向衝了過來。

「草泥馬！」雲千千吐口鮮血，沒想到自己也有被人陰的這一天。所以早說好人不好當了，早知道自己離遠點，意思意思惆悵下就好，非得站踏馬的這麼近做毛啊？

「離騷，回來！」銘心刻骨小哥終究還是比較夠意思，他倒是沒猜出不遠處那人就是雲千千，只是想著自己這邊沒準就保不住性命了，沒必要多搭一個人進來。「別把怪引過去！」

不引？憑毛不引？老娘死著她站著，老娘虐著她閒著……霍，居然還見死不救，雖然這趨吉避凶無可厚非，但屎可忍尿不可忍，老娘還非引過去不可了……離騷人假裝沒聽清銘心刻骨的召喚，裝瘋賣傻扭頭做茫然狀：「老公你喊我做什麼？我去叫那個姐姐來幫忙啊，你等等啊，我們馬上就有救了。」

青鋒劍眼神閃爍，故作無知，既不阻止也不助力，就專心的躲避著自己身邊的怪。

眼見銘心刻骨著急跳腳卻又無可奈何，離騷人得意洋洋的正要加速再衝刺，突然眼前一花，一道紫光從天劈下，正中她頭頂——

「雷咒！」

「這可不怪我，是她先跑出來的。」行凶殺人後，雲千千露出臉來向風魔群裡目瞪口呆的兩個男人無辜解釋。

「妳……」

「喂，她帶著怪群跑過來，明顯會拖累到我，這頂多算作正當防衛，我這個反應並不算過分吧？」

「……好像並不……」雖然您那確實可以算是正當防衛，是出於避免自己也被捲入無謂犧牲的正常反應，但是無論如何，這為了保住自己性命而果斷消滅威脅的舉動實在算不上正面吧……

「好吧，看起來你們現在也沒空閒聊，那改天再說了。我還有事，拜拜啊……」

「……」喂，哪怕是表面上的關切也請假裝一下好嗎……

因為太過震驚，銘心刻骨與青鋒劍的反應自然凝滯了一下，而在這麼危急緊張、刻不容緩的時刻，疏忽就等於Game Over。

兩人毫無懸念的掛掉，追隨在離騷人之後而去。

雲千千等風魔群離開後，象徵性去三人的犧牲地瞻仰了下，聊表送別，接著再毫無愧疚感離開，半分都沒有記掛心頭。

尋找到第五個 NPC，交還任務。這回看在雲千千為神族做了不少貢獻的分上，使者老頭總算有耐心聽她講幾句話了。

「現在能告訴我天空之城通行證的事情了嗎？」

使者很嚴肅的看了雲千千一眼，「在這之前，妳能先告訴我，妳到底是從哪裡聽說天空之城的？」

「這個……我記得前面自己已經說過一次了，是天空之城的神族小王子……」

「住口！那些背叛者不配稱為神族！」

「……」

在雲千千住口的時間裡，使者大人先是以沉湎的姿態回憶了一下過去神魔大戰的那段歷史，接著再代表全神族人民，對當年不顧神族而擅自逃離戰場的那批人員們，表達了自己發自內心的鄙視，最後氣憤填膺的總結聲明了他的意見——那個天空之城的神族小王子，根本就不夠資格被稱為王子，甚至連對方的神族身分都堪憂，除非自己這邊肯接納承認……

這就好比政權的獨立。雖然天空之城上的各個種族們說當初避世的初衷是為了保留魔法文明，是為了保存種族的火種，是為了……但不管怎麼說，臨陣脫逃就是臨陣脫逃。

比如說一件事情你可以選擇去做或者不去做，但你不能做了一半才突然一聲不吭的丟下來，這無論在哪一個上司的眼中都是令人不齒的行為。

真要是那麼偉大的宏願，從一開始就講清楚，就算不能得到其他人的理解和支持，至少態度也該先表明了吧？

可天空之城的居民們倒好，仗都已經打到一半了，突然才大徹大悟想要保存革命火種、維護世界和平、挽留失落文明……這行為要是說得難聽點，就跟陣前倒戈的背叛者沒有什麼兩樣。

而他們偏偏還非要保留著各種族的名號，也就難怪地上這些種族的正統傳承者們會不予承認了……

童話是美好的，現實卻終究很現實，現在已經不是拿個冠冕堂皇的幌子就可以掩飾一切過錯的年代了。只是因為覺得自己老爹比較喜歡後母，所以白雪公主就可以理直氣壯離家出走，並且還和七個矮子男人同居了嗎？只是因為垂涎美色，所以牛郎就可以明目張膽偷走織女的衣服耍流氓，還逼迫美人嫁給他了嗎？

要是按現實的眼光來看，前者少說都得算是個生活作風不檢點的小太妹，而後者也絕對不可能逃脫猥褻強X犯的罪行。

雲千千十分能理解眼前這位神族使者的心情，作為被背叛的一方，要讓他原諒並接受那些臨陣脫逃的人們實在是太過強人所難了，但關鍵問題是，她現在並不想追究誰是誰非。人家只是來找天空之城通行證的，至於天空之城上的居民？隨便愛怎麼樣就怎麼樣吧，反正以後發展經濟的主體終究還是玩家們，NPC多些少些都無所謂啦！

「其實我也覺得那些人很不像話……不然這樣好了，你給我個萬八千件的通行證，我召集一群兄弟殺上去，把那些小兔崽子們都給你綁下來？」

使者搖頭，「想去天空之城談何容易？妳的資格還不夠。」

「資格夠了我不就不來找你了嗎？」雲千千笑咪咪道：「現在只要你把我送上去，其他問題就都好說了。」

「可是妳這樣的實力，去了之後又該如何與那批偽神族餘孽對抗？」使者質疑道。

誰說要對抗了？我才不管人家種族的家務事，姐姐我只是去拿城池的……心裡雖是這麼想，但話卻不能這麼說。

雲千千謙虛一笑，抓抓頭，靦腆的答道：「現在已經不是武力盛行的年代了，關鍵還得看智慧，智慧。」

智慧？多麼虛無縹緲的玩意啊……

神族使者眼神飄移半分鐘後才回神，為難支吾：「既然這樣，那我們還是下次再談好了，我回去請示一下長官，看看長官們的討論結果再做決定？」

「好說我剛剛才幫了你們一個大忙，需要這麼不講情面嗎？」雲千千不滿道。

「關鍵是妳的回答也讓我們感受不到誠意。要知道，偽神族們的實力比妳現在可是要強得太多……」

使者試圖委婉的讓雲千千知難而退。

「這個……要不你們就當是一次嘗試了？反正即使真有損耗，死傷的也不是你們的人。」

「大姐，主要是通行證貴……」

「……」

通行證的事情還沒弄出一個結果來，無常那邊已經有訊息發了過來，主要是關於水果樂園招收成員的進度彙報。目前來說，想從那麼多報名人員中確認並挑選出合適的成員，是一件根本不可能在短期完成的工作。但是，如果只是階段性的成果，那麼還是有一些的。

無常已經從羅列的報名人才資料中篩選出了合適的部分，只等確認表格上的人員資質，同時還有雲千千的拍板定案。而藉著這個機會，他也順便把有危險分子潛力的人員名單保留了一份，當是自己來當義工的報酬，不然的話，這薄情寡義的眼鏡男也不可能這麼熱心白幫忙。

本著跑得了和尚跑不了廟，逃得過初一逃不過十五的想法，雲千千只稍稍猶豫了一瞬就毅然放棄了繼續說服神族使者的工作，準備去外面看看再進來重新努力。

回城石加傳送陣，千里之遙也不過彈指一瞬……

半分鐘不到，雲千千已出現在無常面前。呼啦一聲，抽出一副在眾神遺址裡找到的眼鏡拍桌上，算是見面禮和感謝人家熱情幫忙的謝禮。

「給我的？」無常淡定拾起眼鏡，眼睛一掃，秒鑒完畢，居然還是紫色裝備。於是他暗暗點頭，心頭的鬱結又散去了一些，不錯，這水果總算還是會做人。

「除了你，這裡也沒其他眼鏡仔了。」雲千千白過去一眼。

「……」無常換上新眼鏡，感覺果然不錯，命中率校正的百分比增強了，弱點勘察的成功率增加了，資料分析的速度變快了……

最後他得出結果，如果不是這東西太冷門的話，那水果絕對不會好心讓到他手裡，肯定一早拿去拍賣行競價拍賣了……

「這是我幫妳整理好的資料。」無常將整理後的人員資料冊遞給雲千千，不動聲色的推了推鏡片。「上面羅列出來的玩家，只要是沒有資料與本人不符，或是操作實在太差的情況，十有八九應該都是可用的。具體徵召哪些人，看妳自己接觸的情況，如果還有其他……」

「咦，不是說好了你最後確定，沒問題就直接幫我把人招進來嗎？」雲千千捏著薄了許多的小冊子，疑惑打斷無常的話。

「……」誰和妳說好過這種事情？

無常雖然不算是個傳統意義上的好人，但人家始終做著一份正義的職業。而他這一職業的人都有一優點——一諾千金。即使是再不願意，即使是明知道吃虧的事情，只要一旦答應了下來，無常等人就一定會竭盡全力去完成它。

所以雲千千這句話是無常無論如何也不敢接的，萬一一不小心被這女孩胡攪蠻纏繞了進去，自己可就真是脫不開身了，到時候累死了都沒人同情還要順帶收屍。

可是事實證明，承諾這種東西並不是當事人承認了才存在。

當群眾們普遍都相信並認定你已經做出過這個承諾之後，如果自己再要解釋，那就是推卸責任，那就是狡辯。

「九哥，你兄弟不守信用啊！」

雲千千即使是演獨角戲也照樣能胡攪蠻纏。

九夜皺了皺眉，努力回憶印象中無常是否真的答應過這件事情。

「一事不煩二主，既然是拜託，我當初肯定是全權就委託了，哪可能留點尾巴自己頭疼啊，那不是找虐嗎？」

「……」說得有理。

「再說無常這麼專業，我又這麼懶，我也不可能沒有自知之明的非要攬事吧？」

「……」好像沒錯……無常，你太令我們失望了……

繼續把剩下的任務也全都拜託給無常，在知道了這個眼鏡仔難得正面的忠義屬性之後，雲千千乾脆放心的直接把監督人九夜帶走了……反正如果那傢伙真敢背著她動什麼手腳的話，群眾們自然會代表自己鄙視他，用不著那麼奢侈的監督員。

所謂正人君子這個玩意，就是有許許多多的局限性，所以說改做小人多好啊！當然了，雲千千覺得自己絕對不屬於小人的範疇，她是女人……

傳送陣，是城市與城市、地圖與地圖之間充作聯繫的橋梁，是遊戲中玩家們必不可少的跑地圖功能區，是每天都有不同人產生不同邂逅的神奇所在……

「好巧，這不是銘心和小騷和瘋賤嗎？」在傳送陣中巧遇之後，兩兩相對無言的尷尬中，雲千千率先回過神來，感動的衝上前去抓住銘心刻骨的小手手，一臉真誠的抹著小眼淚。「真是太好了，我剛剛還在擔心你們，可惜就是沒加好友，現在看到你們這麼有精神，我也就放心了。」

「……」放屁！

「他們是誰？」九夜對新出現的三張陌生面孔表示好奇。

「反正我感覺應該不是朋友。」銘心刻骨苦笑，根本沒把注意力分給九夜，順口回答之後依舊看向了雲千千。「妳剛才那樣真是太不好了。」

從眾神遺址死出來之後，他還一直沒時間也沒機會對雲千千不僅見死不救還落井下石的行為表示譴責，這會再遇見，他當然要第一時間趕快表明自己的態度——他、生、氣、了。

「咦，哪裡不好？」

「……哪裡都不好。」

「比如？」雲千千茫然，很茫然。

「比如……」銘心刻骨噎住，滿腔怒火瞬間如被一盆冷水澆下，滅得一乾二淨。

比如怎樣？比如她不該PK掉離騷人？可是如果那時候這水果不動手的話，結果肯定是離騷人把怪引了過去，導致連無辜的人家都被拖入戰局……這件事從一開始就是離騷人做得不對，所以似乎她的反應沒有錯。

再比如，她明明看見自己和青鋒劍應付不了風魔群，就應該主動來幫忙。可是事實上所有人都心知肚明，在那樣龐大的小怪群中，區區一個人投入進來實在是激不起什麼浪花，不過是白白多添犧牲而已。哪怕是自己三人，從最初被包圍的時候開始就一直是在想怎麼逃脫，而沒想過要反剿滅。既然如此，她不來幫忙似乎也理所當然……

可是為什麼，為什麼彷彿這水果什麼都沒做錯，自己卻覺得那麼不舒服呢？如果是普通人的話，哪怕裝裝樣子也得意思一下吧？

銘心刻骨糾結萬分，實在是不甘心這麼輕易放過譴責雲千千的機會，但卻又實在找不出她的錯處來。磨蹭來磨蹭去，還是仇人相見的小騷美眉不負她風騷的名字，分外眼紅的咬牙切齒放話：「廢話那麼多，青鋒，我們一起上，宰了這女人和她身邊的男……」

最後一個字還沒出口，九哥已甩手劃出兩道白光，一邊一個，剛好秒殺掉離騷人和青鋒劍。

「忘記介紹了，這是我九哥，九夜……」像是什麼事都沒發生一樣，雲千千笑咪咪的為銘心刻骨補作介紹，然後轉頭道：「九哥，這是朋友，小可憐銘心刻骨。」

「你好。」九夜收起凶器，非常友好淡定的伸出右爪。

「……」臥糟！

所謂妻賢夫禍少，再所謂近豬者痴……有這樣的朋友和這樣的老婆，銘心刻骨未來那可以預見的遊戲生涯已經註定將是多災多厄了。這種事除非他自己想通，不然沒人能幫他。

雲千千向來也不喜歡蹚這樣的渾水，只是緣分碰上了，於是順手調戲一把而已，根本沒打算和這幾人繼續多糾纏下去。

拋下痛失「愛妻」、「摯友」的銘心刻骨，雲千千帶著九夜重返眾神遺址，一路順風順水根本沒碰上什麼阻礙的就回到了神族使者那裡。順便在來之前，雲千千甚至還補充好了乾糧、飲水無數，準備在這裡和使者促膝長談，慢慢的、好好的，商量一下關於天空之城通行證的事情。

雖然你是NPC，雖然你不吃飯也餓不死，但我就和你耗上了，看誰玩得過誰？

可能是預見了雲千千準備強勢騷擾的險惡用心，再次會面之後的神族使者不再像前一次那樣言辭閃爍、諸多推委。更準確的說，他甚至是在見到雲千千二人的第一瞬間就熱情的迎了上來，感動的拉著九夜的手唏噓不已：「啊，主神大人在上，這位不是傳說中的修羅族人嗎？」

「……」雲千千滿頭黑線。「喂，太過分了吧？」她也是修羅族的好不好！剛才那麼半天，這老頭一直在以無視的態度和自己交流嗎？

「修羅族的孩子，你來找我是有什麼需要幫忙的嗎？」使者繼續無視雲千千，慈愛的逕自拉著九夜，笑得那叫一親切，那叫一和藹。

九夜默默無言看向雲千千，後者收到前者的視線，不甘良久後終於認命，從臺前退居幕後。「九哥，跟他要天空之城的通行證。」

「多少？」轉過頭和使者嘀咕一會後，九夜發出訊息再問。

「讓這老不死先來個千百張的意思意思。」看見使者異常配合的雲千千很煩躁。

一般遇上其他人，這會就該被雲千千鄙視過去了。而九哥是什麼人？那是天底下第一誠實人！

他點點頭，當真就轉回去認真開口：「先來個千……」

「九哥我錯了。」雲千千淚奔。

公會任務屬於團隊任務，一般情況下是多人完成的，凡是公會內的成員均可參加，並沒有限定人數。但是有時候數量並不等於品質，如果能力不夠的話，哪怕是參與任務的人再多，對於任務的完成也是無濟於事，反而可能還會因為無端消耗過多資源而扯了團隊的後腿。

所以，儘管公會任務在名義上是面向公會全體成員的公眾任務，但是事實上，在更多的時候，一個公會任務要由哪些人參加，這些都是由會長早早決定並計畫好的。

團隊合作，可不是一盤散沙隨便上場遛上一圈意思意思就行。

雲千千計算了一下任務中可能會有的消耗，再從自己手頭上報名的玩家名單中隨便挑了幾個實力比較居中的，略微估算之後，判斷一百人差不多就是極限了。再多的人去了也不會有什麼太大的效果，更重要的是，意外的情況也會增多，搞不好還會讓事情脫離她的掌控……

「一百張通行證嗎？當然沒問題，可是……」使者前面答應得很痛快，臨了才在雲千千欣喜的表情下來了個轉折。

「可是什麼？」得到雲千千授意的九夜慢吞吞問道。

「可是你並不是哪家公會的所有者啊。」使者猶豫的看了眼九夜。「如果是你的公會任務，那當然沒有問題。可如果你只是幫其他人來問的話，那通行證恐怕我就不能給你了。」

「不能給你早說啊！前面詢問那麼詳細，到最後才翻臉說不行？」雲千千終於忍無可忍：「老頭，信不信我們刷了你!?」

「我60級。」使者老頭淡定回答。

「……」大女子能屈能伸……尊老愛幼是中華民族的傳統美德，老娘才不和一個不懂事的糟老頭嘔氣。雲千千一忍再忍。

「你怎麼才肯把通行證給我？」得不到雲千千指示的九夜居然自行發揮了，一開口這氣場還挺強。使者愣了愣之後才反應過來對方是在問自己，連忙回答：「除非這是你自己率領接受的任務。」

「這任務真是他的，我以我的人格保證。」雲千千一手摸心口，一手朝天比出三根指頭，鄭重起誓。

「……」沒人相信她的人格。使者頓了頓，繼續對九夜道：「通行證我可以給你，但只有一面，僅限你本人才能使用。當你要使用的時候，可以用它帶領一百人通過天空之城的傳送陣……」

本來是人手一卡的VIP驗證制，現在變成了金鑰開啟制，除九夜帶團外，其他人無獨立行走於天空之城的可能性。

這一招好啊，果然保證了九夜無可動搖的領導地位……可是為毛？為毛她又白替人做了一回嫁衣？

雲千千傷心怨恨苦，心裡一陣陣的揪啊疼啊，實在是找不出一個可以準確的形容自己此刻內心感受的詞語來了。

「沒關係，我會帶妳的。」九夜如此安慰雲千千，結果卻讓後者頓時更加的痛不欲生，幾欲抓狂暴走。

誰讓你帶了？老娘要做老大，老娘要做城主，老娘要親自率領千軍萬馬收服所有領土，征服全宇宙！

雲千千已經傷心到毫無理智了……

從眾神遺址退出，雲千千刷出狗笛召喚凱魯爾。

不到十秒鐘，凱魯爾出現，一見眼前的二人組合就是眼前一亮，不顧雲千千，直接奔向九夜，用他那柔情款款的、充滿期待的眼神，深情看向九夜，怯怯問道：「瑟琳娜……她還好嗎？」
「還好吧，大概。」九夜漫不經心的淡然答。
「哦，那我就放心了。」滿足而鬆了一口氣的凱魯爾。
「嗯。」表示依舊淡定的九夜。
「……」喂，是不是有點過分？……再次被遺忘的雲千千……

這麼短短的時間內，無常當然不可能已經完成了招收水果樂園公會成員的工作，所以，雲千千乾脆也就不送上門去討人嫌了，萬一影響到人家的工作情緒多不好。

反正在人員到齊前暫時還無法開始探索天空之城，於是雲千千決定還是回沙漠去看看那個神族小王子。不知道對方在聽了真正神族對自己的評價之後，會不會有什麼愧疚或者是憤而企圖謀篡神族之位的想法？無論如何，只要他有反應，自己就有任務。這橋段前世沒遇上過，這次難得遇見，當然要去試試。

遊戲的樂趣於雲千千而言，一直是個頗值得思考的問題。前世她雖然也不是什麼安分的性格，但總也不會有現在這麼跳脫。

重活一世，很多事情早就已經知道會是什麼樣的發展，身邊的人、任務的走向、稀有道具、新地圖的通關事項……這些對普通玩家來說是值得探索，讓他們樂此不疲的挑戰，每一天、每一個事件、每一個人等等，都是新的體驗和未知的刺激。但是對雲千千來說，所有一切卻是早就知道的，就像嚼過的口香糖，平淡無味還黏牙。

如果要換作一個有企圖心和野心的爭霸主角的話，這重生說不定是個大大的福利，可以預知先機，可以提前做到許多其他人做不到的事情。可惜雲千千是多沒志氣的一個女孩啊！她更想要的是刺激，是出乎自己意料之外的新情節出現。

要嘛說這女孩怎麼那麼喜歡無事生非呢？生活就像一潭死水，不找點刺激娛樂娛樂的話，自己得多苦悶啊！

因此，在神族小王子那裡領取天空之城任務時出現的意外情況，雖然說讓雲千千確實有些為難，但更多的還是興奮。在重返沙漠的路上，雲千千甚至衷心的期盼著，要是這神族小王子真的一怒之下想和正統神族開戰，那該多好玩啊……

「我們……確實不配做神族。」

在雲千千趕到沙漠，拉著神族小王子把神族使者的話如此這般複述了一遍之後，小王子的眼神瞬間就黯淡了下去，並沒像雲千千想像中的那樣憤怒，而是失落的說出了上面這麼一句話來。

咦，這麼沒志氣？雲千千恨鐵不成鋼：「你這麼說就不對了。所謂戰爭的真相，說到底不過是信念的衝突罷了，你們堅持的立場不同，但這卻不能成為一方鄙視另外一方的理由。所謂……」

「妳好像對使者大人說的話很不屑？」神族……為了區分，暫時還是叫他偽神族吧。偽神族的小王子目瞪口呆看著義憤填膺的雲千千，完全不理解她一個外人在這裡激動個什麼勁，明明自己這個正主都說沒什麼了。

「我是為你感到不值！」雲千千痛心疾首，仍在試圖煽風點火，還企圖拉上同伴聲援，轉頭向身邊另外一人尋找支持：「是吧，九哥？」

「嗯？」完全不在狀態中的九夜。

「什麼不值？」表示茫然的偽神族小王子。

雲千千思考半晌，尋找個合適的說法：「呃……比如說名譽被詆毀……」

「不，雖然是為了保存失落的文明，但以他們的角度來看，我們確實是從戰場上逃逸掉的背叛者沒錯。這不是詆毀……我們從不認為自己做的事是完全正確的，但是我們不後悔。」偽神族小王子義正詞嚴聲明道。

「……」雲千千很不能理解眼前這 NPC 的思考邏輯。自己明明都已經表示是在向著他說話了，那邊還忙不迭的表示懺悔做什麼呢？想鄙視就光明正大的鄙視出來吧，反叛不是罪，是不甘受壓迫的激盪……叛變吧叛變吧，沒人會鄙視你的。

「這是神族之間自己會去處理的問題，妳想攪和什麼？」旁邊的凱魯爾一張口就道破了雲千千的險惡用心，順手遞了個蘋果給在地上趴著的偽神族小王子。

「閒了吧？」九夜淡定表示關心。

「哦，謝謝。」偽神族小王子接過蘋果，「喀嚓」先咬一口才點頭：「味道不錯，正宗的貝肯莊園出產的吧……那個，蜜桃多多，我很感謝妳想要幫助天空之城的心情，但是至於神族之間的問題，這就不是妳能夠解決的了。這件事就到此為止吧，我相信，時間會慢慢淡化掉所有的仇恨和誤會……」他的言辭之間，盡是自信豁達和某種名為淡定的神色。

雲千千急了。怕的就是您不急，這正主要是不著急了，自己豈不是就撈不到任務？

「對了。」偽神族小王子啃完半顆蘋果，像是突然想起什麼般抬頭，「我覺得妳的實力還是太差，如果要上天空之城，多些準備比較好吧……以前我在沙漠中曾經見到過一縷雷心殘魂……」

要嘛說怎麼叫柳暗花明疑無路，山窮水盡又一……呃，反正經過偽神族小王子的這一席話，雲千千總算是暫時找到了一個新的樂子，重新想起了自己體內那顆才進化到第二層，還有極大開發潛力的雷心。

在曾經九夜持有雷心的那段歲月中，因為該人更喜歡近身作戰的刺激快感的關係，雷心作為法系技能的根系統，一度遭遇了對方的冷凍處理。直到雲千千這傢伙作弊接手，橫空出世搶先攔下了雷心，這才終於讓修羅族的雷系技能重見天日……

雖然因為懼怕 PK 值的關係，導致這女孩升級技能並不怎麼投入，但比起九夜這樣子從來不用的人來說，雷心已經不算是明珠暗投了。

而最重要的是，雷心因為前世被冷凍得太過徹底的關係，以致在雲千千的記憶庫中，竟然還可以算是一個完全陌生的新新名詞。探索並挖掘雷心的技能，完全符合雲千千現在想要獵奇求新鮮的遊戲追求，整個創世紀中值得她提起興趣的事情，除了調戲和禍害人以外，估計也就少有的這麼幾件了……

「你在哪片座標見到了雷心殘魂？」

「那是沙漠中最大的城市，往北大約二十公里，常年風沙肆虐，如果妳要去的話，最好做足準備，以免到時候行動不方便。」

「……我說……」雲千千滿頭黑線，「既然你知道那裡有城市，為毛還會一路遇難到這裡？」

偽神小王子淚奔，「職責所在，妳以為我喜歡趴著被太陽曬？」

人在江湖，身不由己……

沙漠中的最大城市在沙漠深處最中心的位置，那附近的小怪等級趨近於50，對現在的玩家水準來說，並不是一個合適的練級區。因此，沙漠地圖也就屬於暫時還未開發的區域，玩家的蹤跡幾乎全無，傳送陣記錄點自然也是沒有的，只能憑一雙腳走過去。

沙蜥、沙蛇、沙鷹、沙盜……但凡是沙漠中刷出的小怪，多半也和沙有關係；掉出的物品一般是水囊、藥用食用材料及適量錢幣，除此以外沒有其他。利潤不能說是可觀，甚至比起其他地圖的小怪來說還可以算得上是貧瘠。

一路跋涉，歷時兩天時間，慢慢深入到達沙漠城市之後，雲千千補足藥品，記錄好傳送點，再從NPC手上買了一份附近地圖補充進個人雷達裡面，一切準備OK，才帶著九夜和凱魯爾繼續出發。她又花費兩小時，數著里程數向北前行二十公里，終於到達了疑似雷心殘魂出現的座標附近……

「沒錯，這裡確實有雷心殘魂存在的氣息。」停下來後，還不等愁眉苦臉的雲千千尋找到線索入手，凱魯爾就已經搶先開口，對之前偽神族小王子提供的情報表示了肯定和確認。

「咦，你怎麼知道？」

凱魯爾表示鄙視：「這是每個修羅族人都有的本能，我們對雷心的存在感覺都很敏銳。」

「那我也是修羅族的啊，而且現在雷心還是我的東西……」雲千千表示不滿，嚴重懷疑是不是那個一直看她不順眼的修羅族族長又苛刻了她什麼福利，比如說勘察寶物的第六感之類？

「這很正常，這是原住民的修羅族人才有的本事。」

「哦？那你趕快聞聞雷心殘魂在哪？」

「……您當我是狗嗎？」

果然如偽神族小王子所說的那樣，這片地圖附近風沙肆虐，很是狂暴。玩家進入後，生命值每三秒鐘持續下降一點，一分鐘就是二十點，雲千千等人每隔一會就跟嗑瓜子似的，丟一顆最初級補血藥進嘴裡，補充自己下滑了一截的小血條，免得一不小心就不明不白的客死異鄉。

要知道，除了風沙之外，這裡還有50級的小怪出沒，不小心在損血的時候遇上幾隻的話，那可就不是好玩的事情了。

在風沙中的能見度十分低，三人眼前一片朦朧，感覺分外迷茫。附近又都是沙子，連個可以作為參照物的存在都沒有，走出一步連自己都不知道是在前進還是後退，他們此時唯一可以倚仗的，也就只有凱魯爾對雷心殘魂的那絲朦朧感應了。

委屈啊，明明是自己的事情，怎麼現在搞得她像是跟來偷懶蹭任務的？看著凱魯爾拉著自己和九夜在前面謹慎辨別方向，雲千千只感覺分外無聊。

「注意，我感覺近了。」凱魯爾突然頭也不回開口：「這裡的風沙是因為雷心殘魂的力量洩出，所以才會顯得異常肆虐。越接近殘魂，接下來的環境就會更加惡劣，我們已經快要接觸到它了。」

雲千千一聽就大為興奮，摩拳擦掌，期待不止。「謔謔，光是洩漏點力量出來就那麼風騷了，不知道一會還要經歷什麼……是和守護雷心殘魂的BOSS大戰？還是闖迷宮？解謎猜題？吃角子老虎機？麻將、擲骰子、撲克牌……」

「您冷靜。」凱魯爾終於還是忍不住回頭了，帶著滿腦袋的黑線。

「讓我們向著雷心殘魂的所在前進吧！」雲千千看似已經無法冷靜了。

主從二人還在說話中時，九夜突然停下，使得手拉在一起的另外兩人也不得不停了下來。

「喂。」九夜轉頭。

雲千千注意力終於分了一絲過來，疑惑問道：「九哥有事？」

「這個……」九夜蹲下，從挪開的腳下撿起了一個形似小型雷球的東東，遞到雲千千面前。「是妳要找的殘魂吧？」

「……」震驚中無語的雲千千。

「真是太幸運了，這樣我們的任務就完成了。」欣喜的凱魯爾。

「……」持續震驚中，還未回神的雲千千……

其實，這種連燃燒尾狐都可以從小怪身上打出來的道具，其獲得難度本來從一開始就不值得她抱什麼希望……

第二顆雷心殘魂吸收，因為已經啟動過，所以也不用修羅族族長上次留下的「上左上右」啟動密技了，直接一拍道具使用，雷心境界即升至第三級。

技能威力提高是順理成章，而雷心每到三、六、九級時都是一個門檻，可以獲得一個增強屬性的機會。

其選擇有三：增強技能殺傷力及群體技能的殺傷範圍、減低釋放MP消耗與冷卻以及吟唱時間……最後一個選擇跟增強技能無關，而是類似於一個新技能——雷神之體，和風魔化風的技能類似，可以將本體暫時化為雷電，以雷電之力本身持續施壓對手和造成傷害，受到攻擊不掉血；但是同樣的，自己也無法主動釋放出其他技能……

雲千千對目前現有的技能威力已經很滿意了，沒想讓它更風騷到進化成禁咒的那一天；再說增強威力，減少技能冷卻時間什麼的，這些都是可以用裝備和武器附加屬性來達到的效果。而新的技能顯然更加吸引雲千千。

毫不猶豫點三，雷神之體到手。雲千千心滿意足嘗試了下，威力雖然不如主動技能強悍，但勝在威力持續範圍大還夠安全，也算是新奇得很……

無常看著沙漠一遊歸來之後顯得異常愉悅的雲千千在自己面前得意，心中酸楚無限。

他長出一口氣，算是抒解了一下這兩天來辛苦工作的疲憊，然後才推推眼鏡上前，拉過九夜對雲千千道：「水果樂園的首批成員名單已經確定了，都是從隱藏種族中選出的，共計兩百七十七人。其他沒選中的人雖說也是隱藏種族，但有些是種族優勢不夠明顯，有些操作過於生澀，還有部分懷疑有性格問題，不排除將來會為公會搗亂，更甚至可能是被其他組織安排來刻意搞破壞的可能性……」

頓一下，無常才繼續說：「總之，這部分人的檔案我已經留下，分別分為有希望培養、跟進一步觀察和建議放棄這三種類型，僅給妳作為參考使用，具體如何選擇看妳自己決定。」

「辛苦辛苦。小二，給無常大爺上壺好茶來。」

「……酒樓的茶只有一種，而且每桌都有免費供應……」

「咦，難道你看不起我們中華民族流傳下來的這麼有品味的傳統飲品，反而非要喝酒這種亂性的玩意？」

「……」無常按了按突突往外跳的太陽穴，力持鎮定的舉起面前茶杯淺飲了一口，放下。「告辭。」

「慢走啊，有空常來玩，順便代我跟一葉大爺問好……」雲千千揮舞小手帕，熱情歡送無常三人組離開。

等人拐過街角，都看不到人影之後，她這才丟開手帕拉過九夜來，把無常交給自己的名單分了一半出去，兩人開始分頭聯繫上面的人，一個個給這些人發送公會邀請。

「XX嗎？」

「是蜜桃多多？真的是妳？」

「……是……你想加入水果樂園是吧？我現在發送邀請給你。」

「什麼是水果樂園？我為什麼要加入？」

「水果樂園就是我建的公會啊，你不是遞了申請表來說要加入，還附帶了個人資料表？」

「咦，我那是寄著玩的，感覺像選秀很有意思嘛……真的要加？」

「掰掰。」

……

「加入是沒問題啦，但是你們沒留諮詢人，所以我一直有問題都沒來得及問……你們公會福利怎麼樣？」

「……」

「有獎金有週休二日有三節獎金嗎？萬一我在外面PK的時候，公會能不能幫我幹架？」

「……」

「喂喂？妳在聽嗎？為毛不說話？」

「對不起，您呼叫的使用者不在服務區，請稍後再撥……」果斷切之……

「哇哈哈，我就知道我這麼有實力的人一定能被招進去……要我加入？OK啦，妳打算給我什麼職位？……咦，難道妳從來沒想過要重用我這麼有才幹的人嗎？我可是隱藏種族耶！我可是XX級了耶！我穿紫色裝備耶！我……」

……

「嗯……我加入。」

半點廢話沒有的申請通過之，雲千千大為感動，終於遇見一個正常的啊。她連忙在公會頻道率眾撒花歡迎：「恭喜新朋友加入水果樂園。」

「不用客氣……其實我想問問，九哥能給我一個簽名嗎？」

「……」

……

良久的辛苦之後，雲千千這邊的名單上居然還有三十多個人沒有邀請成功。這些人雖然都是願意加入且實力不錯的隱藏種族，但性格是也千奇百怪，不知道是不是無常故意留下來為難她的。

而反觀九夜那邊就順利得多了，加人速度快不說，效率還高，一個不落全部掃進公會，不到半小時就光榮完成全部任務。

雲千千一直覺得自己是個口才不錯、辦事能力也很強的女孩；而相對比之下，九夜強則強矣，在這方面卻完全不是她的對手。可為什麼如今兩相一對比之後，對方竟然能強過自己如許之多？

大為好奇之下，雲千千忍不住就湊去謙虛請教了一番，順便把自己這邊未能邀請進入的剩餘名單也遞了過去，準備現場觀摩九哥的招人全過程。

九夜掃了眼名單，輸入名字連接私聊，按照雲千千的要求，開放語音公放：「XXX？」

私聊另一邊秒回確認：「是我。九夜？我老崇拜你了，你知道嗎，我……」

無視之，淡定編寫一條公會邀請發送出去，九夜再開口：「點同意。」

「嘎？」那邊的滔滔江水猛的一頓，接著過了一會才又接上：「哦……OK了，九哥，我已經進公會了，我們好好聊……」

繼續無視之，「喀嚓」一聲切斷通訊，九夜淡定翻開下一頁，繼續四段前的步驟：「YYY？」

……

雲千千五體投地，終於明白了九夜的辦事效率之玄機所在。

這就叫王八之氣啊！只要一經確認，根本不用跟人囉嗦，直接拉進來就丟一邊去……至於說會不會有人因為受到了冷落而不滿退會？

別開玩笑了，這可是創世紀中的第一高手親自發送的邀請，而且對外，人家九哥又是那麼冷酷高手的形象，誰敢前腳剛接了他的邀請，後腳卻又立即退會？哪怕是再被拂了面子也不行啊，這不等於是活膩了找刺激嗎？

於是，經此一事之後，雲千千慎重的得出了一個結論：所謂人善被人騎，馬善被人欺……她就是太善良了，所以才會有三十多個小王八蛋敢跟自己囉囉嗦嗦的廢話一堆，換作九夜就完全沒這方面的困擾。

這世界始終還是惡人的天下，像自己這麼純潔善良、天真無瑕如小白花一般的女孩是混不開的，她一定得狠下心來，狠狠的折騰別人，這樣才不會讓別人折騰了自己……雲千千堅定握爪，起誓！

151・首次集會＝首次內戰!?

公會成員首次收納完成，天空之城通行證任務完成，雷心Level Up完成……一切的準備工作都已經就緒，天空之城的任務終於可以正式開啟了。

申請加入水果樂園的玩家們目的都很單純，主要就是為了天空之城而來的，所以一聽說任務馬上可以開啟的消息之後，半分鐘也沒有多耽誤，紛紛放下手中正在做著的事情，能趕到的都盡量趕了過來，匯聚於雲千千指定的S小鎮。

「只能去一百人，卻把公會裡的所有人都叫到了……妳到底在想什麼？調戲人也有個限度好不好？難道妳就真不怕群眾的怒火？」零零妖站在S鎮某處屋頂，心驚膽顫看著小鎮內越聚越多的人群，開始想像群眾們知道自己被戲耍後會有多麼的憤怒。

近三百人的參與，卻只有一百人的正式資格，剩下差不多兩百人該怎麼辦？糊弄回去？

「沒關係，你以為天空之城前面的關卡是那麼好通過的？這三百人最後能不能剩下一百人都是個問題，我們只要直接和剩下的人打開通道進去就好了，其他沒辦法走到最後的人是他們自己不爭氣。」雲千千笑呵呵安慰零零妖。

零零妖翻了一下白眼，「那萬一剩下的人多於一百個了怎麼辦？再或者那些中途死掉的人復活後又趕上來了怎麼辦？前一百人通過了，後面的人正要跟上，門卻突然關掉？……妳打算怎麼跟憤怒的群眾解釋這個問題？」

「咦，門怎麼突然關掉了？」雲千千作驚慌失措狀尖叫：「大家快看看是怎麼回事，後面還有那麼多兄弟沒能進來啊！是不是後面的人不小心碰到哪裡的機關了？」

這叫裝瘋賣傻、禍水東引……

「……」零零妖嘴角抽搐良久，艱難的比出大拇指，衝地朝下。「泥馬……」跟了這個會長，小鎮裡正在趕來的那些滿腔熱情的玩家們真是倒了八輩子楣。

「呵呵，開開玩笑而已啦。你不用擔心，我不會真做那麼缺德的事情。」雲千千收起做作的嘴臉，拍了拍零零妖的肩膀，安慰開口：「好說那些人現在也都是我公會裡的成員，我再缺德也不可能這麼欺騙自己兄弟不是？」

零零妖鬆口氣：「那還好……」

「到時候真要有多餘的人能走到最後的話，我和九哥會在開門前暗中宰掉一部分……所以放心好了，你擔心的超載現象絕對不可能出現。」雲千千比出大拇指，自信滿滿。

「……」不……其實他覺得後一種解決方式比前一種欺騙更缺德……零零妖發自內心的感覺到越加悲

傷。水果樂園裡的玩家們，真是上了賊船……

又過了好一會，在公會頻道裡確認過一遍，得到全員都已經到齊的回答後，雲千千這才把自己所在的座標發出。

等人聚集來後，她撈出個擴音器開始致辭介紹：「各位弟弟、妹妹、哥哥、姐姐、大叔、大嬸們，本人蜜桃多多，是這次天空之城任務的開啟人。情況大家之前在創世時報上應該都了解得差不多了。這座天空之城也是我們公會勢在必得的勢力城池，希望大家同心協力，這樣才能提高任務的完成可能性……至於說到任務的流程，這些問題因為太過複雜的關係，稍後我會在任務過程中用公會頻道臨場指示通關要點，在此之前大家就別問來問去了，我不是客服，也沒有開解答熱線的打算……」

「喂，覺不覺得這水果好像有點越來越囂張了？」屋頂上，零零妖看了眼下面滔滔不絕的雲千千，再看了看周圍擁擠成半圈狀的騷動人群，誠懇問九夜。

九夜皺眉，「越？她平常不也是這樣？」

「……不，我是說最近的程度似乎更加嚴重……」

「你那麼關注她做什麼？」

零零妖吐口血，「大哥，我這不叫關注……其實我也不想老是注意到她好不好！但你不覺得這女孩有時候太過引人注目？」

「不覺得……」九夜冷靜判斷、認真分析，一瞬間淡定如無常附身。「但是無常告訴過我，當你老是不自覺注意到一個女人的時候，就代表你愛上……」

「九哥，求您別說了！」零零妖淚奔……他想說什麼？眼前這男人到底想說什麼？無常那混帳，明明知道九夜是個十分容易被誘導的類型，為毛還老是給他灌輸些亂七八糟的概念……

混沌粉絲湯受邀，友情參加水果樂園的初次集會，順便送來新到的另外一部分名單。

這個前任創世時報的主編顯然還殘留著以前跑八卦花邊時的職業習慣，再加上他新開的天機堂也依舊是一個以販賣情報為主的行業，所以，在見到S小鎮中這麼大的場面之後，這胖子體內的狗血再次沸騰。他送完東西之後並沒有馬上離開，而是帶著自己的手下們在周圍閒逛了起來，希望能從某個角落中尋找到不為人知的隱藏資訊。

這一逛二逛之下，自然就和同樣在尋找新聞的，以默默尋為首的創世時報狗仔隊狹路相逢。

一個是痴男，一個是怨女，激情的火花在兩人之間一觸即發，殺氣瀰漫……

「哎呀，這不是小尋尋嘛！」混沌胖子首先打破沉默，腆著肚子，笑咪咪來了這麼一句。

默默尋涉世未深，對情緒的表現還無法達到自然，笑容稍顯僵硬：「混沌主編，真是好──久不見啊。」

最近報社有不少人辭職，說要去個叫天機堂的什麼地方，您知道是怎麼回事嗎？小丫頭果然還是太嫩，一開口就質問責難，這樣子情緒外露的性格，很容易把弱點露於人前……

混沌粉絲湯假模假樣的為人家憂慮了一下，忍不住得意的笑得越發開心：「我也不知道……不過聽說那地方薪水高、待遇好、提升機會多還公正，不走後門、不埋沒真正的人才……這樣子也難怪大家都願意過去了……怎麼，小尋尋妳不知道嗎？」

「……」你倒是知道的多呵……默默尋磨牙，感覺自己太陽穴上一跳一跳的。這死胖子在那指桑罵槐、踩低捧高的是在針對誰呢？早知道在他辭職的時候就該把年終福利分紅和辭退賠償什麼的都扣下來……馬的……

水果樂園的初始幹部們，除了一神棍二騙子以外，現在都正在繁忙中。而大家都沒有注意到的是，在雲千千身邊聚集著的人群中，一股暗潮正慢慢的醞釀成形。

大家都知道一句老話，有人的地方就有江湖。

這是一個放之四海皆準的真理。不管是在什麼樣的環境之下，有人的地方就有競爭，就有爭奪。而在遊戲中，因為沒有法律束縛的關係，各種衝突也就顯得更加強烈也更容易爆發。

搶怪、搶任務、搶BOSS、搶地盤……玩家們在這個過程中為面子、為利益，有時候免不了就要用拳頭來解決問題。而一旦打起架來之後，就不可能僅僅是當事人的問題了。

朋友喊朋友，朋友再喊朋友的朋友，大家一起卯足勁來拚了，為的是什麼事情不重要，重要的是那個面子，是爭那口氣。於是單P變群P，群P變團戰，團戰變地圖戰，直打得天昏地暗、日月無光……

在遊戲裡說自己從來沒經歷過PK，那是絕對不可能的事情，哪怕再是多麼堅持和平主義的人也是一樣。所謂人在江湖，身不由己，就是這個情況。

隱藏種族的玩家們作為某種意義上的強實力者，自然也就是經常被朋友叫去幫忙PK的戰力。就算偶爾拒絕個一、兩次，可大部分時候的打架還是無法推脫的。於是，戰績輝煌的這些人們，見面之後在人群中難免就能看到些曾經跟自己不死不休的仇敵。

都是剽悍得經常被朋友叫去做打手的人啊，那仇敵的數量和品質怎一個「強」字了得？

於是有一個反應最快、心機也最狡詐的兄弟打頭，召集身邊的朋友悄悄招呼：「那紅蓮法裝的傢伙，是上次在XY鎮和我們PK那小子吧？」

「是他是他！」朋友們看兩眼後確認。

「集中火力，我數一、二、三，大家一起滅了！」

「OK！」

「一、二……三！」

「轟——」的一聲驚天巨響，夾雜著兵刃破空聲、技能釋放聲，雲千千的演講還未進行到一半，人群中某處突然就被數個技能集中轟炸，數點白光騰起，首批犧牲者出現。

彷彿是被吹響了戰鬥的號角，眾人微微一愣之後，很快的反應了過來。有剛才就在人群中看到仇家卻暗自按捺的，有猛的被嚇了一跳後，恍然突然發現有熟面孔的，這會陸陸續續的都給出了反應。

「啊！是你這個小XX！」

「草泥馬！上次在野豬林是你拿箭射老子吧？」

「你馬的，總算找到你這個縱火犯了！」

「兄弟們殺啊——」

混亂喧囂的戰爭終於被拉開了帷幕，S小鎮瞬間淪為戰場。

這哪裡是公會開會？眼下這混亂狀況，簡直就是恐怖組織非法武裝集會……混沌粉絲湯敢用自己見多識廣的公會採訪經歷起誓，整個遊戲界中，再也不會有如水果樂園這般，公會成員首次聚集就能引發出大規模的內戰……

現在是什麼情況？打地盤？爭老大？不是說要介紹講解天空之城的任務嗎？

「靠！怎麼回事？」

任憑雲千千再怎麼情報靈通，也絕對不會考慮到會發生此刻這樣的狀況。眼下她分外憂鬱，直想不通下面的情況是怎麼演變來的。

「敵襲？有人在挑撥生事？……臥糟！不會是一葉知秋和龍騰那兩個孫子眼紅嫉妒，特意派了人來鬧事吧？」

雲千千的思考一路朝著黑暗的方向狂奔而去，把陰謀論無限放大化，控制都控制不住。

「先別管怎麼回事，讓人先住手是最重要的吧！」零零妖頂著槍林彈雨，拉著九夜當盾牌衝到雲千千身邊道。

「小妖哥哥，拜託你別這麼看得起我的聲望好不好！」雲千千憂鬱傷心悶。「這些人為什麼會加入公會的理由大家都明白，他們是為任務，根本不是看我面子來的。你覺得我能喝得住誰？」

「那就警告他們，誰再動手就取消任務資格！」

「……」這人怎麼能天真成這樣子……雲千千無奈道：「你有本事分辨並記錄下動手和沒動手的人是誰嗎？而且先不說操作性的問題，你覺得這警告真要放出來了的話，下面那些人是會被你威脅住，還是會仗著法不責眾來集體鬧事？」

「他們敢？」零零妖不屑一哼。「在公眾場合聚眾鬧事，還敢無視警告，甚至拒捕？信不信老子把他們全部抓回去關小黑屋！」

「……大哥，你現在只是個玩家，不是警察……」

零零妖的職業習慣一上來，把遊戲和現實不小心的混淆了一下。如果要是在這裡用現實的標準來套的話，下面這些玩家這麼大規模、大範圍的殺傷行為，早已經算得上是恐怖行為了，哪還是他一個小小警察出面就能解決的水準？

到底該怎麼辦？總不可能剛把首批近三百成員加入公會，緊接著半小時不到又全部踢出去吧？哪怕是雲千千這麼厚的臉皮，那也是絕對做不出這麼丟人現眼的事情。

「九哥，要不還是您受累，看能不能把下面這些人都殺回復活點去？」以暴制暴，是雲千千在現下唯一想得到的法子了。

「有點難度……」九夜評估下當前局勢，實事求是的搖頭，「太擁擠了，很多技能不好發揮，只有用範圍技……」

可範圍技也得有個冷卻時間吧，中間的空檔期怎麼辦？站著等死？

所謂雙拳難敵眾手就是這個情況。

高手？什麼叫高手？

強於普通人的身體屬性，再加靈敏的反應能力，這就是高手的基礎。而群架混戰中沒有發揮的空間，再是多麼靈敏的反應又能有什麼躲閃走位的餘地？

當然，如果說您走的是排山倒海路線，一出手就能使千軍萬馬灰飛煙滅，那前面的話就當是放屁好了。我們這是網遊的題材，攪和不起那麼玄幻的亂……

水果樂園的初始幹部們很快都聚到雲千千所在的房頂，腦袋湊一塊的緊急召開首次公會會議，議題十分嚴肅，就是討論關於眼下情況該怎樣解決的問題。

燃燒尾狐首先躊躇表態：「我無法一次詛咒那麼多人，所以還是你們來吧。」

君子、天堂行走兩個騙子皆表示要他們煽風點火、火上澆油容易，但想讓他們嘗試化戾氣為祥和？目前來說，兩人還未接觸過這方面的修行。

雲千千聽後，深有得遇知音之感，也忙不迭點頭，表示自己亦如是。

「那現在怎麼辦？」零零妖比雲千千這正牌會長還操心，著急上火道：「以後都是一個公會的人，他們要老是這麼見面就打架的怎麼辦？」

「其實我個人倒是覺得無所謂，也沒人規定說一個公會的就不准打架。說不定打著打著就打習慣了？還能順便當是鍛鍊 PK 技巧……」雲千千鬱悶過度之後反而大徹大悟了，現在看凡塵萬物那叫一豁達。

「嗯。」九夜點頭。

「……」嗯？嗯是什麼意思啊嗯？眾人一起無語……

短暫的討論之後，眾人不僅沒有商量出解決的辦法，反而眼睜睜的見證了S小鎮中的戰局進一步擴大化。

這回戰火已經不僅僅是在水果樂園的成員們內部蔓延了，這些人遇到舊仇，打得火熱酣暢的同時，也不忘把以前和自己一起 PK 過的朋友們叫來幫忙助勢；然後朋友再叫朋友的朋友，朋友的朋友再再叫朋友的朋友的朋友……又一次重複野外 PK 中無數次重複的套路，把整個局面混亂化，波及範圍擴大化，又又一次打得天昏地暗、日月無光……

屋頂上還在開著會的眾人幾度轉移陣地。這會已經是在全S鎮最高的一處屋頂了，可眼看連這最後的一片淨土也已經快要不保，料想不到一分鐘就也要被牽扯進戰火中去……

至此時，大家終於無奈了。

雲千千長嘆一聲，終於做出決定，失落的一揮手道：「撤！」

愛打誰就去打吧！等大家先把火洩出來，回頭再繼續談天空之城的事情好了……

拖著九夜、凱魯爾往西華城掃貨，順便呼叫無常，雲千千深深的體會到了一個公會會長的煩心，於是想拉這眼鏡仔來替自己打工。雖然不知道對方為什麼有些不喜歡自己的樣子，但她相信自己只要夠堅持，總有一天能把無常給磨成繡花針……

可惜現實很殘酷，對方那邊連接起通訊的意思都沒有，她就是想磨也無從下手。

「哦，我的神……」

雲千千正在煩躁間，旁邊突然傳出驚嘆。

神神馬？雲千千一轉頭，剛好看見一個白鬍子老頭正張大嘴作驚愕狀看自己。

「……」

「我的孩子，妳的身上為什麼會有這麼令人熟悉的氣息？但是這氣息又不夠純正，似乎有哪裡不太對。」白鬍子老頭搭訕走來。

「我們走！」雲千千無視老頭，轉臉招呼身邊的兩個男人：「什麼人都別理，什麼話都別接……無事獻殷勤，非那什麼即那什麼，小心別被人家把你們拐去賣了。」

「孩子，妳誤會我了！」白鬍子老頭一聽這話，再一看三人果然轉身要走，頓時急了，連忙拉住三人中看似主導的雲千千，「難道妳就不想知道自己身上到底透露出了什麼氣息嗎？」

「沒興趣，反正不會是狐臭。」

「妳還是聽一聽吧，反正沒損失……」

「再拉小心我喊非禮啊老頭！」雲千千磨牙威脅。

白鬍子老頭瞪大眼睛，深吸口氣：「其實妳身上有著神族的氣息，但是感覺上又不夠純正。不知道妳可不可以告訴我，妳最近接觸過哪些人？因為這股氣息讓我感覺很熟悉，彷彿是一個久未見面的故人的後人……」

「……」沉默，久久的沉默。

他睿智而洞悉一切的目光看著她，她驚愕而遲疑的眼神看著他……半晌後，雲千千忽而一笑，挑起大拇指稱讚了一下：「肺活量不錯。」

「老子沒讓妳說這個！」白鬍子老頭大怒。

「是是是，我知道你是誰，也知道你是什麼意思。」雲千千嘆息了一下，拍了拍白鬍子老頭揪住自己衣服那隻老枯樹皮似的手。「等到做好了去天空之城的準備時，我自然會來找你……但不是現在。所以你也不用拐彎抹角的讓我觸發任務了。」

「為什麼不是現在？」白鬍子老頭唾沫飛濺，情緒看起來十分激動。

雲千千淚奔，「大爺，麻煩你看清楚我現在的情況好嗎？現在我身邊就一個玩家、一個NPC，其他做任務的人都沒帶來，難不成你覺得光憑我們這幾個人就能清了傳送通道裡的小怪？」

「那妳快去找人啊！」白鬍子老頭繼續喊道。

「已經找了、已經找了，他們現在正在S鎮做熱身運動，回頭等準備好了就去。」雲千千安撫保證。

白鬍子老頭一聽，總算是安下心來，暫時放了雲千千一馬，把自己經常滯留和活動的範圍告知對方，仔細叮囑雲千千記住之後，這才依依不捨、一步三回頭的離開。

雲千千很了解自己公會裡那些正在PK的玩家們的心態，說白了，遊戲裡哪會真有什麼深仇大恨？大家進來就是快意恩仇的，怎麼爽了怎麼玩。

就像雲千千在遊戲比在現實囂張許多一樣。現實裡人們之間真有什麼矛盾的時候，多也是戴著面具、曲裡拐彎的去解決問題，面子上的東西大家都得留著，不可能像在遊戲裡那樣一言不合就大打出手……又不是講江湖義氣的熱血少年時代了。

正因為如此，所以在遊戲中談仇恨，根本就是一件很荒謬的事情。人人都跟傻子似的，有仇當場就報完了，也不記在心裡；至於說有固定的仇家，那也不過是打架打成習慣了，看到這個特定的人就反射性的想刷而已。真要說殺對方的理由，似乎那只是一個很模糊的概念。

於是如此這般的，雲千千相信自己水果樂園裡的人也喧騰不了多久。畢竟都是為任務來的，又沒有什麼深仇，有幾個人又會揪著不放，非要來個有他無我，不死不休？

第二天再次上線的時候，水果樂園的公會頻道果然安靜了不少。本來前一天打架的時候，還有不少人藉著頻道的便利在裡面破口大罵、挑釁嘲諷什麼的，現在這樣子的聲音也聽不到了。主要也是前一天大家中場休息的時候發現了雲千千銷聲匿跡的事情，繼而猛然想起了自己加入公會的主要目的似乎並不是來打架……

有第一個清醒的人，就會有越來越多的人反應回神。

打架什麼時候不能打？問題是自己現在專程跑來加公會，可不是為了這麼點雞毛蒜皮的陳年舊仇好不好？

而且其實仔細一想，各自的仇家似乎也想不起來當初敵對的理由了，這架讓人打都打得分外徬徨，整個像是一迷途小羔羊，看不到前路何方。

在公會裡的成員們差不多都冷靜了下來之後，大家心平氣和的談了談，雖說不可能達到一笑泯恩仇這麼神奇的大境界，但也一致認為各自的所謂仇恨其實完全可以緩上一緩，根本沒什麼非報不可的必要。

雲千千收到了了眾人傳達出來的意思後，重新補開了一次集會，總算是心滿意足的講完了一通廢話，接著小手一揮，就帶著大隊人馬浩浩蕩蕩的去找前一天遇過的白鬍子老頭。

「你們的熱身運動做了那麼久？」白鬍子老頭一邊準備開啟傳送通道的道具，一邊不滿的問道。

「知足吧大爺，本來我以為起碼得準備一個月，這還是利字當頭趨使才達到的效果，不然你以為我會那麼快就來找你？」雲千千道。

「這麼說起來，還真是挺幸運的了。」白鬍子老頭很誠懇道：「主要是我孫子下個月過生日，他在另外一座主城，我再晚幾天動身怕趕不上。」

「對了，按正常程序來走的話，我似乎是應該先去沙漠跟那小子對話，然後他告訴我有你這個人，再然後我才來找你打開傳送通道……要不我還是先過去一趟再回來？」雲千千突然想起流程問題。

白鬍子老頭抓狂了：「行了行了，搞那些繁文縟節做什麼，給妳走次後門，妳回頭別跟主神告發我就行。」

「嗯，那成。」

有便宜不占是王八蛋，幹了！

整整三百人被分成了六十支小隊，雲千千等公會初始幹部自然是同一組的，毒小蠍等人和君子未參加；其他人則是隨他們按職業、按喜好，甚至是按照個人交際圈自由分配。反正最後加滿了就行，隊伍什麼品質雲千千並不介意。

都是隱藏種族的高手，要去做的又是這個大任務，難不成這些人還會在組隊的時候出什麼岔子不成？雲千千唯一要求的，也就是公會頻道保持絕對安靜，而她在頻道中做出的提示和指示，也希望所有人都放在心裡，不要等閒視之……

剛一傳送進通道裡，雲千千頭也不抬，更沒去看通道十多米外那隊將道路堵死的人形守衛小怪，第一時間就迅速在頻道裡做出了第一個指示——

「不要去招惹小怪……」

可惜，這個指示終究是晚了些。她話音落下的同時，已經有幾組小隊衝上前去，進入守衛小怪的警戒範圍。

守衛小怪隊伍見有人闖進自己警戒區也依然紋絲不動，原本站哪裡的現在還是站哪裡，將整條路堵得死死的，三排七列，秩序井然……

眾人正在不解中時，只見小怪隊伍中第一排中間位置，那隊長模樣的 NPC 將手中武器一舉，隊伍第三排守衛就跟著齊齊舉起了手中法杖。

緊接著隊長手臂一落，法杖齊動，一片銀色冰霜聲勢浩大向衝上前的幾隊玩家挾裹而去。刷出一片傷害的同時，順便打了個遲鈍狀態給玩家。

隊長手再一抬，一排全體出盾立在身前，二排跟著齊刷刷抬武器，是槍兵。玩家們遲鈍還沒退，隊長又一聲令下，兩排一起上前，一防一守，圍了個圓，將玩家化整為零依次包圍，槍槍層疊遞出，一會就帶出一道白光……

等小怪們將進入其仇恨範圍的那幾支莽撞小隊絞殺殆盡之後，雲千千這才臉色凝重，叮囑身邊被震撼得臉色難看的其他人：「看到了吧，這些怪可是有智慧的，它們會排陣，會職業互補，更重要的是它們普遍等級都比你們高個 10 級左右……不要以為只有你們能刷它們，一不小心還不知道是誰刷誰……」

燃燒尾狐按照雲千千事前的吩咐，把占卜出來的小怪情報在公會頻道公布了，然後才發私聊出去：「雖然是妳說的那樣沒錯，但小怪畢竟只有二十一個，而這裡有三百人，要是剛才沒妳制止那一下，大家都衝上去了的話，其實也不是殺不了……」

換句話說，剛才那幾支莽撞小隊之所以會陣亡，其實還是雲千千間接造成的。

不然的話，雖說大家依舊會被小怪的奇特之處給打得措手不及一下，卻絕對不會像現在這樣狼狽。憑著人海戰術，推倒區區二十一隻小怪還是不在話下，又不是二十一隻 BOSS；而在戰鬥之後，就算沒有雲千千說明，親身體驗了的眾人也同樣能注意小怪的智慧化和強等級差。

「我故意的。」雲千千表面依舊嚴肅，私底下秒回訊息，毫無廉恥答：「老娘就是要趁著這機會讓他們知道，究竟誰才是權威。」

「……」

「大家一定要注意！」

雲千千沒理會燃燒尾狐無言的鄙視，裝模作樣的已經再次在頻道中冒充起先知來：「這個任務難度很高，大家只有小心謹慎、聽從指示配合，才能有順利到達天空之城的希望……我們打開天空之城的通行證只有一張，使用後的傳送門在我們離開後也很快就會消失，如果接下來再有人死了或者是掉隊的話，那恐怕就無法跟我們一起進入天空之城了……」

接下來的時間裡，雲千千為表大方，特意在通道的起始點等了等被滅回去的那幾支小隊，順便趁著這段時間裡，她又提出了不少的注意事項，其具體內容並沒有詳細指示出任務中的通關技巧，而是另外一些原則上的注意點。

若要歸納起來的話，大概意思就是大家一定要聽自己的話，一定要堅定服從自己的指示，讓往東不向西，讓打狗不攆雞，讓繳錢袋不抗拒……等等等等。

默默尋和另外四個實力不錯的記者組隊，作為這次的任務全過程採訪小隊，跟著公會一起做任務。通道中的守衛小怪排陣型刷玩家的事件發生之後，默默尋第一時間就把資料和截圖照片整理了出來，傳給留在創世時報辦公室，隨時等待排版戰地新聞的副編輯。

不到十分鐘，天空之城任務的第一刊報導新鮮出爐，以渲染的手法詳細敘述了天空之城通道中發生的第一次戰鬥。

戰鬥中的亮點，理所當然是雲千千及時詳細的提醒說明和守衛小怪出人意料的表現。除此之外，更引人注目的還有本次遇難小隊的具體名單及資料、生平介紹等等。

遇難的那幾支小隊還在從復活點往傳送陣跑的時候，就看到了滿城叫賣的報紙，有人忍不住買來一份翻了翻，頓時吐血……

只見自己及另外幾支小隊的所有人大名都赫然印在紙上，以一個不聽指揮的無腦反面教材形象被點名報導批評，其中還加上了藝術醜化和誇張等等手法，以自己的無謀來襯托雲千千的先知先覺和天空之城任務的詭異艱難……

幾個遇難隊伍的成員們紛紛遭遇了有史以來最熱情的強call，好友、仇人甚至是好奇的讀者們，許許多多認識不認識的人們都在興奮的聯繫這幾個首戰見報的倒楣蛋。

本來幾人身為隱藏種族，平常在圈子裡也算是個人物，沒想到被這麼一鬧之後，一世英名毀於一旦……

「蜜桃多多已經開始任務了。」

落盡繁華的駐地建築內，一葉知秋手上同樣拿著一份新出的創世時報。

看過之後，他將報紙疊了兩疊，隨手遞給旁邊的無常，憂心忡忡問：「你跟公主接觸得怎麼樣？還有，去天空之城的傳送陣真能找到？」

「放心。」無常推推眼鏡，自信淡然：「一切盡在掌握之中。」

《禍亂創世紀05》完

敬請期待更精采的《禍亂創世紀06》

輕小說小天后林佩
特色系新銳繪師牛魚
ANTENNA
聯手打造全新鉅作!!
咒事顧問
腹黑抓鬼顧問 VS 熱血單蠢刑警
當正直一直線的警犬遇上堪比修羅還可怕的妖孽道長——
且看最恐怖(?)、最驚天地泣鬼神的抓鬼實錄!
全套七集全國各大書店、租書店、網路書店持續熱賣中。
不思議工作室_
立即搜尋
典藏閣
采舍國際
www.silkbook.com
版權所有© Copyright 2013
華文聯合出版平台 www.book4u.com

飛小說系列054

禍亂創世紀05

水果樂園的動感地帶！

出版者■典藏閣
作　者■凌舞水袖　繪　者■lemonlait
總編輯■歐綾纖
製作團隊■不思議工作室
郵撥帳號■50017206 采舍國際有限公司（郵撥購買，請另付一成郵資）
台灣出版中心■新北市中和區中山路2段366巷10號10樓
電　話■(02) 2248-7896　傳　真■(02) 2248-7758
物流中心■新北市中和區中山路2段366巷10號3樓
電　話■(02) 8245-8786　傳　真■(02) 8245-8718
ISBN■978-986-271-352-5
出版日期■2013年5月

全球華文國際市場總代理／采舍國際
地　址■新北市中和區中山路2段366巷10號3樓
電　話■(02) 8245-8786　傳　真■(02) 8245-8718

新絲路網路書店
地　址■新北市中和區中山路2段366巷10號10樓
網　址■www.silkbook.com
電　話■(02) 8245-9896
傳　真■(02) 8245-8819

☞您在什麼地方購買本書？☜

1.便利商店（________市／縣）：☐7-11 ☐全家 ☐萊爾富 ☐其他________

2.網路書店：☐新絲路 ☐博客來 ☐金石堂 ☐其他________

3.書店（________市／縣）：☐金石堂 ☐誠品 ☐安利美特animate ☐其他________

姓名：________地址：________

聯絡電話：________ 電子郵箱：________

您的性別：☐男 ☐女 您的生日：西元________年________月________日

（請務必填妥基本資料，以利贈品寄送）

您的職業：☐上班族 ☐學生 ☐服務業 ☐軍警公教 ☐資訊業 ☐娛樂相關產業 ☐自由業 ☐其他________

您的學歷：☐高中（含高中以下） ☐專科、大學 ☐研究所以上

☞購買前☜

您從何處得知本書：☐逛書店 ☐網路廣告（網站：________） ☐親友介紹
（可複選） ☐出版書訊 ☐銷售人員推薦 ☐其他________

本書吸引您的原因：☐書名很好 ☐封面精美 ☐書腰文字 ☐封底文字 ☐欣賞作家
（可複選） ☐喜歡畫家 ☐價格合理 ☐題材有趣 ☐廣告印象深刻
☐其他________

☞購買後☜

您滿意的部份：☐書名 ☐封面 ☐故事內容 ☐版面編排 ☐價格 ☐贈品
（可複選） ☐其他

不滿意的部份：☐書名 ☐封面 ☐故事內容 ☐版面編排 ☐價格 ☐贈品
（可複選） ☐其他

您對本書以及典藏閣的建議________

____

____

✌未來您是否願意收到相關書訊？☐是 ☐否

✎感謝您寶貴的意見✎

印刷品

$3.5
請貼
3.5元
郵票
不思議信箱
FUSIGI POST

235 新北市中和區中山路二段366巷10號10樓

華文網出版集團　收

（典藏閣－不思議工作室）